ILONA MAYER-ZACH

Schöne Bescherung für Helene

TURBULENT & ROMANTISCH Helene Kaiser genießt die Vorweihnachtsidylle in der Adventsstadt Graz. Ihr Mann Thomas arbeitet nach wie vor im fernen Senegal und ihre erwachsenen Kinder Patrick und Valerie haben im Moment genug mit sich selbst zu tun. Erst zum Fest der Liebe ist ein Wiedersehen mit der ganzen Familie geplant. Doch dann kommt alles ganz anders: Ihre Lieben versetzen sie, ein Arbeitsauftrag lässt Helene rot sehen und ihre Freundin Theresa findet eine Leiche in der Garage, die dort schon seit geraumer Zeit eingemauert war. Grund genug für Helene, in und rund um Graz zu ermitteln. Als ob das nicht alles schon turbulent genug wäre, bringt ihr charmanter Nachbar Emil obendrein die Schmetterlinge in ihrem Bauch gehörig zum Flattern. Mit dem »Kaiserlichen« Weihnachtsfrieden ist es endgültig vorbei.

© Sabine Windsor

Ilona Mayer-Zach verbrachte Kindheit und Jugend in Graz, lebte und arbeitete in Italien und bereiste die Welt. Nach ihrer Rückkehr in die Murmetrople war sie als Journalistin tätig u.a. für die Austria Presse Agentur (Jack-Unterweger-Prozess). In Wien absolvierte sie nebenher das Studium der Publizistik und gründete 2005 ihr »Textwerk Imnetzwerk«. Seitdem schreibt sie Kriminalromane, Kurzgeschichten, historische Anekdoten- und Jahrgangsbände, Bühnenstücke, Rätselkrimis für Groß und Klein sowie Lese- und Schreibförderbücher für Kinder. Ilona Mayer-Zach lebt und arbeitet in Wien und Graz.

Bisherige Veröffentlichungen im Gmeiner-Verlag:
Eine Leiche für Helene (2016)
Helene Kaiser ermittelt in Graz (2016)
Kater Leon ermittelt (E-Book Only, 2016)
Kater Leon und das magische Amulett (E-Book Only, 2016)

ILONA MAYER-ZACH

Schöne Bescherung für Helene

Kriminalroman

GMEINER SPANNUNG

Besuchen Sie uns im Internet:
www.gmeiner-verlag.de

Im Ehnried 5, 88605 Meßkirch
Telefon 07575/2095-0
info@gmeiner-verlag.de

1. Auflage 2016

Lektorat: Claudia Senghaas, Kirchardt
Herstellung: Mirjam Hecht
Umschlaggestaltung: U.O.R.G. Lutz Eberle, Stuttgart
unter Verwendung eines Fotos von: © Fotoskat / Fotolia.com,
© Mee Ting / Fotolia.com und © Jacob Lund / Fotolia.com
Druck: CPI books GmbH, Leck
Printed in Germany
ISBN 978-3-8392-1903-4

Personen und Handlung sind frei erfunden.
Ähnlichkeiten mit lebenden oder toten Personen
sind rein zufällig und nicht beabsichtigt.

Die Liebe, die Liebe ist eine Himmelsmacht.
Zigeunerbaron, Johann Strauss Sohn

Für dich

VORBEMERKUNG

Dieses Buch ist nicht autobiografisch. Realität und Fiktion verschmelzen, wie in allen meinen Werken, zu einer frei erfundenen Handlung. Viele der Grazer Örtlichkeiten gibt es tatsächlich, manches wurde umbenannt oder aus dramaturgischen Gründen erfunden. Ähnlichkeiten mit lebenden oder toten Personen, Namen oder Vorkommnissen wären rein zufällig und sind keinesfalls beabsichtigt. Es kann jedoch niemals ausgeschlossen werden, dass die Realität die Fantasie überflügelt. Der Kriminalfall ist von meinem Kurzkrimi »Schweigerecht« inspiriert, führt aber zu einem anderen Täter.

PROLOG

Vor langer Zeit …

Es läutete. Er war pünktlich. Draußen regnete es in Strömen. Sie lud ihn ein, im Wohnzimmer Platz zu nehmen, während sie in der Küche den Tee zubereitete. Als sie mit dem Tablett zurückkam, hatte er eine Schallplatte aufgelegt. »Die lustige Witwe« von Franz Lehar. Er stand am Klavier, klimperte einige Takte dazu und sang leise: »Wie eine Rosenknospe im Maienlicht erblüht, so ist in meinem Herzen die Liebe aufgeglüht …«

»Kannst du dich noch erinnern?«, fragte er und kam auf sie zu. Er nahm ihr das Tablett ab, stellte es auf den Wohnzimmertisch und nahm sie in die Arme. Für eine Weile tanzten sie schweigend durch den Raum.

Sie konnte sich erinnern. Nur zu gut. Leider. Kein Tag verging, an dem sie die Erinnerung nicht quälte. Es war eine leidenschaftliche Affäre gewesen. Ein romantisches Gefühl, das sie in dieser Intensität noch nie zuvor erlebt hatte. Aber nichts wünschte sie sich sehnlicher, als hätte es dieses Aufflammen der Gefühle nie gegeben.

Sie war ihrem Ehemann immer treu gewesen. Weniger aus inniger Liebe, sondern weil ihr Familie und gesellschaftlicher Status über alles gingen. Um sich das zu bewahren, wäre sie über Leichen gegangen.

Und dann war dieser Mann aufgetaucht, von dem sie sich nichts sehnlicher wünschte, als dass er wieder aus ihrem Leben verschwand und sie nicht ständig an ihre Fehlbarkeit erinnerte, die so gar nicht zu dem moralisch integren Bild passte, das sie von sich selbst hatte und in das sie auch alle anderen zwängte.

Doch von einem Ende der Beziehung wollte er nichts wissen. Anfangs hoffte sie noch, dass es genügen würde, sich nicht mehr zu begegnen: aus den Augen, aus dem Sinn. Aber das war ein Irrtum, und sie hatte alle Mühe, die Liebesbriefe, die er ihr regelmäßig schickte, vor ihrem Mann zu verbergen. Als sie auf seine Briefe nicht mehr antwortete, klingelte er eines Tages an der Tür. Drinnen saß ihre Familie beim Abendessen, draußen lehnte er und ließ keinen Zweifel daran, dass er ihre Idylle zerstören würde, wenn sie ihm den Laufpass gab.

»Schatz, wer ist an der Tür?«, hatte ihr Mann von drinnen gerufen.

»Alles in Ordnung, bitte esst weiter. Es ist nur ein Staubsaugervertreter«, hatte sie geantwortet.

Einen Seitensprung hätten weder ihr Mann noch ihr gesellschaftliches Umfeld toleriert. Da ihr kein anderer Ausweg einfiel, um ein Schicksal à la Anna Karenina zu vermeiden, traf sie sich weiterhin mit ihm. Doch das musste ein Ende haben. Sie wollte nicht mehr ständig in der Angst leben, von einem Tag auf den anderen vor dem Nichts zu stehen. Es war höchste Zeit.

»Ich möchte, dass wir zusammenziehen.« Er legte seine Hand auf die ihre. »Versteh doch, ich will nicht mehr ohne dich leben.«

Sie verstand: Das Martyrium würde kein Ende nehmen. Weder heute noch in Zukunft.

»Bald wird alles gut.« Sie lächelte und löste sich aus seiner Umarmung. »Ich mach uns frischen Tee.«

Während das Wasser aufkochte, starrte sie aus dem

Küchenfenster. Es hatte zu schneien aufgehört. Sie goss den Tee auf, rührte das Schlafmittel und zwei Löffel Honig in die heiße Flüssigkeit. Ihr Blick fiel auf das massive Holzkreuz im Herrgottswinkel.

Als sie das Wohnzimmer betrat, stand er wieder am Klavier und sang mit dieser sanften Stimme, die zu Beginn dieser verhängnisvollen Affäre ihr Herz hatte höher schlagen lassen: »*Dunkel uns umfängt. Nimm was Liebe uns schenkt …*«

Er unterbrach sein Spiel und drehte sich zu ihr. »Ich freue mich auf unseren Neubeginn. Ich liebe dich mehr als je zuvor.«

»Liebling, hier, dein Tee«, lächelte sie und reichte ihm die Tasse.

EINS

Anfang Dezember im Hier und Jetzt

I

Es war eine Ewigkeit her, genauer über ein Vierteljahrhundert, dass ich das letzte Mal in der Grazer Oper gesessen war. Nur zu gut konnte ich mich an die damalige Nibelungen-Aufführung erinnern, bei der das Bühnenbild aus Bananenkartons bestanden hatte. Wie so oft bei Wagner, war ich in der ersten Hälfte des Stücks weggedöst und erst wieder durch den Applaus geweckt worden.

Heute würde ich nicht einschlummern, weil »Die lustige Witwe« auf dem Programm stand und ich immer schon ein besonderes Faible für Operettenaufführungen gehabt hatte. Viele hatte ich hier als Kind gesehen. Auch wenn ich deren Handlung zum Großteil vergessen hatte, konnte ich noch heute die meisten Lieder mitträllern. Die Texte hatten sich in jener Zeit für alle Ewigkeit in mein Gehirn gebrannt, obwohl ich ihren Sinn damals nicht immer ganz verstanden hatte.

Eigentlich hätte meine Freundin Karin aus Wien anreisen sollen, um mich in die Vorstellung zu begleiten. Aber dann war ihr ein wichtiges Meeting dazwischen gekommen, und so hatte ich nur für mich allein eine Karte an der Abendkassa gekauft. Versonnen strich ich über den roten Samt des leeren Sitzes neben mir. Alles war mir hier so vertraut. Mein Blick wanderte über den pompösen Zuschauerraum, die Logen, die reichen Goldverzierungen und Deckengemälde. Wie ich mich so umsah, ergriff mich das gleiche wohlige Gefühl wie damals, als ich noch das kleine Mädchen im blauen Samtkleid und mit weißen Zwirnstrümpfen gewesen war.

»Guten Abend.« Der Mann, der sich auf den freien Platz neben mir setzte, kam mir bekannt vor. »Sie sind auch ein Operettenfan?«, fragte er mich. Seine Stimme klang vertraut. Vielleicht waren wir uns einmal in einem Grazer Café begegnet und hatten ein paar Worte gewechselt? Ich sah ihn wohl derart fragend an, dass er lächelte und sich vorstellte: »Emil Kisch. Ich wohne unter Ihnen.«

Wie peinlich, fuhr es mir durch den Kopf. Der gute Mann hatte während des turbulenten Umbaus meiner Wohnung einen riesigen Wasserfleck auf dem Plafond seines Wohnzimmers abbekommen und nie ein böses Wort darüber verloren. Zweimal hatte ich damals bei ihm geklingelt. Einmal, um mich wortreich für alle Unannehmlichkeiten zu entschuldigen, die ihm durch den Wasserschaden entstanden waren, und ein weiteres Mal, um ihm den Maler vorzustellen, der den Schaden beseitigen sollte. Das war gerade einmal vier Monate her, und nun erkannte ich meinen Nachbarn nicht wieder. Vielleicht lag es daran, dass ich ihn in abgewetzten Cordhosen und etwas fülliger in Erinnerung hatte, während er nun einen perfekt sitzenden Anzug trug. Da sollte noch jemand sagen, dass Schwarz nicht schlank macht. Auch glaubte ich mich zu erinnern, dass seine Haare damals grauer gewesen waren, während sein Gesicht nun von dunklen Locken umrahmt wurde. Ich schätzte ihn auf Mitte 60, aber vielleicht war er auch ein paar Jahre älter. Wer konnte das heutzutage noch so genau sagen? Herzlich willkommen im Anti-Age-Zeitalter, meine Herren, dachte ich. »Entschuldigen Sie, dass ich Sie nicht wiedererkannt habe, aber ohne meine Brille …«, redete ich mich heraus. Älter werden hatte auch sein Gutes, weil man sich bei Bedarf auf alle möglichen Gebrechen herausreden konnte. Zwar litt ich tatsächlich an den ersten Auswirkungen von Altersweitsichtigkeit, und in meiner Wohnung lag an jedem neuralgischen Punkt eine Billigsdorfer-Lesebrille, aber in der Ferne sah ich scharf und auch mein Gegenüber erkannte ich noch problemlos. Dass ich nicht mehr jedes Detail bemerkte, wenn ich brillenlos in die Welt schaute, empfand ich manchmal sogar als Vorteil. Vor allem, wenn ich morgens in den Spiegel blickte. Dank dieses natürlichen Weichzeichners hatte ich auch ohne Botox kaum Falten im Gesicht. Meine brünetten Haare trug ich kurz geschnitten, weiße wurden von meiner Friseurin kurzerhand farblich angeglichen. Auch sonst war ich für meine 50plus dank regelmäßigen Trainings und unzähligen Schritten, die ich hier in Graz tagtäglich absolvierte, gut in Schuss: Meine 1,70 waren noch immer wohlproportioniert, wenn man von einigen altersbedingten Auswirkungen der Erdanziehungskraft absah. Neben meinem Schrittzähler, der hier öfter als in Wien die viel zitierten täglichen 10.000 Schritte anzeigte, die einen Menschen angeblich gesund hielten, besaß ich seit Herbst auch einen Fahrradkilometerzähler, der viel zu tun bekam. Mein Auto kam in der Radlerhauptstadt so gut wie nie zum Einsatz. Radfahren bot mir die Möglichkeit, die Stadt und alles, was mich umgab, stressfreier wahrzunehmen. Ich ärgerte mich nicht mehr über Idioten im Straßenverkehr, sondern fuhr lächelnd elegante Bogen um Hindernisse herum. Termine einzuhalten, war kein Problem, weil ich nie im Stau steckte und immer einen Parkplatz vor der Tür bekam. Manchmal radelte ich nur vor mich hin und ließ mich überraschen, wohin mich die Reifen trugen. Nicht selten entdeckte ich bei solchen Touren Dinge und Menschen, die schon immer vor meiner Nase gewesen waren, die ich aber bis dahin nie bemerkt hatte.

»Ja, ich mag Operetten sehr gern«, beantwortete ich Emil Kischs Frage. »Leider hatte ich in den letzten Jahren wenig Gelegenheit dazu.« Die Untertreibung des Jahrhunderts. Tatsächlich hatte ich in all den Jahren, in denen ich in Wien gelebt hatte, weder dort noch sonstwo eine Operettenaufführung gesehen. Einerseits fehlte mir schlichtweg die Zeit. Andererseits konnte meine bessere Hälfte Thomas derlei Kulturgenüssen wenig bis gar nichts abgewinnen. Sofern er überhaupt bei uns weilte und nicht wieder irgendwo auf der Welt unter Strom stand, interessierte er sich mehr für sportliche Veranstaltungen.

2

Die Lichter gingen aus, der Vorhang hob sich, und die Ouvertüre unterbrach meine Gedanken. Musik und Handlung zogen mich wie einst als Kind sofort in ihren Bann.

Wie eine Rosenknospe im Maienlicht erblüht, so ist in meinem Herzen die Liebe aufgeglüht.

Entfernt konnte ich mich an die Schmetterlinge im Bauch erinnern, als ich mich in Thomas verliebt hatte. Nach einer Romanze mit einem Steirerbuam, die in den ersten Ferien, die wir zusammen am Apfelhof seiner Eltern verbrachten, an der Bosheit seiner Mutter scheiterte, war kurze Zeit später Thomas vor mir gestanden. Im Supermarkt. Wie denn frischer Spinat aussehe, wollte er von mir wissen. »Ich kenne ihn nur tiefgefroren und quaderförmig«, lachte er mich an. Später gestand er mir, dass er mich schon lange ansprechen wollte, aber nicht wusste, wie. Es hatte ihn alle Überwindung und Mut gekostet, mir die Spinat-Frage zu stellen, die er sich gründlich überlegt hatte. Das Gemüse fanden wir nicht. Aber das war insofern egal, weil wir beide uns gefunden hatten. Kurz darauf waren wir ein Paar und mussten uns nicht einmal zusammenraufen, als wir in die erste gemeinsame Wohnung zogen. Wir passten zueinander wie der sprichwörtliche Deckel auf den Topf. Nachdem wir unsere Studien abgeschlossen hatten, heirateten wir. Aus den geplanten dreimonatigen Flitterwochen, die uns um die Welt führen sollten, wurde allerdings nur eine Woche in Jesolo, weil Thomas ein interessantes Jobangebot annahm und zudem der Grund für meine morgendliche Übelkeit bald feststand. Neun Monate später erblickte unser Sohn Patrick das Licht der Welt. Zwei Jahre später kam unsere Tochter Valerie.

Auf der Bühne versuchte der verliebte Camille, die verheiratete Valencienne mit seinem Gesang zu einem Kuss zu überreden: »*Komm in den kleinen Pavillon, komm zum süßen Rendezvous, o Du*!«, worauf seine angebetete Valencienne »*Ich seh' schon, ich werd' hineingeh'n müs-*

sen« seufzte, um schließlich gemeinsam mit ihrem Verehrer festzustellen: »*Dort in dem dunkeln Pavillon, strahlt uns hell der süßen Liebe Lohn!*«

Das Leben konnte so einfach sein. Zumindest in der Operette. Vorhang. Applaus.

3

»Darf ich Sie auf ein Glas Sekt einladen?«, fragte Emil Kisch. Ich nahm dankend an. Sogar, wenn sich mein Nachbar als Langweiler oder Angeber herausstellen sollte, war das für die Dauer der Pause allemal unterhaltsamer, als allein herumzustehen oder sich in die lange Warteschlange vor der Damentoilette einzureihen.

»Aber ich zahle. Als kleine Wiedergutmachung für den Wasserschaden«, stellte ich sofort klar. Emil Kisch sah mich freundlich an, ohne ein Wort zu erwidern.

Später am Buffet ließ er mir nicht einmal die Möglichkeit, meine Geldbörse zu zücken. »Auf gute Nachbarschaft«, prostete er mir zu.

Wie sich rasch herausstellte, war Emil Kisch weder ein Langweiler noch ein Angeber. Und so nahm ich seine Einladung gern an, im Anschluss an die Vorstellung noch auf ein Getränk ins Operncafé mit ihm zu gehen. Es lag auf unserem Heimweg, und ich hatte ohnehin nichts anderes vor.

Emil Kisch war Kardiologe. Und so spannte sich unser Gesprächsbogen von der Operettenaufführung bis hin zu Krankheiten des Herzens. Dem ersten Weißen Spritzer folgte bald ein zweiter.

»Und in welchem Bereich sind Sie tätig?«, erkundigte sich Emil Kisch.

»Ich war Leiterin der Marktforschungsabteilung eines Wiener Großkonzerns. Kurz vor meinem 50. Geburtstag ist mein Job Einsparungsmaßnahmen zum Opfer gefallen. Drum habe ich dann hier in Graz mit einem ehemaligen Schulkollegen die ›k. u. k. Dienstleistungsagentur für alle Fälle‹ gegründet«, gab ich bereitwillig Auskunft.

»Und was darf ich mir unter einer ›Dienstleistungsagentur für alle Fälle‹ vorstellen?«, fragte er schmunzelnd nach. Eine Frage, die uns quasi jeder stellte, der den Namen unserer Agentur zum ersten Mal hörte.

»Nun, k. und k. sind die Abkürzung unserer Nachnamen – Kaiser und Koller. ›Für alle Fälle‹ bedeutet, dass wir uns nicht auf etwas Spezielles festlegen. Wir beschatten die Geliebten verheirateter Männer, führen Hunde Gassi, produzieren Werbemittel aller Art, führen Marktforschungsuntersuchungen durch, überbringen für unsere Kunden bösen Schwiegermüttern Blumensträuße ooder beauftragen Kränze für Begräbnisse – um nur einige Beispiele unserer breiten Angebotspalette zu nennen. Also: Falls Sie oder jemand, den Sie kennen, unsere Hilfe benötigt, lassen Sie es mich wissen. Wir sind jederzeit zu jeder Schandtat bereit«, bot ich unsere Dienste voller Enthusiasmus an. Das Lächeln wich nicht mehr aus seinem Gesicht.

»Da wird mir sicher etwas einfallen«, sagte er zwinkernd. Plötzlich wurde mir bewusst, dass meine letzte Bemerkung ziemlich zweideutig gewesen war.

»Aber nicht, dass Sie mich jetzt missverstehen …«, machte ich sofort einen Rückzieher. »Natürlich nehmen wir nicht jeden Auftrag an«, redete ich mich um Kopf und Kragen und machte dadurch alles nur noch schlimmer. Emil Kischs Lächeln wurde immer breiter, und er tätschelte meine Hand. Rasch entzog ich sie ihm.

»Keine Sorge, ich habe Sie schon richtig verstanden. Sollte einer meiner Freunde einmal eine Swinger-Yacht chartern wollen, dann werde ich ihn *nicht* an Sie weitervermitteln«, versprach er amüsiert. »Das war natürlich nur Spaß. Ich kenne niemanden, der so ein Ansinnen haben könnte«, fügte er rasch hinzu und wich meinem Blick aus. »Auf jeden Fall klingt das sehr abwechslungsreich, und sicher haben Sie viel zu tun.«

»Es geht«, lautete meine zweisilbige Antwort. Ich band ihm nicht auf die Nase, dass unsere Geschäfte nach wie vor nur schleppend liefen. Dank der großzügigen Abfindung meiner Firma und meines Ersparten hatte ich zwar keinen finanziellen Druck, aber die ungewohnte Fülle an Freizeit machte mir mitunter zu schaffen. Nicht zuletzt, weil auch meine Dienste als Familienmanagerin nicht mehr gefragt waren.

»Apropos k. und k. Ich wollte immer schon eine Reise durch die einstigen k. u. k. Länder machen und alle Kaffeehäuser, die es noch gibt, aufsuchen und über sie ein Buch schreiben. Nur leider kann ich dafür nicht flüssig genug formulieren. Ich würde einen Ghostwriter brauchen. Wäre das vielleicht ein Auftrag für Ihre Agentur?« Emil Kisch blickte mich treuherzig an. Auch sonst entdeckte ich kein Anzeichen dafür, dass er sich nur einen Spaß mit mir erlaubte.

»Ja durchaus«, bestätigte ich also, und schon plauderten wir über die frühere k. u. k. Kaffeehauskultur, von der, wie wir beide mit Bedauern feststellten, nicht viel übrig geblieben war. Zur Zeit der Monarchie waren viele pensionierte Adelige und höhere Beamte nach Graz gezogen, weshalb die Stadt den Beinamen »Pensionopolis« erhielt. Neben dem regen Kulturaustausch wurde die Stadt auch bald zur zweiten Hochburg des typischen Wiener Kaffeehauses. Hier blieb man stundenlang bei seinem Kaffee sitzen, tauschte Neuigkeiten aus, studierte Zeitungen, spielte Karten oder Schach – und mancher Literat schrieb an seinen Werken.

»Können Sie sich noch an das Café ›Thalia‹ schräg vis-à-vis erinnern?«, fragte Emil Kisch.

Und ob. »Als ich klein war, habe ich dort immer die Flamingos bewundert. Ich konnte mich an diesen Vögeln mit dem lachsrosafarbenen Federkleid und den ›verkehrten‹ Knien nicht sattsehen.«

Emil Kisch und ich schwelgten in Erinnerungen an andere bekannte Grazer Kaffeehäuser, die dem Zahn der Zeit zum Opfer gefallen waren, wie das »Nordstern« mit Blick auf den Hauptplatz, das elegante »Erzherzog Johann«, in dem auch Bälle und Tanzabende abgehalten worden waren, das Café »Europa« mit seinen Billardtischen oder das »Kaiserhof«.

Emil Kischs Eltern waren ebenso wie die meinen passionierte Kaffeehausgeher gewesen. Vielleicht waren wir uns sogar irgendwann einmal schon begegnet.

»Warum sind Sie eigentlich von hier weggezogen?«

»Zuerst habe ich in Wien studiert. Wirtschaftswissenschaften. Eine tolle Zeit, die WU war gerade ins neue Gebäude in der Spittelau übersiedelt. Und obwohl ich immer arbeiten musste, um mein Studium zu finanzieren, gab es genug Zeit für Partys. Die turbulenten 80er halt. Später hab ich meinen Mann Thomas kennengelernt, zwei Kinder, Haus im Grünen, Karriere, so gut es eben mit Familie möglich war. Und ehe ich mich versah, waren über zwei Jahrzehnte vergangen. Wahrscheinlich wäre ich noch immer in Wien, wenn ich nicht die Wohnung meiner Tante geerbt hätte.«

»Ja, das war ein Glück«, lächelte Emil Kisch. »Ich meine natürlich, für Sie«, räusperte er sich. »Und natürlich auch für mich, sonst würden wir heute nicht so gemütlich hier zusammensitzen«, ergänzte er charmant.

»Ja, wie das Leben halt so spielt. Ich bin gern hier, habe viele Freunde von früher und lerne auch ständig neue Leute kennen. Ich habe das Gefühl, dass die Grazer noch nicht so viel Lebenszeit hinter dem Bildschirm vergeuden wie die Wiener, um über Facebook und soziale Medien mit irgendwelchen virtuellen Freunden zu kommunizieren.«

Tatsächlich traf ich mich hier viel öfter mit Freunden, als ich das jemals in Wien geschafft hatte. Allein schon deshalb, weil die Entfernungen kleiner und der zeitliche Aufwand geringer waren. Wir machten Spaziergänge im Stadtpark, am Hilmteich oder im Eggenberger Schlosspark. Mufflons liefen keine mehr frei herum, aber die Pfaue schlugen nach wie vor eifrig ihre Räder und machten Lärm. Das breite Angebot an Kunst und Kultur lenkte mich ebenfalls von der Tatsache ab, dass mein Mann Thomas schon zu lange in weiter Ferne weilte. Als er mich fragte, hatte ich seinem Großprojekt im Senegal zugestimmt, weil nur von drei Monaten die Rede gewesen war. Mittlerweile lebte er seit rund einem halben Jahr 4500 Kilometer von mir entfernt, und ein Ende des Projekts war noch immer nicht in Sicht.

Als hätte er meine Gedanken gelesen, fragte mich Emil Kisch: »Und Ihre Familie?«

»Thomas, mein Mann, ist mit Leib und Seele Bauingenieur. Er baut und saniert Wasserkraftwerke rund um den Erdball und ist überzeugt, dass eine funktionierende Stromversorgung die Lebensader einer modernen Gesellschaft und die Basis für deren Wohlstand ist«, erzählte ich vom Credo meines Mannes, für das er sich seit über einem Vierteljahrhundert einsetzte. »Ihm verdanken abgelegene Dörfer in Asien und Afrika den Anschluss an die globale Welt. Ums Funktionieren unserer kleinen Welt – des Haushalts samt zwei Kindern – hab immer ich mich gekümmert. Neben Familie, Beruf und gelegentlichem Hausumbau blieb wenig Zeit für anderes.«

»Auf jeden Fall war Ihnen wohl nie langweilig.«

Wie wahr: Solange die Kinder in die Schule gingen, war ich schon froh, wenn ich einmal in der Woche zum Rückentraining kam. So hatte ich ein halbes Jahrhundert immer dynamisch, aber ohne größere Blessuren hinter mich gebracht und auf ruhigere Zeiten gehofft. Und nun, da sie hier waren, fehlte mir etwas.

»Und was machen Ihre Kinder?«

»Meine Tochter Valerie ist nach Island ausgewandert, hat ihre berufliche Erfüllung im Ausmisten von Pferdeställen gefunden und sich in den Sohn des Reitstallbesitzers verliebt. Mein Sohn Patrick schreibt seit einer Ewigkeit an seiner Diplomarbeit.«

Dass ich mir insgeheim einen ordentlichen Studienabschluss für Valerie wünschte, behielt ich für mich. Auch dass Patrick seit Längerem mit der reizenden Stefanie zusammenlebte, die für mich das Zeug zur perfekten Schwiegertochter hatte, weil sie sich nicht nur liebevoll um meinen Sohn, sondern auch um seine Wäsche kümmerte.

Die Zeit bis zur Sperrstunde verging wie im Flug. Bestens gelaunt machten wir uns auf den Heimweg. Bevor wir uns im Stiegenhaus verabschiedeten, tauschten wir unsere E-Mail-Adressen und Telefonnummern aus. Wir hatten festgestellt, dass wir beide nicht nur begeisterte Kaffeehausbesucher waren, sondern auch ein Faible für Konzerte, Theater und Kino hatten.

»Wenn Sie möchten, könnten wir die eine oder andere Kulturveranstaltung gemeinsam besuchen«, schlug Emil Kisch vor. »Und im Anschluss daran tauschen wir wie heute unsere Eindrücke bei einem Glas Wein aus.«

Ich nahm sein Angebot gern an, zumal der Abend mit Emil Kisch kurzweilig und interessant gewesen war.

»Und wer weiß, vielleicht schreiben wir dieses Buch über die Kaffeehäuser zusammen. Dann könnten wir auch das Gebiet der alten Monarchie bereisen, Budapest, Prag, Triest …«

Er war Feuer und Flamme. Zum Abschied deutete er einen Handkuss an und wartete, bis die Tür hinter mir ins Schloss fiel. Ganz Kavalier der alten Schule. Erst als ich mir vor dem Schlafengehen einen Tee machte, fiel mir auf, dass Emil Kisch sehr viel von mir und meinem Leben erfahren hatte, ich von ihm hingegen kaum etwas. Ich hatte keine Ahnung, ob er verheiratet oder verwitwet war, ob er Kinder hatte oder was genau er momentan beruflich machte. Er hatte nur über seinen Beruf im Allgemeinen gesprochen, aber nicht gesagt, ob er trotz Pensionierung nach wie vor aktiv war. Das nächste Mal, so nahm ich mir fest vor, würde ich weniger über mich reden und ihn mehr zu Wort kommen lassen. Gedankenversunken rief ich meine E-Mails ab. Von meinem Göttergatten erreichte mich wider Erwarten keine Nachricht, in der er mir von seinem Tag berichtete.

Entweder war die Stromversorgung im Senegal zusammengebrochen, oder er war nicht dazugekommen. Dass er mir nichts zu sagen hatte, schloss ich aus, und Eifersucht war seit jeher kein Thema. Anders hätte unsere Ehe die vielen Monate oder – wenn man alles zusammenrechnete – Jahre, die wir getrennt waren, nicht unbeschadet überstanden. Im Gegenteil, vielleicht verdankten wir es den vielen Trennungen, dass es bei uns immer noch prickelte, wenn wir uns wiedersahen. Wie hieß es doch so schön: *Die Entfernung ist wie der Wind. Sie entfacht große Feuer und löscht kleine.* Unser Feuer loderte zwar nicht mehr, aber es glühte kontinuierlich vor sich hin.

Gedankenversunken rief ich nochmals die E-Mails ab. Ding-Ding. Eine neue Nachricht! Also hatte Thomas es doch noch rechtzeitig geschafft, mir einen virtuellen Gutenachtkuss zu senden. Rasch klickte ich hinein. Doch die E-Mail war nicht von Thomas. Sie war von Emil Kisch:

Liebe Helene, vielen Dank für den schönen Abend. Ich freue mich auf ein baldiges Wiedersehen mit Ihnen. Ihr Emil.

ZWEI

I

Am nächsten Morgen traf ich mich mit meinem Volksschulfreund und Geschäftspartner Bernd Koller zum Frühstück im »Königshof«, unserem Stammkaffeehaus. Während er sich die Spezial-Eierspeis mit Tomaten und Paprika schmecken ließ, erzählte er voller Begeisterung von einem Projekt, das er an Land gezogen hatte.

»Ein früherer Kunde von mir – Antiquitäten Jeschek – braucht eine Website. Weil er weiß, wie so etwas ins Auge gehen kann, und er niemanden kennt, dem er vertrauen kann, hat er sich an mich gewandt.« Der Stolz in seiner Stimme war nicht zu überhören. Bernd war früher angestellter Steuerberater gewesen und hatte sich mit unserer »k. u. k. Agentur« seinen lang gehegten Traum der Selbstständigkeit erfüllt. Auch wenn unsere Einnahmen zu wünschen übrig ließen, würde zumindest unsere Buchhaltung immer den erforderlichen Kriterien entsprechen. Das war ja schon einmal etwas.

»Ich hab gleich ein bisschen im Internet recherchiert und jede Menge Freeware-Tools gefunden, mit denen man Websites erstellen kann. Ein Kinderspiel, sag ich dir.«

»Wenn man sich auskennt …«, warf ich trocken ein.

»Ach bitte, was soll da schon groß dabei sein? Der Willi Jeschek braucht ja nur ein paar Seiten, wo er seine Firma, seine Antiquitäten und sich selbst vorstellt. Dazu liefert er uns alle Bilder und Texte, und fertig ist sein Webauftritt.« Bernd war Optimist. »Das Ganze hat nur einen kleinen Haken«, fuhr er fort. Dachte ich es mir doch. »Willi Jeschek braucht die Website sehr dringend – sie muss bis Neujahr im Netz sein. Dafür lässt er aber beim Honorar einiges springen. 2.500 Euro«, platzte er heraus. »Das ist doch großartig für ein paar Tage Arbeit. Gewissermaßen ein nettes Weihnachtsgeld.« Er nahm einen Schluck von seinem großen Braunen und sah mich erwartungsvoll an.

»Bernd, ich versteh dich nicht so recht. Kennst du dich denn bei solchen Arbeiten aus? Hast du schon jemals eine Website erstellt? Ich nämlich nicht«, wandte ich ein. Als Perfektionistin zog ich es vor, etwas lieber zu lassen, als es schlampig zu machen. »Ich habe zwar in der Firma, in der ich früher gearbeitet habe, die Inhalte der Website betreut, aber die Programmierung wurde ausschließlich von Profis gemacht«, klärte ich Bernd auf.

»Ach Helene, was ist denn los mit dir? Sieh das doch ein bisschen lockerer. Wir reden hier nicht vom ausgefeilten Internetauftritt eines Riesenkonzerns. Hier geht es nur um ein paar Seiten für eine kleine Firma. Und ich sagte dir schon, dass es für die Erstellung solcher einfachen Websites im Internet ganz einfach zu bedienende Freeware gibt. Damit erledigst du alles ruckizucki, wirst sehen.«

Bernd trommelte ungeduldig mit seinen Fingern auf der Tischplatte. In diesem Moment wurde mir klar – abgesehen von der magischen Chemie, die Liebende zusammenführte –, weshalb er und Karin ein Paar waren: Gleich und gleich gesellt sich nun mal gern. Seine Worte hätten genauso gut aus dem Mund meiner besten Freundin stammen können.

»Was heißt hier bitte *du*? Und ich bin nicht unlocker, aber ich kann so einen Auftrag nicht annehmen, weil ich nicht das Know-how dafür habe«, blieb ich stur.

»Nun, die Sache ist die«, druckste er herum. »Karin und ich haben für Silvester eine Reise auf einem Kreuzfahrtschiff gebucht. Am 26.12. geht es los. Bis dahin kann ich dir gern beistehen, aber eigentlich habe ich gehofft, dass du dich voller Begeisterung auf das Projekt stürzen würdest. Wo du doch immer neue Herausforderungen suchst und gern allein arbeitest«, schmierte mir Bernd Honig ums Maul. »Außerdem hast du erst kürzlich gejammert, dass dir fad ist. Sieh es doch als spannenden und lukrativen Zeitvertreib, dich in so ein Web-Tool einzuarbeiten. Wer weiß, vielleicht können wir uns mit solchen Arbeiten etablieren. Das wäre doch genau deins: kreativ und abwechslungsreich«, sülzte mein durchtriebener Kompagnon.

Bernd hatte nicht unrecht. Seitdem der Umbau meiner Grazer Wohnung abgeschlossen war, fiel mir die Decke im übertragenen Sinn auf den Kopf. Ich war mein ganzes Leben unter Zeitdruck gestanden. Mit der plötzlichen Leere, die sich nach dem Jobverlust, der Familienauflösung und zuletzt dem Abschluss der Wohnungssanierung in meinem Leben breitmachte, kam ich weniger gut zurecht als erwartet. So sehr hatte ich mir früher Freiheit und Freizeit gewünscht. Noch vor wenigen Wochen erschien es mir als größtes Glück, endlich keinen Handwerker mehr sehen zu müssen, nach all dem Chaos, das diese bei der Sanierung meiner Wohnung angerichtet hatten. Jetzt, da alles unter Dach und Fach war, ich in einer renovierten Wohnung lebte, meine Kinder gut versorgt wusste, und offen gestanden kein Hahn mehr nach mir krähte, konnte ich die freie Zeit bei Weitem nicht so sehr genießen, wie ich mir das in meinen Wunschträumen immer ausgemalt hatte.

»Okay, du hast recht. Ich werde es versuchen. Wird schon schiefgehen«, gab ich mich geschlagen.

Er griff zufrieden zu seinem Handy. »Herr Jeschek? Ja, Bernd Koller hier von ›k. u. k.‹. Ich habe gerade mit Frau Magister Kaiser gesprochen und freue mich, Ihnen mitteilen zu können, dass Sie sich höchstpersönlich um Ihren Webauftritt kümmern wird. Ihrem erfolgreichen neuen Geschäftsjahr dank toller Homepage steht nichts mehr im Wege. Ja, Frau Magister Kaiser hat viel Erfahrung, was solche Projekte angeht. Sie hat lange Zeit in einem Großkonzern gearbeitet …« Er grinste mich während des Gesprächs an. Nichts von dem, was er sagte, war gelogen. Aber wie er es sagte – da war ich mir sicher – löste es beim Kunden andere Bilder und Erwartungen aus, als sie der Realität entsprachen.

»Ja, einen Moment, sie sitzt gerade neben mir. Ich frage sie … Hast du in einer Stunde Zeit?«, wandte sich Bernd an mich.

Ich nickte.

»Frau Magister Kaiser wird um elf Uhr bei Ihnen vorbeikommen«, beendete Bernd das Telefongespräch. »Das hätten wir«, resümierte er zufrieden und bestellte sich einen Topfenstrudel zum süßen Abschluss.

2

Willi Jeschek musterte mich von oben bis unten, als ich sein Antiquitätengeschäft betrat. Der Mittfünfziger trug ein hochwertiges Hahnentritt-Sakko zur dunklen Hose. Einer seiner handgemachten Budapester-Schuhe hatte wahrscheinlich mehr gekostet als mein komplettes Outfit. Mit der Wahl der Kleidung kommunizierte man auch hier in der Murmetropole, zu welcher gesellschaftlichen Schicht man gehörte oder gehören wollte. Ob das eine oder das andere der Fall war, hing vom sozialen Status ab, in den man hineingeboren wurde oder den man sich durch seine Leistungen erwarb. Wenn dieser Status nicht vorhanden war, nutzte auch der teuerste Anzug nichts.

Willi Jeschek half mir aus dem Mantel. Was zum Vorschein kam, gefiel ihm zweifelsohne. Kein Wunder, die hohen Absätze meiner Stiefeletten ließen nicht nur meine Beine länger, sondern mich im Ganzen schlanker erscheinen. Mein blauer Blazer zauberte eine schlankere Taille, als die Vanillekipferl zuließen. Auf eine voluminöse Statementkette hatte ich zugunsten schlichter Perlen verzichtet. Auffällige Kleidung und schrille Farbkombinationen waren eher in Wien salonfähig.

»Sie werden also meine Website machen?«, erkundigte sich Jeschek, nachdem er mir einen Platz angeboten hatte. Der Biedermeiersessel war so schön wie unbequem.

Ich nickte und hoffte, dass er nun keine Befragung startete oder wissen wollte, welche Websites ich bereits erstellt hatte.

»Was für Wünsche haben Sie denn bei der Gestaltung

Ihrer Website?«, kam ich weiteren Fragen seinerseits zuvor. Angriff war immer die beste Verteidigung.

»Ich habe mir vorgestellt, dass wir ein leuchtendes Rot als Grundfarbe nehmen und dazu zahlreiche Fotos von Exponaten. Auf jeden Fall benötige ich eine Seite für den Einleitungstext, eine für meine Biografie, eine für die Kontaktdaten und natürlich eine Übersicht über alle meine Möbel. Was wir sonst noch brauchen, werden sicher Sie mir sagen. Sie sind ja die Expertin.«

»Sie meinen einen dunkelroten Hintergrund?«

»Nein, dunkelrot hat einer meiner Konkurrenten. Den will ich unbedingt ausstechen. Ich möchte ein helles Rot, das sofort in die Augen sticht.«

Und nach zehn Sekunden Augenkrebs auslöst, dachte ich insgeheim. Bernd hatte mich beim Abschied nochmals darauf hingewiesen, dass Jeschek der Kunde und damit König sei, und ich mich mit Belehrungen tunlichst zurückhalten sollte.

»Können Sie mir die Texte und Fotos mitgeben?«, fragte ich stattdessen.

Er sah mich verwundert an. »Texte habe ich keine. Aber hier eine Auswahl an Fotos.« Er reichte mir eine Schuhschachtel. Ein Blick genügte mir, um zu sehen, dass die meisten Aufnahmen verblasst und völlig unbrauchbar waren. Aber ich hielt meinen Mund.

»Beim Texten habe ich auf Ihre Kompetenz gehofft. Ich habe hier ein paar Messekataloge und einen Lebenslauf, vielleicht können Sie etwas daraus verwenden. Andernfalls stehe ich Ihnen jederzeit für Fragen aller Art zur Verfügung.«

Ich nahm die Unterlagen in Empfang und legte sie auf die Schachtel.

»Ich möchte eine hypermoderne Webseite haben«, stellte Willi Jeschek klar.

»Mit den alten Fotos, die Sie mir gegeben haben, könnte das schwierig werden«, lag es mir auf der Zunge. Aber auch diese Bemerkung behielt ich für mich. Außerdem verkaufte er doch Antiquitäten.

»Hier habe ich Ihnen ein Muster ausgedruckt von einem meiner Konkurrenten. So ähnlich, aber noch viel besser muss es werden.« Er reichte mir einen Ausdruck.

Da ich bislang keine Ahnung hatte, welche Designs mit den Gratis-Tools, von denen Bernd geschwärmt hatte, überhaupt zu gestalten waren, studierte ich das Muster wortlos. Ob Bernd recht hatte, dass es nicht so schwer sein würde, eine Homepage zu erstellen, würde sich bald zeigen.

DREI

I

Die köstlichen Weihnachtskekse, die an den Ständen des Christkindlmarkts und in den Bäckereien verkauft wurden, ließen mich zu oft schwach werden. Wenn ich so weitermachte, würde ich meinen Wintermantel bald nicht mehr zuknöpfen können.

Als ich die Hofbäckerei betrat, lugte ich als Erstes in den Konditoreibereich. Alle Tische waren besetzt, aber keiner von Emil Kisch. Er hatte mir erzählt, dass er hier oft ein zweites Frühstück zu sich nahm, wenn er in der Stadt war.

Ein wenig enttäuscht stellte ich mich zur Glasvitrine und wartete, bis ich an der Reihe war. Das dauerte eine Weile, weil vor mir eine Gruppe japanischer Touristen ihre Bestellungen aufgab. Die meisten nahmen Sissi-Busserl, eine Spezialität des Hauses. Dabei hätten sie gar nicht so weit fahren müssen, weil es auch in Tokio einen Partnerbetrieb der Hofbäckerei gibt.

Seit unserem gemeinsamen Abend hatte ich Emil Kisch nicht wiedergesehen. Er war am nächsten Tag zu einem Ärztekongress in Deutschland geflogen. Das erzählte er mir in einem jener E-Mails, die wir uns seit der »Lustigen Witwe« schrieben. Wenn ich ehrlich war, rief ich mittlerweile doppelt so oft meine Mails ab wie zuvor. Ich versuchte mir einzureden, dass es nur an den unzähligen interessanten Themen lag, über die wir uns schreibend unterhielten. Nur erklärte das nicht, warum sich mein Pulsschlag jedes Mal erhöhte, wenn ich eine Nachricht von ihm erhielt, und ich nach deren Lektüre selig vor mich hin lächelte. Wenn hingegen keine Nachricht von ihm auf mich wartete, machte sich in mir Enttäuschung breit, so wie jetzt, als ich ihn nicht im Kaffeehaus entdeckt hatte.

»Du bist verknallt«, hatte mich Karin gehänselt, als ich ihr – wie ich glaubte, völlig sachlich – am Wochenende von meiner Begegnung mit Emil Kisch erzählt hatte. Seit sie und Bernd sich verliebt hatten, war Graz ihr zweites Zuhause geworden, und mittlerweile hielt sie sich für eine Expertin in Herzensangelegenheiten.

»So ein Blödsinn«, hatte ich ihr vehement widersprochen. »Ich bin eine glücklich verheiratete Frau und wahrlich nicht auf der Suche nach einem Abenteuer.«

»Helene. Du glaubst ja wohl nicht, dass du dir das aussuchen kannst, ob und wann und in wen du dich verliebst?«, hatte mich Karin gefragt und den Kopf geschüttelt. Vor einem Jahr hätte sie noch genau das Gegenteil behauptet. »Glaub mir, dein Unbewusstes, das Universum, der liebe Gott oder wie immer du es nennen willst, wissen schon, was sie tun. Nur weil wir das mit unseren Piperlgehirnen nicht gleich durchschauen, heißt das ja nicht, dass es nicht richtig ist. Oder glaubst du, dass ich Bernd kennengelernt hätte, wenn es nicht hätte sein sollen?« Und das aus dem Mund jener Person, die ich bis dato immer für die abgebrühteste meiner Freundinnen gehalten hatte. Aber wenn man bedachte, dass unser Bewusstsein gerade mal fünf Prozent ausmacht, lag es nahe, dass Karin recht hatte, weil die restlichen 95 Prozent unseres Unbewussten wohl auch eine Funktion erfüllen. Wäre etwa mein 50. Geburtstag nicht eine Verkettung merkwürdigster Umstände samt rätselhaftem Leichenfund gewesen, hätten Karin und Bernd einander nicht kennengelernt. Womit auch dieses Chaos seinen tieferen Sinn gehabt hatte.

»Was darf's denn sein?«, unterbrach die Verkäuferin, die das Touristenrudel endlich höflich abgefertigt hatte, meine Überlegungen.

»Bitte ein halbes Schwarzbrot und ein Packerl Kürbiskern-Vanillekipferl«, bestellte ich. Heute brauchte ich noch Nervennahrung. Das Website-Projekt für Willi Jeschek hatte sich als viel schwieriger herausgestellt, als gedacht. Nicht zuletzt wegen seines penetranten Farbwunsches.

»Dürfen's vielleicht noch Sissi-Busserl oder Panthertatzen sein?«

Mein »Nein, bitte nicht!« kam schroffer über die Lippen, als beabsichtigt. Ich ließ mir das eine wie das andere nur zu gern auf der Zunge zergehen, aber irgendwann musste Schluss mit den süßen Versuchungen sein, wenn ich mich nicht komplett neu einkleiden wollte. Morgen würde ich einen Keksstopp einlegen.

Als ich die Bäckerei verließ, knipsten die japanischen Touristen munter drauflos, um das kunstvolle neobarocke Portal aus Eichenholz, über dem ein goldener Doppeladler prangte, zur digitalen Erinnerung werden zu lassen. Immerhin handelte es sich um die älteste noch bestehende Grazer Bäckerei, die 1569 erstmals urkundlich erwähnt wurde und eine der ältesten des Landes war. Neben dem sehenswerten Portal würde auch ich – eine »Langnase« –

auf den Aufnahmen zu bestaunen sein. Womit sie gleich zwei Attraktionen herzuzeigen hatten.

Ich sog die frische Luft ein und knabberte ein Kürbiskern-Vanillekipferl und gleich noch eins. So spazierte ich die Sporgasse hinunter und bog dann in Richtung Bermudadreieck ein. Hier war schon so mancher nach einer durchzechten Nacht in einem der vielen Lokale für eine Weile verschollen. Jetzt in der Weihnachtszeit bildeten die Christkindlmärkte der Stadt ein einziges großes Weihnachtsdorf. Einheimische, Zuagraste und Touristen ließen sich abends von Glühwein, Punsch und stimmungsvoller Beleuchtung weihnachtlichen Glanz in die Gesichter zaubern.

In der Stempfergasse war der rote Teppich ausgerollt, in den Schaufenstern waren Krippen ausgestellt. Ich konnte von der Weihnachtsstimmung in der steirischen Landeshauptstadt nicht genug bekommen. Nach Jahrzehnten im Moloch Wien, wo sich trotz zahlreicher Christkindlmärkte die Freude aufs Fest der Liebe nie so recht einstellen wollte, wurde ich hier wieder in die vorweihnachtliche Stimmung meiner Kindheit und Jugend versetzt. Das Einzige, was fehlte, war der Schnee.

»Helene?«

Ich drehte mich um. Schneewittchen stand vor mir – mit dunklen Augen und Haaren. Und Lippen so rot wie der gerade angesagte Lippenstift von Chanel.

»Theresa, servus! Na, welchen Skandal hast du heute schon vertuscht?«, zog ich die Freundin aus Gymnasiumzeiten auf, ohne eine Antwort zu erwarten. Früher waren wir gemeinsam von Party zu Party gezogen. Heute arbeitete sie als seriöse Pressesprecherin für einen großen Konzern. Genau genommen hieß sie Frau Doktor Theresa Holler. Als ich nach Wien zog, hatten wir uns aus den Augen verloren. Vor ein paar Monaten waren wir uns bei einem Violinkonzert im Stefaniensaal über den Weg gelaufen, und trotz der vielen Jahre, in denen wir keinen Kontakt gehabt hatten, verstanden wir uns auf Anhieb wieder blendend.

»Entschuldige, dass ich mich nicht bei dir gemeldet habe. Aber von Weihnachtsfrieden kann heuer nicht die Rede sein. In der letzten Woche habe ich sicher an die 70 Stunden gearbeitet.« Theresa strich sich eine Haarsträhne aus dem Gesicht, die sich aus ihrer Hochsteckfrisur gelöst hatte.

Gern hätte ich gewusst, was diesmal der Grund für das erhöhte Arbeitspensum war, aber da aus Theresa ohnehin nie etwas herauszukitzeln war, wechselte ich das Thema. »Großartig siehst du aus. Der schwarze Mantel steht dir.«

»Danke, lieb von dir, Helene. Aber den trag ich nur, weil ich aufs Begräbnis meiner Großmutter gehen muss. Sie ist am Wochenende gestorben.«

»Mein aufrichtiges Beileid«, versuchte ich, aus dem Fettnapf herauszusteigen.

»Alles gut. Meine Oma hatte ein langes erfülltes Leben und ist sanft entschlafen. Sie wäre heuer 92 geworden. Wahrscheinlich lag es an der guten Luft am Rosenberg.« Theresa lächelte. »Jetzt überleg ich mir, ob ich in Omas Haus ziehen soll, nachdem sie es mir vererbt hat. Was meinst?«

Der Rosenberg war schon in meiner Kindheit ein beliebtes Naherholungsgebiet gewesen. Oft flanierte ich mit meinen Eltern durch die grüne Landschaft und bewunderte die Villen. Die noble Wohngegend gehörte zum nördlichen Teil des Bezirks Geidorf, in dem ich aufgewachsen war. Allerdings nicht in einem der Häuser im Grünen, sondern im belebteren Teil nahe dem Stadtpark. Als wäre es gestern gewesen, erinnerte ich mich an das Café »Rosenhain«, zu dem wir oft spazierten. Während meine Eltern auf der großen Terrasse saßen und die traumhafte Aussicht genossen, spielte ich im Sommer mit anderen Kindern oder pflückte Blumen. Im Winter rodelten wir den Hang hinunter oder bauten Schneemänner. Der größte Vorteil der geburtsstarken 60er-Jahrgänge war wohl, dass es immer und überall Kinder gab, mit denen man sich anfreunden konnte. Und fad war uns nie, weil wir Meister des Spieleerfindens waren. Nachdem das Lokal in luftiger Höhe Mitte der 70er abgebrannt war, peilten meine Eltern andere Ziele an, wo sie ebenfalls stilvoll ihren Nachmittagskaffee tranken, während ich herumtobte.

»Helene? Bist du noch da?«, unterbrach Theresa meine Kindheitserinnerungen und sah mich ungeduldig an. »Hast du Lust, mich aufs Begräbnis zu begleiten? Ich habe keine Ahnung, wer außer meiner Mutter, meinem Bruder und meinen beiden Tanten kommen wird. Der Freundeskreis einer fast Hundertjährigen ist wahrscheinlich schon ziemlich gelichtet. Mir wäre es sehr recht, wenn ich nicht allein hingehen müsste.«

Ich sah auf die Uhr. Es war kurz nach zehn Uhr. Warum eigentlich nicht, dachte ich. In meinem Kalender war kein Termin eingetragen, und die Arbeiten an Jescheks Website würden mir nicht davonlaufen. Leider. Meinen Augen würde die Rot-Pause gut tun. Die anderen Aufträge unserer »k. u. k.-Agentur« waren erledigt. Die Geliebte des verheirateten Geschäftsmannes hatte ihn letztlich doch nicht mit einem Verkäufer vom Kastner betrogen, so wie das unser eifersüchtiger Auftraggeber befürchtet hatte. Sie frönte nur ihrer ausgeprägten Kauflust, die sie mit Vorliebe in den Stockwerken des eleganten Grazer Traditionskaufhauses befriedigte.

Im Moment war für mich auch ein Begräbnis eine, wenn auch etwas morbide, Unterhaltung. Spaziergänge auf Friedhöfen waren zu jeder Jahreszeit ein Quell der Inspiration, wenn man sich der Stille hingab und sich zu den Namen auf den Grabsteinen Geschichten ausdachte.

»Klar begleite ich dich«, sagte ich zu Theresa, die mir ein Busserl auf die Wange hauchte.

»Danke, damit tust mir einen großen Gefallen. Dann sehen wir uns um 13 Uhr am St. Peter-Friedhof.«

Sie winkte mir zum Abschied, und schon trippelte sie auf ihren hochhackigen Stiefeletten in Richtung Herrengasse davon. Ich blickte ihr nach, bis sie hinter der Ecke verschwunden war. Wie rasch man doch auf einem Friedhof landen konnte.

Etwas Feuchtes berührte sanft meine Nase, dann noch etwas. Als ich hinaufblickte, tanzten Schneeflocken vom Himmel. Die Hoffnung auf weiße Weihnachten keimte in mir auf. Es war schon eine Weile her, dass den Grazern dieser Wunsch erfüllt worden war.

2

Ich hatte noch gut zwei Stunden Zeit und machte noch einen Abstecher zur Eiskrippe im Landhaushof. 30 Tonnen Eis hatten die Skulpturenschnitzer zu lebensgroßen Figuren verarbeitet. Und weil auf das Wetter nicht immer Verlass war, wurden heuer vorsorglich Ersatzfiguren geschnitzt, damit die Krippe nicht wie in den Vorjahren mangels winterlicher Temperaturen bis zum Heiligen Abend dahinschmolz. Sollte ich die restliche Zeit ins »Königshof« auf eine Melange gehen oder Willi Jescheks Website gestalten? Mein Pflichtbewusstsein siegte – und stellte sich als schlechter Ratgeber heraus. Die Schwierigkeit lag nicht bei den Gratis-Tools, sondern an den Sonderwünschen Jescheks, der von der eierlegenden-Wollmilchsau-Website träumte. Ich hatte ihm am Vortag den ersten Entwurf präsentiert, nun fand ich ein E-Mail vor, in dem er mir seine Änderungswünsche mitteilte. Eigentlich gefiel ihm nichts, außer dem knalligen Rot. Auch die Texte, die ich für ihn aus seinen spärlichen Unterlagen zusammengestellt hatte, trafen nicht seinen Geschmack.

»Helene, der Jeschek ist ganz aus dem Häuschen«, meldete sich kurz darauf Bernd. »Ich weiß eh, dass er schwierig ist, aber wir sollten es uns nicht mit ihm verscherzen. Der kennt in Graz Gott und die Welt. Wenn er uns überall schlecht macht, können wir gleich zusperren«, jammerte er.

»Sei mir nicht bös, aber der gute Mann hat keine Ahnung. Und keinen Geschmack«, konterte ich und erklärte Bernd die Situation aus meiner Sicht. Ich war bei Gott keine Schwarzseherin. Nur realistisch. Und aus unterbelichteten Fotos ließen sich nun mal keine gestochen scharfe machen. Und Knallrot war für eine Website das Letzte.

»Helene, du hast ja vollkommen recht, aber bitte mach in diesem Fall eine Ausnahme«, flehte mich mein Kompagnon an. »Soll er doch die Farbe bekommen, die ihm am besten gefällt, nimm die von ihm gewünschte Schriftart, so unleserlich du sie auch finden magst. Das mit den Fotos hab ich ihm erklärt. Da ist er einsichtig und hat versprochen, dir so rasch wie möglich bessere zu liefern. Und wegen der Texte bittet er dich, morgen nochmal vorbei zu kommen. Bitte vergiss nicht: Der Kunde ist König«, insistierte Bernd.

Und ich bin Kaiser – und ich sag dir, dass das nichts werden kann, wollte ich erwidern. Aber ich hielt den Mund. Das Gute an der Sache war, dass ich mich nicht mehr über Langeweile beschweren konnte.

Ding-ding. Zwei neue Mails. Keines von Thomas. Das von Karin las ich zuerst. ›Hi, Süße, ich komme morgen nach Graz. Lass uns abends auf den Schloßberg zum Christkindlmarkt bummeln. Ich stell es mir toll vor da oben. Bis dann. Bussi Baba.‹

Bevor ich das zweite Mail las, ging ich in die Küche und kochte mir eine Tasse Kräutertee. Vor dem Fenster wirbelten die Schneeflocken immer dichter. Wenn das so weiterging, würde die Stadt bald im Weiß versinken. Mit meinem Tee setzte ich mich wieder vor den Bildschirm und öffnete die Nachricht von Emil Kisch.

›Liebe Helene,

ich bin wieder gut in Graz gelandet. Wie geht es Ihnen? Hätten Sie Zeit und Lust, mich heute Abend zu einer Führung ins Schloss Eggenberg zu begleiten, mit anschließendem vorweihnachtlichen Beisammensein? Ich würde Sie um 17 Uhr abholen.

Ihr Emil‹

Ein Lächeln huschte über mein Gesicht. Ich freute mich auf einen interessanten Abend. Die letzte Führung, die ich im Schloss Eggenberg besucht hatte, war an die 35 Jahre her.

Sehr gern. Ich freue mich auf einen schönen Abend mit Ihnen. Herzliche Grüße, Ihre Helene, schrieb ich prompt zurück. Sicher verstieß ich mit dieser überschnellen Antwort gegen alle Wie-verhalte-ich-mich-gegenüber-Männern?-Regeln, aber was kümmerte mich das? Schließlich wollte ich ja nichts von Emil Kisch. Nur einen netten Abend mit ihm verbringen. Und ich hatte Zeit und Lust, ihn wiederzusehen. So bald wie möglich.

Auch Karin gab ich gleich Bescheid, dass ich mich aufs weihnachtliche Treffen mit ihr hoch über den Dächern der Stadt sehr freute. Ich hoffte nur, dass Bernd nicht dabei sein würde. Sonst würde er mir wohl die meiste Zeit wegen Jescheks Website die Ohren volljammern, und darauf konnte ich getrost verzichten.

Apropos … Die verbleibende Zeit bis zum Begräbnis fitzelte ich an der Website des Antiquitätenhändlers herum. Aber jeder Entwurf gefiel mir noch weniger als der vorhergehende. Es stellte sich wieder einmal heraus, dass nicht jede Weiterentwicklung zwangsläufig eine Verbesserung sein muss. Vielleicht lag es daran, dass ich wegen Emil Kischs Mail nicht ganz bei der Sache war. Vielleicht lag es aber auch nur an der roten Knallfarbe, in der die Seiten erstrahlten. Meine Befürchtung, dass die penetrante Farbe die Besucher von der Website forttreiben würde, bewahrheitete sich bereits bei mir. Ich beendete meine Arbeit. Im Moment hatte ich keine Ahnung, wie ich das Projekt retten konnte. Aber kommt Zeit, kommt Rat, dachte ich und wandte mich Wichtigerem zu. Was sollte ich zur Beerdigung anziehen? Oder anders gefragt, was passte mir noch? In den letzten Wochen hatte ich mit viel Genuss drei Kilo zugelegt. Die hatten sich nicht als Muskelmasse manifestiert, sondern polsterten vor allem Bauch, Oberschenkel und Po. Dementsprechend knapp saß der schwarze Hosenanzug, den ich für die Beerdigung auswählte. Zum Glück war Winter und so kaschierte der dunkle Wollmantel die extraweiblichen Rundungen – auch wenn seine Farbe meinen hellen Teint noch bleicher wirken ließ. Aber das passte wenigstens zum Anlass.

Das Handy läutete.

»Hallo, Schatz. Wir haben hier ein Verbindungsproblem, drum konnte ich dir keine Mails schicken. Ich hoffe, dass es dir trotzdem gut geht?« Es war mein lieber Mann Thomas.

»Ich habe ein Flugticket für den 23.12. bekommen. Früher ging es sich nicht aus«, bedauerte er.

»Kein Problem. Ich fahre Ende nächster Woche nach Wien. Da bleibt mir genug Zeit, das Haus gemütlich herzurichten. Patrick kommt am Weihnachtsabend mit Stefanie vorbei, und Valerie wird am 22. Dezember aus Island einfliegen. Einer gemütlichen Familienfeier steht somit nichts im Weg. Ich freue mich schon sehr darauf, wenn wir alle wieder unter einem Dach versammelt sind.« Da wusste ich es noch nicht besser.

Ich war ein Familienmensch, und das gemütliche Beisammensein und die gemeinsamen Aktivitäten waren das, was mir nach der radikalen Abnabelung der Kinder und während Thomas' Auslandsaufenthalten am meisten abging.

»Danke. Ich freue mich auch schon drauf. Und …«, er räusperte sich, »danke dir dafür, dass du mir das alles ermöglichst. Diese Projekte, meinen abenteuerlichen Beruf und dass du mich immer unterstützt. Ich habe gestern mit einem Kollegen gesprochen, und der hat mir erzählt, dass seiner Frau alles zu viel geworden ist und sie die Scheidung eingereicht hat. Stell dir vor, wie es dem jetzt geht, so kurz vor Weihnachten. Sie hätte zumindest bis nach den Feiertagen mit dieser Entscheidung warten können, findest du nicht auch?«

Ich verkniff mir die Antwort, dass die Frau des Kollegen wahrscheinlich schon Monate, vielleicht sogar Jahre unglücklich gewesen war, ohne dass ihr Mann etwas davon bemerkt hatte. Wahrscheinlich waren bei ihr, kurz vor dem Fest der Liebe und der Familie, die Sicherungen durchgebrannt, und sie hatte einen radikalen Schlussstrich gezogen. Aber was genau geschehen war, wussten nur die beiden. »Besser ein Ende mit Schrecken, als ein Schrecken ohne Ende«, sagte ich daher lapidar und wechselte das Thema, indem ich Thomas fragte, ob ich für ihn wieder Geschenke für die Kinder besorgen sollte, wie ich es alle Jahre getan hatte.

»Nein, ich möchte heuer für jeden von euch selbst etwas besorgen. Hoffentlich gefällt es euch. Was machst du heute noch?«, erkundigte er sich.

»Ich gehe zu einem Begräbnis.«

Schweigen am anderen Ende der Leitung.

»Um Gottes willen! Wer ist denn gestorben?«, fragte er erschrocken.

»Die Großmutter von Theresa. Sie wird heute beigesetzt.«

»Ach so… Und sonst? Genießt du das weihnachtliche Graz?« Im Hintergrund hörte ich, wie eine Frau Thomas' Namen rief und irgendetwas auf Englisch brabbelte.

»Ja, es ist sehr schön hier. Schade, dass du nicht bei mir sein kannst. Heute schneit es sogar. Morgen kommt Karin, da …«

»Schatz, entschuldige, das klingt ganz toll, aber ich muss unser Gespräch beenden, meine Sekretärin ruft mich gerade zu einem wichtigen Meeting. Kuss.« Und schon war die Leitung unterbrochen.

3

Zehn vor eins trat ich durch das Gittertor des St. Peter-Stadtfriedhofs. Gleich links befand sich die moderne Aufbahrungshalle, vor der wir uns treffen wollten. Von Theresa war weit und breit nichts zu sehen.

Ich sah mir die umliegenden Gräber an. Die ältesten Gräber am St. Peter-Stadtfriedhof waren zu Beginn des 19. Jahrhunderts angelegt worden. Theresienritter, Adelige, Generäle, Oberstleutnants, Majore, Gelehrte und namhafte Personen der Stadt hatten hier ihre letzte Ruhestätte gefunden. Über einigen von ihnen ragten Kapellen, über anderen mächtige Grabstelen empor. Manche blickten in den Grabstein gemeißelt auf die Besucher herab, andere wurden von großen Engelstatuen bewacht. Hinter mir hörte ich eilige Schritte. »Entschuldige, aber ich hatte eine nicht enden wollende Telefonkonferenz«, erklärte Theresa ihre Verspätung.

Gemeinsam gingen wir zur Aufbahrungshalle, vor der bereits mehrere Personen warteten. Mit uns sank das Durchschnittsalter drastisch. Eine gepflegte Dame mit blondem Bob stöckelte auf Theresa zu. Teile von ihr schätzte ich auf rund 70. Alles an ihr war an seinem korrekten Platz, jedes Kleidungsstück, zumindest jene, die der teure Nerzmantel nicht verdeckte, war von feinster Qualität. Die Perlen um ihren Hals stammten garantiert nicht aus einem Modeschmuckladen wie die meinen. Der hagere Mittvierziger mit den langen Haaren in ihrem Schlepptau passte so gar nicht zu ihrer etepetete Erscheinung.

»Na endlich. Du kommst viel zu spät. Sogar Jutta und die Trödlerin Gerda sind schon da«, sprach sie Theresa an.

Dabei zupfte sie mit der behandschuhten Hand einige imaginäre Fusseln von deren schwarzen Mantel.

»Grüß dich, Mutter. Ich weiß, dass wir knapp dran sind. Aber ich hatte eine Besprechung mit dem Direktor, da konnte ich nicht einfach aufstehen und gehen.«

»Ja, Karriere hat ihren Preis«, seufzte Theresas Mutter. »Du solltest dir an deiner Schwester ein Beispiel nehmen«, sagte sie zum Langhaarigen. Das also war Theresas Bruder, von dem ich nur einiges gehört, den ich aber nie persönlich kennengelernt hatte. Er war aus zwei Gymnasien hinausgeflogen und wurde daraufhin in ein Internat gesteckt. Nie und nimmer hätte ich angenommen, dass er mit Theresa verwandt sein könnte. Die beiden sahen zu verschieden aus. Klara Holler fand keine Fusseln mehr auf Theresas Mantel, obwohl sie das Gewebe konzentriert scannte. Stirnfalten machte sie dabei keine. Die waren wohl vom Botox gelähmt. Nun maß sie mich von oben bis unten. Ich fühlte mich wie ein kleines Mädchen, das etwas angestellt hatte.

»Möchtest du uns deine Begleitung nicht vorstellen?«, fragte Theresas Mutter, aber es klang weniger wie eine Bitte als wie ein Befehl.

»Meine Freundin, Frau Magister Helene Kaiser. Meine Mutter Klara Holler, mein Bruder Erwin.«

Ich gab den beiden die Hand. Bei Theresas Mutter fehlte nicht viel, und ich hätte artig einen Knicks gemacht.

»Sehr erfreut. Kaiser …?« Sie dachte angestrengt nach. »Entschuldigen Sie, ich kann mich an Ihren Namen nicht erinnern«, sagte Theresas Mutter.

»Helene ist Betriebswirtin und war für internationale Konzerne im Bereich Marktforschung tätig. Derzeit betreibt sie sehr erfolgreich eine eigene Agentur in Graz«, gab Theresa Auskunft. So konnte man es auch formulieren.

»Ach, sind Sie vielleicht mit Senatspräsident Kaiser verwandt?«, ließ Klara Holler nichts unversucht, mich in eine für sie angemessene Verbindung zur Grazer Gesellschaft zu bringen. Erwin sagte kein Wort, aber seine Mundwinkel zuckten verdächtig, und er zwinkerte seiner Schwester belustigt zu.

»Nein, ist sie nicht. Könntest du mir jetzt bitte die anderen Trauergäste vorstellen?«, beendete Theresa die Nachforschungen ihrer Mutter. Sie erntete dafür einen stechenden Blick, aber dagegen war sie über die Jahre wahrscheinlich immun geworden. Ich stellte mich ein wenig abseits, während die beiden und Theresas Bruder die Anwesenden begrüßten. Zwei Frauen umarmten Theresa und Erwin herzlich, während sie deren Mutter nur kühl zunickten.

»Darf ich dir meine Tanten Jutta und Gerda vorstellen?«, sagte Theresa. Die beiden Frauen schüttelten mir die Hand. Während Theresas Mutter vom Scheitel bis zur Sohle eine elegante Erscheinung war, präsentierte sich Jutta spindeldürr, in einem wallenden Umhang und mit langen Haaren, die sie achtlos zusammengebunden hatte. Das ursprüngliche Blond wurde von grauen Strähnen überlagert. Sie sah um vieles älter aus als Klara Holler. Gerda war hingegen pummelig. Stumpfe graue Haare umrahmten ihr aufgeschwemmtes Gesicht. Sie trug ein Trachtenkostüm, das die Fülle seiner Trägerin kaum im Zaum halten konnte. Die abschätzigen Blicke, mit denen Theresas Mutter die beiden bedachte, zeigten, wie sehr sie sich für die beiden Frauen genierte. Gott sei Dank traf in diesem Moment der Pfarrer ein.

Gemeinsam betraten wir die Aufbahrungshalle. Mehrere Buketts und drei Kränze lagen vor dem Sarg in einer der Nischen. *Von der Dunkelheit ins Licht, Klara, Theresa, Erwin*, prangte in goldenen Lettern auf dem prachtvollsten.

»Komm, die Totenmesse beginnt.« Meine Freundin hakte sich bei mir ein. Mir blieb nichts anderes übrig, als gemeinsam mit Theresa, der Mutter, ihrem Bruder und den Tanten in der ersten Reihe zu sitzen.

Der junge Pfarrer hatte sich alle Mühe gemacht, das Leben der Toten zu recherchieren. So erfuhr ich aus seinem Mund die beeindruckende Lebensgeschichte der Verblichenen. »Katharina Brunner, eine gebürtige Budapesterin, war im Zweiten Weltkrieg als Krankenschwester für das Rote Kreuz im Einsatz. Im Lazarett lernte sie den verwundeten Theobald kennen, ihren späteren Mann. Nach dem Krieg gab sie ihm vor Gott das Ja-Wort und folgte ihm nach Graz. Sie wurde die Mutter von Jutta, Klara und Gerda und war die starke Frau hinter ihrem erfolgreichen Mann. Zeit ihres Lebens, aber besonders nach dem Tod ihres geliebten Theobald vor 22 Jahren, engagierte sie sich für Menschen in Not, von denen so mancher in ihrer Villa Zuflucht fand. Besonders beeindruckend war wohl ihr unerschütterliches Interesse an allem. Anders ist es nicht zu erklären, dass sie mit weit über 70 mit der Transsibirischen Eisenbahn nach Peking gefahren ist, Timbuktu in Mali besucht und mit 85 Jahren ein Studium der Anthropologie begonnen hat. Katharina Brunner hat nun ihr irdisches Dasein beendet, doch wird sie für immer in unserer Erinnerung weiterleben, als Vorbild und nachahmenswertes Beispiel für ein erfülltes Leben.« Abschließend sprach der Pfarrer vom familiären Zusammenhalt und dem Glück, im Kreise seiner Lieben alt zu werden.

Während der berührenden Rede schnäuzten sich einige

der Trauergäste. Auch Jutta, Gerda und Theresa standen Tränen in den Augen. Nur Klara Holler blickte drein, als würde sie all das nichts angehen, als wäre die Verstorbene eine Fremde gewesen und nicht ihre Mutter. Nachdem der Sarg auf den Konduktwagen verladen worden war, schritten wir hinter dem Pfarrer und dem Kreuzträger her. Die wenigen Trauergäste folgten. Ein eisiger Wind blies durch die Grabreihen, die mit Schnee angezuckert waren. Ich stellte meinen Kragen auf.

Am Grab der Familie Brunner wurde der Sarg hinabgelassen, wir warfen ihm Erde nach und beteten ein Vaterunser. Jutta und Gerda weinten Rotz und Wasser. »Was für falsche Schlangen«, zischte Klara Holler. »Seitdem meine Mutter die beiden aus der Villa geschmissen hat, haben sie sie links liegen lassen.«

Theresa klärte mich flüsternd auf: »Tante Jutta ist um zwei Jahre älter als meine Mutter. Sie hat in Italien Kunst studiert. Danach hat sie wieder in der Villa gewohnt, weil sie keinen Job gefunden hat. Tante Gerda war immer das Nesthäkchen und eine Stubenhockerin. Sie dachte nicht einmal ans Ausziehen, als sie ihr Geschichtestudium längst abgeschlossen hatte.«

Als ich das hörte, war ich stolz auf meine Brut, die so selbstständig war und bereits auf eigenen Beinen stand. Bei Valerie und Patrick war es mir fast ein bisschen zu schnell gegangen.

»Und was ist aus ihnen geworden, als deine Großmutter sie vor die Tür gesetzt hat?«

»Jutta lebt mit ihrem Mann und dessen Kindern in der Oststeiermark. Gerda hat einen Winzer geheiratet und lebt an der Südsteirischen Weinstraße. Ihr Mann schupft den Betrieb, während sie seit Jahren an einem historischen Bildband schreibt und *nicht immer, aber immer öfter* den Wein ihres Mannes verkostet.«

Eine Weile blieben wir noch alle versammelt, es drängte uns niemand, aufzubrechen. Auch der Pfarrer hatte es nicht eilig. Ich stand neben Theresa und beobachtete die Bekannten und Freunde der Verstorbenen, die meiner Freundin und ihrer Mutter kondolierten. So faltig und zerfurcht die Gesichter der alten Leute auch waren, ihre Augen sprühten voller Energie. Es war ein schönes Begräbnis gewesen, und die friedliche Atmosphäre wurde durch den leichten Schneefall noch verstärkt. Nach und nach verabschiedeten sich die Trauergäste. Klara Holler hatte auf einen Leichenschmaus verzichtet.

»Fahren wir noch ins ›Hilmteichschlössl‹ auf ein Getränk?«, fragte mich Theresa, als wir ins Auto stiegen.

Ich musste nicht lange überlegen, bis 17 Uhr waren es noch gute zwei Stunden. Wenig später saßen wir im Lokal und schauten auf den Teich und die Ausläufer des Leechwaldes. »Danke, dass du mich zum Begräbnis begleitet hast«, sagte Theresa und stieß mit mir an. »Wenn du Lust hast, könnten wir noch einen Sprung ins Haus meiner Großmutter machen. Es ist gleich in der Nähe, und du bist ja Expertin, was Umbau und Einrichtung angeht. Vielleicht hast ein paar gute Tipps für mich.«

Mich als Expertin zu bezeichnen, war übertrieben, wenn ich an das Desaster beim Umbau meiner Wohnung dachte. Alles, was schief gehen konnte, war schief gegangen – angefangen von Überschwemmungen über falsche Farben und Materialien bis zu Handwerkerfehden.

Dennoch nahm ich die Einladung gern an. Ich mochte alte Villen.

4

Das Haus hatte einen cremefarbenen Anstrich und wirkte durch die Garage größer als die Nachbarvillen. Theresa sperrte die Tür auf. Der Strom war nie abgedreht worden, und so war es nicht nur hell, sondern auch wohlig warm. Das Wohnzimmer war aufgeräumt, und bis auf den verwelkten Blumenstrauß, der auf dem Tisch stand, sah das Haus nach wie vor bewohnt aus.

»Komm, lass uns einen Rundgang machen«, schlug Theresa vor. Ein großer Salon, der in ein Esszimmer überging, die Küche mit Vorratsraum, ein Arbeitszimmer sowie ein Bad befanden sich im Erdgeschoss. Im oberen Stockwerk waren ein weiteres Arbeitszimmer und drei Schlafzimmer. Nur in einem waren die Heizkörper aufgedreht.

»Nachdem Großmutter Jutta und Gerda höflich ausquartiert und ihnen auf deren Wunsch ihr Erbteil ausbezahlt hatte, ließ sie immer wieder Flüchtlinge hier wohnen. Sie lernte gern neue Leute kennen und interessierte sich für deren Lebensgeschichten. Meine Mutter und die Tanten haben es ihr oft übel genommen, dass sie sich manchmal mehr für die Sorgen und Nöte anderer als für jene der eigenen Familie interessierte.«

»Welche Nöte hatten denn deine Tanten, wenn sie ohnehin so lange hier wohnen durften?«, fragte ich.

Theresa lachte. »Das hab ich mich auch gefragt. Ich hab mich immer gut mit der Oma verstanden.«

Wir gingen ins warme Wohnzimmer zurück und machten es uns gemütlich. Theresa sah die Kästen und Schubladen durch und zerrte schließlich ein Fotoalbum mit Ledereinband aus einer Schublade.

»Schau, hier ist ein Foto von meiner Mutter und den Tanten.« Theresa deutete auf ein schwarz-weißes Foto, auf dem drei Mädchen mit langen blonden Haaren in Spitzenkleidern zu sehen waren. »Die mit der Schultüte ist meine Mutter.« Das Kind sah streng in die Welt. Es war unverwechselbar Klara Holler.

Ich klimperte ein wenig auf dem Flügel, der im Salon stand. Er klang verstimmt, und einige Tasten klemmten. Gleich daneben stand ein alter Plattenspieler. »Darf ich?«, fragte ich.

»Klar, nur zu.«

Knisternd ertönte »Ganz Paris träumt von der Liebe« von Caterina Valente. »Früher haben sie hier Tanzpartys gefeiert. Du hättest sehen sollen, wie Omas Augen strahlten, wenn sie davon erzählt hat. Bis in den frühen Morgen haben sie getanzt, musiziert und gequalmt, was das Zeug hielt.«

»Lungenkrebs war damals noch kein Thema.«

»Komm, gehen wir in die Garage. Dort steht der alte Mercedes.«

Ich folgte Theresa in die Garage, und schon standen wir vor dem weißen Oldtimer mit den roten Ledersitzen.

»Wenn ich mir die Staubschicht anschau, ist seine letzte Ausfahrt schon eine Weile her.«

Zu unserer beider Verwunderung sprang das Auto sofort an. »Na dann lass uns doch eine Runde drehen«, sagte Theresa, nachdem sie sich versichert hatte, dass noch genug Treibstoff im Tank war. Sie öffnete das Garagentor, und schon rollten wir in diesem Wagen, der um einiges älter war als wir, die Straße hinunter. »Hat was, in so einem Gefährt mit Geschichte zu sitzen, hm?«, stellte sie fest, als sie in die Garage zurücksetzte.

»Schon. Aber zum Glück hat uns kein Polizist angehalten. Das Pickerl ist schon vor einer ganzen Weile abgelaufen.«

Bevor Theresa etwas erwidern konnte, gab es einen Rumpler.

»Na servas!«, entfuhr es mir auf gut Wienerisch.

Theresa hatte den Mauervorsprung in der Garage übersehen und war mit der Stoßstange dagegengekracht.

»Nur eine kleine Delle«, stellte sie fest. »Aber von der Mauer ist ein größeres Stück in den dahinter liegenden Hohlraum gefallen. Na super. Kaum hab ich das Haus geerbt, schon demoliere ich es.«

»Ein Hohlraum? Hinter der Mauer? Eigenartig. Aber ist ja nicht so schlimm. Notfalls klebst eine reißfeste Tapete drüber«, witzelte ich.

»Hast recht. Komm, lass uns fahren. Ich hab einen Termin und muss noch einige Unterlagen vorbereiten«, sagte Theresa und löschte das Licht in der Garage. »Und ich sollte vor 17 Uhr daheim sein«, stieß ich hervor. Das Stöbern in der Villa hatte Spaß gemacht, sich aber als Zeitfresser entpuppt. Theresa setzte mich am Andreas-Hofer-Platz ab, und ich lief die kurze Strecke nach Hause. Es war kurz vor fünf, als ich meine Wohnungstür aufsperrte. An Umziehen war nicht mehr zu denken. Es reichte gerade noch, dass ich den Lehm von meinen Stiefeletten putzte und meinen Lippenstift nachzog. Dann läutete es an der Tür.

5

Emil Kisch strahlte übers ganze Gesicht, als er mich sah. »Wie gut Sie ausschauen«, sagte er. »Neben Ihnen werden die Grazien auf den Gemälden verblassen.«

Ich lachte auf, weil ich glaubte, dass er einen Witz machte, so wie ich das von Thomas gewohnt war. Aber als ich in sein Gesicht blickte, war mir klar, dass er es ernst gemeint hatte. Emil Kisch war mir bisher nicht wie ein hoffnungsloser Romantiker erschienen. Aber ich musste zugeben, dass mir sein charmantes Kompliment schmeichelte.

»Wie war es beim Ärztekongress?«, erkundigte ich mich, als wir uns im Abendverkehr über die Keplerbrücke stauten. »Wir haben abends viel getrunken, um das Wissen, das man uns tagsüber eingetrichtert hat, rasch wieder zu vergessen«, schmunzelte er. »Und was haben Sie gemacht? Das war sicher spannender.«

»Das wage ich zu bezweifeln. Seit Tagen ärgere ich mich mit einer Kundenwebsite herum, die der Auftraggeber in Knallrot haben will. Und heute war ich auf einem Begräbnis.«

»Ist jemand aus Ihrem Umfeld verstorben?«, erkundigte er sich.

»Nein, nein. Die Großmutter einer lieben Freundin wurde beigesetzt. Ich kannte sie nicht persönlich, aber sie muss eine sehr interessante Frau gewesen sein.« Dann erzählte ich ihm von deren Reise mit der transsibirischen Eisenbahn nach Peking und dass sie mit 85 Jahren noch zu studieren begonnen hatte. »Danach sind wir noch in ihre Villa am Rosenberg gefahren und haben eine Spritztour mit ihrem alten Mercedes gemacht. Leider hat meine Freundin zu guter Letzt ein Loch in die Mauer der Garage gefahren.«

Ich ertappte mich, dass ich schon wieder meine Lebensgeschichte erzählte, während er auf meine Frage mit einem belanglosen Satz geantwortet hatte.

»Sprechen Sie etwa von Katharina Brunner?«, fragte er mich, als wir einparkten.

»Sie kannten Sie?«

Emil Kisch nickte. »Ich war mit Ihrer Tochter Klara in jungen Jahren gut befreundet. Wir haben uns mit 17 beim ›Kummer‹ kennengelernt.«

In der Tanzschule Kummer hatte wohl halb Graz die ersten Tanzschritte gelernt. Auch ich war eingeschrieben gewesen. Allerdings hatte ich die meisten Termine versäumt, weil ich lieber in den Armen meines damaligen Schwarms lag als in jenen eines ungelenken pickeligen Tanzpartners.

Wir schritten schweigend über den knirschenden Schnee, der die breite Straße, die zum Schloss führte, in winterliches Weiß hüllte. Gern hätte ich Emil Kisch gefragt, was er unter *gut befreundet* verstand. Aber ich befürchtete, dass ich die Wahrheit nicht hören wollte.

»Tja, Graz ist klein. Klara Holler ist die Mutter meiner Freundin«, sagte ich stattdessen. Wir hatten unser Ziel erreicht.

Emil Kisch hielt mir das Tor auf.

»Oh, Herr Doktor Kisch. Welch eine Freude, dass wir Sie wieder einmal bei uns begrüßen dürfen!« Eine quirlige Frau eilte auf uns zu. »Und ich nehme an, die Dame ist Ihre Gattin? Freut mich sehr, Sie endlich einmal kennenzulernen«, sagte sie herzlich und schüttelte mir die Hand.

Emil Kisch schmunzelte nur. Er sagte kein Wort, um

das Missverständnis aufzuklären. Vielmehr nahm er mir den Mantel ab und brachte ihn zur Garderobe. Die Veranstalterin begrüßte bereits die nächsten Gäste. Da stand ich nun, mit meinem zu engen Hosenanzug und zu vielen Fragen im Kopf. Eine war mir soeben beantwortet worden: Emil Kisch war verheiratet. Nur mit wem? Wo war seine Frau? Und warum hatte er das Missverständnis nicht sofort aufgeklärt?

Es war nicht das letzte Mal an diesem Abend, dass ich als Emil Kischs Frau begrüßt wurde und mein lieber Nachbar vielsagend schwieg. Nichtsdestotrotz genoss ich die Führung durch die Prunkräume des Schlosses. Die imposanten Deckengemälde im Planetensaal beeindruckten mich.

»Warum haben Sie Ihren Bekannten nicht gesagt, dass ich *nicht* Ihre Frau bin?«, fragte ich später beim weihnachtlichen Zusammensein.

»Heute Abend *sind* Sie meine Frau«, sagte er und prostete mir zu. Wie er das so sagte und mir dabei tief in die Augen blickte, spürte ich, wie meine Wangen heiß wurden. Zum Glück gesellte sich ein Ehepaar an unseren Stehtisch, mit dem wir uns über die Ausstellung austauschten, und das Emil Kisch anschließend mit seinem Auto in die Innenstadt mitnahm. Nachdem wir uns von den beiden verabschiedet hatten und nebeneinander her gingen, klopfte mein Herz, und ich wusste nicht, was ich sagen sollte. Also schwiegen wir. Ganz Gentleman brachte mich Emil Kisch wieder bis vor meine Wohnungstür, und das war es auch schon. »Danke für den schönen Abend, und schlafen Sie gut«, sagte er mit einem Lächeln.

Bevor ich ins Bett ging, startete ich den PC und rief meine E-Mails ab.

Helene-Schatz!

Zum Glück konnten wir das Übermittlungsproblem lösen. Darum bekommst du heute wieder einen Gute-Nacht-Kuss von mir. Auch wenn es eher ein Guter-Nachmittags-Kuss ist. Aber ich bin grad am Sprung zu einem Meeting mit anschließendem Geschäftsessen, und ich weiß nicht, wie lange sich das hinziehen wird.

Kuss Thomas

PS: Bitte könntest du noch ein paar Grazer Spezialitäten für meine Mutter besorgen, damit wir sie am Stefanitag nicht mit leeren Händen besuchen.

Es wäre das erste Mal gewesen, dass Thomas das Weihnachtsgeschenk für seine Mutter selbst besorgt hätte. Gleich morgen Früh würde ich Sissi-Busserl und Panthertatzen besorgen. Vielleicht traf ich ganz zufällig Emil Kisch beim Frühstück.

VIER

I

Fast hätte ich das Handy überhört, das auf dem Nachtkästchen vor sich hin vibrierte. Wieder einmal hatte ich vergessen, den Ton einzuschalten, nachdem ich es fürs Begräbnis lautlos gestellt hatte. Ein Blick auf die Uhr bestätigte mir, dass es noch nicht einmal sieben war. Wollte Thomas mir einen guten Morgen wünschen, bevor er ins Büro fuhr? Niemand sonst würde mich so früh anrufen, weil keiner wusste, dass ich seit einiger Zeit unter seniler Bettflucht litt. Früher, als die Kinder klein waren, hätte ich viel dafür gegeben, acht Stunden am Stück durchzuschlafen. Nun, da mich keine morgendlichen Verpflichtungen aus den Federn rissen und ich bis acht oder sogar länger schlafen hätte können, war ich nach sechs Stunden Schlaf putzmunter. Heute war ich bereits um 5.30 aufgewacht, hatte vor mich hingedöst und versucht, die vielen Gedanken zu ordnen, die durch meinen Kopf schwirrten. Wobei sich die meisten mit Emil Kisch beschäftigten.

»Helene, bitte entschuldige, dass ich dich so früh anrufe, aber du musst unbedingt ins Haus meiner Großmutter kommen. Ich habe hier ein ernstes Problem.« Es war Theresa.

»Was um alles in der Welt machst du so früh in der Villa?«

»Ich hab gestern mein Handy dort liegen lassen und konnte es gestern nicht mehr holen. Und jetzt … Ich kann es dir nicht am Telefon sagen. Aber es ist wirklich – schlimm. Bitte komm. Du bist die Einzige, die mir helfen kann.«

Ich hatte mir den Verlauf des Tages anders vorgestellt. Auf keinen Fall war ein neuerlicher Besuch im alten Haus auf meinem Plan gestanden. Aber Theresa klang so aufgelöst, dass ich es nicht übers Herz brachte, sie abzuwimmeln.

»Hast einen Rohrbruch?«, versuchte ich, etwas aus ihr herauszubekommen.

»Viel schlimmer! Bitte komm!«

Was konnte schlimmer als ein Rohrbruch sein? Ich beschränkte mich auf Katzenwäsche und versteckte meine Haare, die kreuz und quer standen, unter einer Wollmütze. Kurz überlegte ich, ob ich mit dem Auto fahren sollte, aber dann zog ich doch das Fahrrad vor. Der Schnee von gestern war nachts geräumt worden, die Straßen trocken. Nichts sprach gegen eine morgendliche Fahrradtour, auch wenn ich das Rad einen Teil des Weges schieben musste, weil das letzte Stück steil war. Eine halbe Stunde später erreichte ich nach Luft ringend die Villa und läutete. Theresa sah ziemlich mitgenommen aus.

»Was ist los?«, fragte ich besorgt.

»Komm mit«, sagte Theresa und führte mich in die Garage. Sie deutete auf die Stelle, wo sie das Loch in die Mauer gefahren hatte. Die Öffnung war größer als am Vortag.

»Das kann man doch alles reparieren«, beruhigte ich sie. Seit wann machte Theresa wegen einer solchen Lappalie so ein Theater?

Sie zeigte erneut auf das Loch. Ich bückte mich, um durch die Maueröffnung zu schauen.

»Um Gottes willen!« Erschrocken sprang ich zurück und lehnte mich ans Heck des Mercedes.

»Du meine Güte«, stammelte ich. Mir wurde übel. »Das ist ja – eine Männerhand.«

Theresa stand starr neben mir. »Verstehst du jetzt, warum ich dich um Hilfe gebeten habe?«, flüsterte sie.

Ich nickte und hielt mir die Hand vor den Mund.

»Ich hab mein Handy im Mercedes vergessen. Und weil ich schon mal hier war, wollte ich ein Foto vom Loch machen, damit ich jemanden mit der Reparatur beauftragen kann. Dabei hab ich gesehen, dass ein weiteres Stück von der Mauer eingebrochen ist«, erzählte Theresa. »Also habe ich hineingeschaut, weil mir diese hohle Konstruktion komisch vorgekommen ist. Ich hab gedacht, dass man sie vielleicht komplett entfernen und so die Garage vergrößern könnte. Als ich den Plastiksack entdeckt und dran gezogen habe, ist er aufgerissen.«

Ich legte meinen Arm um Theresas Schultern zu ihrer, aber auch zu meiner Beruhigung.

»Komm, gehen wir ins Haus«, schlug ich vor. Theresa bewegte sich wie ferngesteuert und wir gingen in die Küche. Sie setzte sich an den Tisch. Ich stellte Teewasser auf. »Weißt du, wo die Teebeutel sind?«, fragte ich. Aber wie erwartet bekam ich keine Antwort. Wie abwesend stierte Theresa auf das gestickte Blümchenmuster der Tischdecke, als handle es sich dabei um ein Suchbild.

Ich öffnete eine Kästchentür nach der anderen, bis ich Teebeutel fand. Kamillentee beruhigt.

»Was soll ich jetzt tun?«, fragte Theresa.

»Am besten, wir rufen sofort die Polizei«, schlug ich vor.

Theresa sah mich entgeistert an. Dem ersten Schock folgte nun der zweite.

»Polizei? Um Gottes willen, nur keine Polizei, solange wir nichts Genaues wissen. So einen Skandal kann ich mir nicht leisten.«

»Jetzt übertreib nicht. Du kannst doch nichts dafür, dass eine Leiche in deiner Garage liegt«, versuchte ich, sie zu beruhigen. »Oder?«

»Natürlich nicht. Aber stell dir vor, jemand aus meiner Familie wäre ein Mörder. Ich will mir nicht ausmalen, was das für Auswirkungen …« Sie brachte den Satz nicht zu Ende.

»Es ist ja nicht gesagt, dass diese Leiche etwas mit deiner Familie zu tun hat. Aber dass es sich nicht um ein natürliches Ableben oder um Selbstmord handelt, davon können wir wohl ausgehen.«

»Schrecklich. Am liebsten würde ich das Haus zusperren und nie mehr herkommen.«

»Theresa, reiß dich zusammen, du kannst die Leiche nicht einfach in der Garage liegen lassen.«

»Warum nicht? Das wäre die beste Lösung.« Ich schrieb diese Äußerung ihrem Schockzustand zu. Theresa vergrub ihr Gesicht in den Händen.

»Meine Mutter wird der Schlag treffen. So ein Skandal! Eine Leiche in der Garage der Großmutter!«

Mir war nicht klar, wovor sich meine Freundin mehr fürchtete: vor der Leiche oder davor, ihrer Mutter von dem bizarren Fund zu berichten. Wer rechnete schon damit, in der idyllischen Vorweihnachtszeit in einer Villa in einer Grazer Nobelgegend die Überreste einer unbekannten Leiche zu finden?

»Mein Gott, Theresa, stell dich nicht so an. Da hast du

mein Handy – und jetzt ruf die Polizei. Sonst mach ich es«, insistierte ich.

»Nein, bitte noch nicht. Ich *muss* vorher mit meiner Mutter sprechen. Mir graut vor dem, was da auf mich zukommt, und ich seh schon die Schlagzeilen in der Klatschpresse: *Grazer Presse-Lady hat Leiche in der Garage …*«

Ich strich Theresa über die Schulter. Ich war schon gehörig erschrocken, als ich in die Maueröffnung hineinschaute. Wie musste es da erst Theresa ergangen sein, die allein im Haus war?

»Vielleicht gibt es ja gar keinen Zusammenhang mit deiner Familie«, versuchte ich Theresa zumindest dahingehend zu beruhigen, dass jemand aus ihrer Familie in die Angelegenheit verwickelt sein könnte.

Sie schüttelte den Kopf. »Unwahrscheinlich. Das Haus wurde von meinem Urgroßvater väterlicherseits gebaut und nie von Fremden bewohnt. Ich bin sicher, dass die Leiche in irgendeiner Weise mit meiner Familie zu tun hat.«

»Dann ruf halt deine Mutter an.«

»Das geht nicht. Die ist frühestens in einer Stunde ansprechbar. Jetzt ist sie noch mit Schlaftabletten vollgedröhnt.«

»Was mich wundert, ist, dass die Leiche so gut erhalten ist, abgesehen von der Hautfarbe«, grübelte ich.

»Sie war wahrscheinlich so fest in Plastik verpackt, dass keine Luft dazu gekommen ist«, mutmaßte Theresa und starrte weiterhin aufs Tischtuch.

Ich räumte die leeren Teetassen ab.

»Danke, dass du gleich gekommen bist. Ich bin so froh, dass ich das nicht allein durchstehen muss«, sagte Theresa.

»Und? Rufst du jetzt die Polizei?«

»Nein, keinesfalls. Das steht für mich fest. Die Leiche ist vermutlich jahrelang in der Garage gelegen, der werden ein paar Stunden oder Tage mehr oder weniger auch nichts mehr ausmachen. Bevor ich den Fund melde, muss ich mit meiner Mutter reden. Du musst mir versprechen, dass du niemandem etwas davon erzählst«, flehte sie.

Einerseits war mir Theresas Entscheidung alles andere als recht, und ich befürchtete ernsthaft, dass ich mich einer Straftat schuldig machte, wenn ich den Fund nicht umgehend meldete. Andererseits konnte ich die Bedenken meiner Freundin irgendwie nachvollziehen.

»Gut, ich verspreche es dir.«

»Du darfst es auch Thomas nicht erzählen«, beschwor sie mich.

»Ganz besonders Thomas nicht«, versprach ich ihr hoch und heilig. Er war garantiert der Letzte, dem ich von einer neuerlichen Leiche in meinem Leben berichten würde. Seine Reaktion konnte ich mir lebhaft ausmalen. »Geh sofort zur Polizei und halte dich da raus«, würde Thomas sagen und – wenn ich ehrlich war – völlig recht damit haben.

»Hast du einen Verdacht, wer der Tote sein könnte?«

»Nein, ich habe keine Ahnung und ich bin mir nicht einmal sicher, ob ich es wissen will. Ach Helene, was für eine Bescherung! Warum muss das gerade mir passieren?« Gute Frage.

»Versprich mir, dass du so schnell wie möglich mit deiner Mutter sprechen wirst und danach sofort die Polizei einschaltest«, redete ich auf sie ein.

»Mach ich. Aber jetzt lass uns gehen. Ich hab in einer Stunde einen heiklen Termin. Wie ich den mit klarem Kopf bewältigen soll, weiß ich nicht.«

2

Nach diesem Schreck brauchte ich dringend Ablenkung. Also radelte ich zum Kaiser-Josef-Platz und erfreute mich am bunten Treiben am Bauernmarkt. Ich besorgte frische steirische Äpfel, Erdäpfel, Käferbohnen und Bauernbrot bei meiner Lieblingsstandlerin. Mein Immunsystem benötigte dringend gesunde Nahrung und Vitamine. »Darf's auch eine Straube sein?«, fragte mich die Frau mit der roten Mütze, die hinter dem Holztisch stand. »Ja, bitte«, nickte ich. Die Weinstraube, die ich sofort vernaschte, war mehr süß als gesund.

»Na, die Frau Holle schüttelt heut ja schon früh die Kissen«, bemerkte die Standlerin, während sie meine Einkäufe verpackte. Tatsächlich wirbelten erneut Schneeflocken vom Himmel.

»Wenn das so weitergeht, haben wir heuer endlich wieder weiße Weihnachten, so wie es früher war. Das wäre schön«, lächelte sie.

»Schöne Barbarazweigerln! Nehmen S' es mit, und das Glück folgt auf den Schritt«, bot eine andere ihre Ware lautstark feil. Ich kaufte einige Zweige für die große Vase im Wohnzimmer. »Wissen S' eh, wenn die Zweigerl zu Weihnachten aufblühn, bringt des Glück im nächsten Jahr.«

Mit den besten Voraussetzungen für gestärkte Abwehrkräfte und ein glückliches neues Jahr schwang ich mich aufs Rad und fuhr den Schneeflocken entgegen. Ganz schummrig wurde mir, als sie wie kleine Geschosse auf meine Pupillen zurasten.

Während ich mich in der Nähe des Hauses einbremste, glaubte ich meinen Augen nicht zu trauen. Vor der Eingangstür stand Klara Holler. Wahrscheinlich hatte Theresa mit ihrer Mutter gesprochen, aber was will sie von mir?, überlegte ich, während ich das Rad absperrte. Ich eilte mit meinen Einkäufen auf sie zu, aber Klara Holler bemerkte mich nicht. Vielmehr sah ich, wie sie etwas in die Sprechanlage sagte und gleich darauf im Haus verschwand. Eine der Parteien hatte ihr wohl die Tür geöffnet.

Ich legte noch einen Zahn zu und hetzte die Stufen zu meiner Wohnung hinauf, um sie einzuholen. Auf halber Strecke wurde mir klar, dass Klara Holler gar nicht zu mir gewollt hatte. Ich bog just in dem Moment um die Ecke, als sie Emil Kisch auf die Wangen küsste und an ihm vorbei in die Wohnung trat, wobei sie mit der Hand vertraut über seinen Bauch strich.

Ich fühlte einen Stich in der Magengrube. In diesem Moment sah Emil Kisch in meine Richtung und starrte mir direkt in die Augen. Er sah überrascht aus, nein, vielmehr ertappt. Er sagte weder ein Wort noch nickte er mir zu. Eilig schloss er die Tür hinter sich.

Klara Holler und Emil Kisch, hämmerte es in meinem Kopf. Was hatte er mir am Vorabend erzählt? Dass er mit Klara Holler in Jugendzeiten befreundet gewesen war. Wie es aussah, verband die beiden viel mehr als nur eine oberflächliche Bekanntschaft. Und was hieß *gewesen*? So selbstverständlich, wie sie ihn berührt hatte, schloss ich nicht aus, dass die beiden nach wie vor ein Pantscherl miteinander hatten. In diesem Moment wurde mir bewusst, dass ich für Emil Kisch mehr als nachbarschaftliche Gefühle hegte. Das flaue Gefühl, das sich in meinem Magen einnistete, war nichts anderes als Eifersucht.

3

Sofort nach dieser Beobachtung rief ich Theresa im Büro an, aber ihre Sekretärin wimmelte mich höflich ab. »Frau Doktor Holler ist in einer Besprechung, bei der ich sie nicht stören darf. Sobald sie kann, wird sie Sie zurückrufen, Frau …?«

»Helene. Ich bin eine Freundin, sie hat meine Telefonnummer. Sagen Sie ihr bitte, dass es dringend ist.« Ich hatte so einiges mit meiner Freundin zu besprechen.

Nach einem späten Frühstück und einer heißen Dusche fuhr ich den PC hoch. Auf meinem Handy warteten zwei SMS, um von mir gelesen zu werden. *Ich komm schon mittags nach Graz*, hatte Karin vor drei Stunden geschrieben. *Bernd sitzt noch in Leibnitz fest. Wenn du magst, komm ich zu dir. Bussi.*

Die zweite SMS, zwei Stunden später, war ebenfalls von Karin: *Helene, wo bist du??? Ich bin schon auf dem Weg nach Graz. Rühr dich!*

Sofort schrieb ich ihr zurück: *Bin zu Hause. Freu mich. Bussi.*

Kurz darauf langte ein neues SMS ein. Doch es war nicht von Schnellschreiberin Karin, wie ich erwartet hatte, sondern von Emil Kisch. *Liebe Helene, bitte keine Gedankenkonstrukte. Alles okay. Ich erkläre Ihnen alles. Vielleicht heute Abend?*

Keine Gedankenkonstrukte! So etwas konnte auch nur ein Mann schreiben. Schließlich ließ sich das weibliche Hirn nicht ein- und ausschalten wie eine Lampe.

Doch mir blieb keine Zeit, mir eine Antwort zu überlegen, denn in diesem Moment summte die Gegensprechanlage. »Ich bin schon da«, flötete meine liebe Freundin Karin. »Stör ich dich eh nicht?«, fragte sie, nachdem wir uns herzlich umarmt hatten. Wer Karin kannte, wusste, dass das nur eine rhetorische Frage war. Sie kam, sah und blieb oder ging, wie es ihr gefiel.

Sie schälte sich aus ihrem Wollmantel und den hochhackigen Stiefeln und tänzelte im figurbetonenden Kostüm in mein Wohnzimmer.

»Und wie geht's dem Traummann?«

»Ich nehme an, gut«, beantwortete ich ihre Frage und bereute bereits, meiner liebsten Freundin von meiner neuen Bekanntschaft erzählt zu haben.

»Hat er sich nicht mehr gemeldet?«, fragte sie überrascht. »Du klangst so fröhlich, als du mir von eurem Opernbesuch erzählt hast.«

»Doch, er hat sich gemeldet, und wir waren gestern gemeinsam in Eggenberg bei einer Führung. Es war wieder sehr nett.«

»Na bitte. Dann besteht ja noch Hoffnung.« Sie kicherte.

»Wieso Hoffnung? Worauf? Außerdem scheint es mehrere Damen zu geben, mit denen er sich die Zeit vertreibt.« Ich erzählte ihr von meiner Beobachtung.

»Tja, Graz ist halt doch ein Dorf. Aber ich würde das jetzt nicht überbewerten. Er hat dir ja erzählt, dass er Theresas Mama schon lange kennt. Da würde ich ihm nichts unterstellen«, meinte Karin.

»Hm.« Ich nickte abwesend. »Gerade hat mir Emil Kisch ein SMS geschickt, in dem er schreibt, dass er mir alles erklären will.«

»Na bitte. Dann lässt du dir alles in Ruhe erzählen. Am besten bei einem Glaserl Morillon.«

Ich starrte Karin entgeistert an. Mir war klar, dass sie es genauso machen würde. Allerdings hatte sie, bevor sie Bernd kennenlernte, nie eine Beziehung gehabt, die über die Verliebtheitsphase hinaus ging, weil die meisten Männer vor so viel Direktheit rasch flohen. Karin war keine Frau, die gejagt werden konnte. Sie war eine Amazone, die ihre Beute selbst erlegte. Wofür ich sie immer bewundert hatte. Ebenso für ihre Gabe, alles mit Freuden anzunehmen oder sich – falls es sich als doch nicht so ideal herausstellte – rasch wieder davon zu trennen.

»Du spinnst! Falls du es vergessen hast: Ich bin verheiratet, und nicht gerade unglücklich«, verteidigte ich mich.

Karin sah mich skeptisch an. »Ah, Frau Moralapostel? Sorry, aber wenn ich eins und eins zusammenzähle, was du mir in letzter Zeit von dir und Thomas erzählt hast, bin ich mir nicht so sicher, ob bei euch noch alles eitel Wonne und Sonnenschein ist.«

Ich sah sie überrascht an. Tatsächlich hatte ich keine Ahnung, ob ich wollte, dass es mit Thomas die nächsten Jahre genauso weiterging wie in den vergangenen Monaten. Seitdem er mit dem Projekt im Senegal beschäftigt war, hatte sich etwas in unserer Beziehung verändert. Er war reservierter, was aber auch an mir liegen konnte. Ich war es leid, dass sich immer nur alles um *seine* Arbeit drehte. Ich hatte so lange auf ihn Rücksicht genommen, mein ganzes Leben um seines herum gebaut. Nur: Von diesen neuen Gefühlen hatte ich niemandem etwas erzählt, nicht einmal meiner besten Freundin. »Wie kommst du drauf?«, fragte ich gereizt.

»Sein Angebot, in den Senegal zu ziehen, hast du ja ausgeschlagen und bist lieber in Graz geblieben«, antwortete sie.

»Der zweiwöchige Urlaub dort war nicht so berauschend gewesen, wie erhofft«, verteidigte ich meine Entscheidung. »Ich bin weder mit dem Klima noch mit dem Umfeld zurechtgekommen. Und wenn du dich erinnerst, habe ich mir auch einen Darmvirus eingefangen, der mich über eine Woche außer Gefecht gesetzt hat.«

»Als ob dich so ein kleiner Virus jemals daran gehindert hätte, deinem Göttergatten bis ans Ende der Welt zu folgen«, lächelte Karin. »Vielleicht hast du dich verändert? Vielleicht hat dich dein neues Leben in Graz verändert?«

Wie immer hatte Karin den Nagel auf den Kopf getroffen. Aber die Genugtuung, ihr das einzugestehen, würde ich ihr nicht verschaffen. Es stimmte, ich hatte einem gemeinsamen Leben mit Thomas im Senegal ein Leben ohne ihn in Graz vorgezogen. Und daran war nicht nur der Darmvirus schuld gewesen. Mein Mann und ich hatten uns in den vergangenen Monaten voneinander entfernt. Unsere Gesprächsinhalte waren auf Alltägliches reduziert, verliebtes Geplänkel und Telefonsex schon seit einer Weile kein Thema mehr.

»Du meine Güte, bist du manchmal kompliziert. Was hat das eine, oder sagen wir besser, was hat der eine mit dem anderen zu tun? Du lebst nur einmal. Und was ist die Alternative? Den Rest deines Lebens darüber zu jammern, weil du eine Chance aufs Glück verpasst hast? Weil du nie erfahren wirst, was mit diesem Emil Kirsch und dir hätte sein können? Nimm doch endlich diesen moralischen Hut ab, den sie dir übergestülpt haben«, schimpfte Karin.

»Kisch.«

»Was Kisch?«

»Emil Kisch heißt er, nicht Kirsch.«

»Auch gut.«

»Und dann wäre da noch das 6. Gebot: Du sollst nicht ehebrechen«, ließ ich nicht locker.

»Ja, und im Evangelium nach Lukas steht: Vater, verzeih ihnen, denn sie wissen nicht, was sie tun.« Karin lachte, und ob ich wollte oder nicht, zogen sich auch meine Mundwinkel nach oben.

»Komm mir bitte nicht mit der Bibel«, stellte sie klar. »Da kenn ich mich recht gut aus. Du weißt ja, dass ich in eine Klosterschule gegangen bin. Dieses Buch ist turbulenter als die meisten Krimis und TV-Soaps, das kannst mir glauben. Da findest alles drin. Viele zweifeln ja auch daran, dass Jesus enthaltsam gelebt hat, zumindest in den 30 Jahren vor den Aufzeichnungen der Apostel, und angeblich soll er auch gern getrunken und gefeiert haben.«

Ich gab es auf, meiner Freundin zu widersprechen. Das führte ohnehin zu nichts, sie würde immer das letzte Wort haben.

»Wenn ich es mir überlege, dann geht es mir gar nicht darum, Emil Kisch besser kennenzulernen«, sinnierte ich stattdessen.

»Hört, hört.« Karin lächelte mich an. »Worum geht es dir dann?«

»Ich finde diese romantischen Gefühle, die er in mir auslöst, so schön. Ich habe gedacht, dass man so etwas nur erleben kann, wenn man jung ist. Aber nun spüre ich nach so langer Zeit wieder Schmetterlinge im Bauch. Und dieses Gefühl möchte ich genießen. Mehr nicht.«

»Ja sicher.« Meine Freundin sah mich belustigt an.

»Hast du schon was gegessen?«, wechselte ich das Thema. Mein Magen knurrte. Bis auf die Weinstraube am Kaiser-Josef-Markt hatte ich nichts zu mir genommen.

Bald darauf saßen wir im Königshof. Wir hatten einen Tisch am Fenster ergattert und bestellten das typische Freitagsmenü – gebackenen Fisch mit Erdäpfelsalat. Karin hatte akzeptiert, dass ich nicht mehr über Emil Kisch reden wollte, und ließ mich mit ihren Lebensweisheiten in Ruhe. Danach bummelten wir durch die weihnachtlich geschmückte Sporgasse bis zum Schloßbergaufgang. Die Schneeflocken wirbelten heftig, und wir zogen unsere Kapuzen ins Gesicht. Oben angelangt, lag die winterliche Stadt unter uns. Die roten Dächer der Altstadt waren verschwunden, der Schnee hatte sie weiß gefärbt. Wir spazierten bis zu den Kasematten, wo sich der höchstgelegene Weihnachtsmarkt der Stadt befand, dessen Verkaufsstände sich in die Mauernischen schmiegten. »So eine weihnachtliche Stimmung kann dir Thomas im Senegal halt nicht bieten«, prostete mir Karin mit Heidelbeerglühwein zu, als wir am Vorplatz den wunderbaren Ausblick genossen. Leider erinnerte sie mich mit dieser Bemerkung nicht nur an meine Ehekrise, sondern auch an die anderen Wirrnisse meines Lebens. Theresa hatte sich noch immer nicht bei mir gemeldet. Ich wiederum hatte vergessen, Emil Kisch eine Antwort auf seine Nachricht zu senden. Andererseits war morgen auch noch ein Tag.

»Dieser Beerenpunsch hat es in sich. Wenn wir noch einen trinken, fahren wir halt mit der Schloßbergbahn runter«, sagte Karin und bestellte eine zweite Runde.

FÜNF

I

Theresa rief mich am nächsten Morgen kurz vor halb acht Uhr an. Diesmal weckte sie mich. Dass ich so lange geschlafen hatte, lag weniger an der frischen Schneeluft als am Beerenpunsch, den Karin und ich gestern vernichtet hatten. Und er uns. Ich gähnte.

»Schläfst du noch?«, fragte Theresa.

»Jetzt nicht mehr. Wieso hast du mich gestern nicht mehr angerufen? Ich hab deiner Sekretärin gesagt, dass du dich so rasch wie möglich melden sollst. Und sag jetzt nicht, dass du nicht einmal ein paar Minuten für ein dringendes Telefonat erübrigen konntest.«

»Mir hat keiner was ausgerichtet. Wahrscheinlich hast du mit unserem neuen Büromädchen gesprochen. Die ist nett, aber schwer von Begriff. Was wolltest mir denn so Dringendes sagen?«

»Du zuerst. Ich nehme an, dass du mich nicht nur angerufen hast, um mir einen guten Morgen zu wünschen?«

»Hast recht. Hör zu, meine Mutter weiß irgendetwas. Ich habe sie gleich gestern Früh auf die Leiche angesprochen.

Sie ist kreidebleich geworden und hat etwas wie ›Nicht das auch noch‹ gestammelt. Aber mehr hab ich nicht aus ihr herausbekommen. Sie hat gemeint, dass sie rasch weg muss und dass sie später mit mir darüber sprechen will. Allerdings hat sie mir eingebläut, dass ich unter gar keinen Umständen die Polizei informieren dürfe. Als ich sie grad eben nochmals darauf ansprechen wollte, war sie schon außer Haus«, berichtete meine Freundin. »Eigenartig, oder?«

»Vielleicht ist sie in die Villa gefahren?«

»Warte, ich schau nach, ob die Schlüssel da sind …«

Kurze Zeit später war Theresa wieder am Apparat.

»Alles da. Keine Ahnung, wo sie steckt.«

»Vielleicht ist sie wieder bei meinem Nachbarn«, entfuhr es mir.

»Was für ein Nachbar? Erzähl!«

»Emil Kisch heißt er.«

»Emil Kisch? Onkel Emil? Du wohnst im selben Haus wie er?«, fragte Theresa perplex.

»Wie, *Onkel Emil*?«

»Er ist ein lieber Freund der Familie. Solange ich denken kann. Kennst du ihn näher?«

»Wir wohnen im selben Haus, und er hatte das Pech, während meines Umbaus unter mir zu wohnen. Hin und wieder begegnen wir uns bei kulturellen Veranstaltungen«, verriet ich nur das Nötigste.

»Pass nur auf. Onkel Emil ist ein Charmeur«, lachte Theresa ahnungslos.

»Da besteht wohl keine Gefahr. Er wurde ja schon von deiner Mutter geangelt.«

»Wie meinst denn das?«

»Gestern habe ich zufällig gesehen, wie deine Mutter sehr vertraut in die Wohnung von deinem *Onkel Emil* hineinspaziert ist. Darum hätte ich gern mit dir gesprochen, weil ich wissen wollte, ob er eventuell etwas mit unserer Leiche zu tun haben könnte.«

»Onkel Emil? Niemals. Der ist vielleicht ein stadtbekannter Herzensbrecher, aber kein Mörder.«

Die lustig gemeinte Bemerkung meiner Freundin versetzte mir einen Stich. Stadtbekannter Herzensbrecher. Und ich war prompt auf den Casanova hereingefallen. Wahrscheinlich sprach er ständig Frauen an. Aber für Selbstmitleid war im Moment keine Zeit. »Wenn du willst, komm ich am späteren Nachmittag zu dir, und dann überlegen wir weiter. Aber zur Polizei musst du auf alle Fälle gehen«, redete ich auf Theresa ein.

»Bitte dräng mich nicht. Ich weiß ohnehin schon nicht mehr, wo mir der Kopf steht. Und bevor ich irgendetwas unternehme, muss ich noch einmal mit meiner Mutter sprechen. Auch darüber, was sie gerade an diesem Tag bei Onkel Emil wollte.«

Nach dem Gespräch versuchte ich, nochmals einzuschlafen, aber meine Gedanken kreisten unaufhörlich um Emil Kisch, Theresa und Klara Holler. Also stand ich auf und machte mir einen starken Kaffee.

2

Nach meinem üblichen Morgenritual setzte ich mich an den PC und finalisierte die Homepage für den Antiquitätenhändler. Sollte er doch seine grausliche Farbe haben, dachte ich. Zweimal hatte ich am Telefon versucht, ihm das knallige Rot auszureden. Aber er war resistent gegen meine Argumente. Dem Mann war nicht zu helfen. Ein wenig erinnerte mich die Entwicklung dieser Website an meinen Wohnungsumbau. Nicht nur, weil der Maler das Wohnzimmer fast in Knallorange ausgemalt hätte. Aber wie sagte Bernd immer: Der Kunde ist König. Meine Antwort, dass ich nun mal Kaiser sei, ließ er leider nie gelten. Zwei Stunden später hatte ich alle Texte überarbeitet und die letzten Fotos eingebettet. Ich schickte Jeschek den Link, unter dem er die Website ansehen konnte, bevor ich sie online stellte. Ich war gespannt auf seine Reaktion, wenn er das, was er sich gewünscht hatte, vor sich sah. Ich bat ihn, mir bis spätestens Dienstag sein Okay zu schicken beziehungsweise seine Änderungswünsche mitzuteilen. Das war der Vorteil und gleichzeitig der Nachteil, wenn man selbstständig war: Die Arbeitswoche hatte sieben Tage. Am Freitag wollte ich in Graz meine Zelte abbrechen, um das Haus in Wien für unser gemeinsames Weihnachtsfest herzurichten. Dort hatte ich zum Glück anderes zu tun, als mich um die Geschmacksverirrungen königlicher Kunden zu kümmern.

Als ich die Mails abrief, staunte ich nicht schlecht: Sowohl Patrick als auch Valerie hatten mir unabhängig voneinander geschrieben. Liebe Kinder, war mein erster Gedanke.

Aber da hatte ich ihre Mails auch noch nicht gelesen, weil mein Telefon läutete. »Liebling, ich habe schlechte Nachrichten für Weihnachten«, hörte ich Thomas' Stimme aus weiter Ferne. »Mein Kollege, der den Weihnachtsdienst übernommen hätte, ist gestern auf der Baustelle gestürzt und hat sich das Bein derart blöd gebrochen, dass er bis nach Silvester im Krankenhaus bleiben muss«, fiel er mit der Tür ins Haus.

»Was so viel heißt wie?« Aber ich ahnte ohnehin, was nun kommen würde.

»Ich habe keinen Ersatz gefunden, der für ihn einspringen kann.« Thomas machte eine Pause. Ich ergänzte den Satz: »Das bedeutet dann wohl, dass wir Weihnachten und Neujahr ohne dich feiern müssen?« Meine Worte klangen enttäuschter als beabsichtigt. Aber ich konnte und wollte nicht so tun, als ob mir das gleichgültig war. Was Thomas' Arbeit anging, war ich all die Jahre flexibel und großzügig gewesen. Es gab nur einen Termin, der mir wirklich heilig war, nämlich der Weihnachtsabend.

»Helene, bitte glaub mir, ich habe alles versucht und ich werde mich auch weiterhin bemühen, dass ich es doch noch irgendwie schaffe, nach Wien zu kommen. Ich weiß ja, wie wichtig dir unser gemeinsamer Heiliger Abend ist. Aber es sieht nicht gut aus.«

Mir fehlten die Worte.

»Helene, bitte sag was«, bat Thomas. »Ich fühle mich sonst so schlecht. Ich kann doch nichts dafür, dass mein Kollege einen Unfall hatte.«

Nein, Thomas konnte nichts dafür. Das konnte er nie. Vieles, was für uns als Familie wichtig gewesen war, war sich in den letzten Jahrzehnten nicht ausgegangen, weil es sich mit seiner Arbeit nicht vereinbaren ließ. Bei so gut wie allen Schulveranstaltungen, Theateraufführungen oder Festen der Kinder war ich allein im Publikum gesessen, bei Feiern, Einladungen oder besonderen Anlässen kannte man mich nur ohne Begleitung. Einzig und allein zu Weihnachten war Thomas noch nie ausgefallen. Aber es gab bekanntlich für alles ein erstes Mal.

»Ich weiß, dass du nichts dafür kannst, aber du weißt auch, wie sehr ich mich auf Weihnachten mit der Familie gefreut habe. Überhaupt heuer, wo wir alle so verstreut sind. Also bitte, lass mich diese Nachricht erst mal verdauen.«

»Helene, ich hab dich lieb.«

»Ist schon okay. Lass mich einfach drüber schlafen, dann geht es schon wieder. Ist ja nicht die erste Enttäuschung, die du mir bereitest.« Hatte ich den letzten Satz tatsächlich laut ausgesprochen? Gern hätte ich das Gesagte zurückgenommen. Aber es hieß nicht umsonst, dass Worte wie Pfeile waren, weil man sie nicht mehr zurückholen konnte. »Entschuldige, das ist mir nur so rausgeruscht. Lass uns bitte morgen weiterplaudern, dann schaut die Welt wieder anders aus«, war ich um Schadensbegrenzung bemüht und legte rasch auf, bevor ich vor lauter Enttäuschung noch mehr Porzellan zerbrach.

Ich ging in die Küche und schenkte mir ein Glas Frizzante ein. Die frühe Uhrzeit war mir egal, ich hatte es mir nach dieser schlechten Nachricht verdient. Dann setzte ich mich an den Computer, um die Mails meiner lieben Kinder zu lesen. Ein wenig Freude konnte ich gerade gut gebrauchen.

Liebe Mama,

Valeries Anrede machte mich stutzig. Normalerweise nannte sie mich Mutter, weil das erwachsener klang, hatte sie mir mit 15 erklärt und sich von da an geweigert, das ihrer Meinung nach kindliche Mama weiterhin zu verwenden,

ich hoffe, dass es dir gut geht. Hier in Island ist es wunderschön. Mit Einar ist auch alles wieder in Ordnung. Wie du ja weißt, haben wir uns vor einiger Zeit ausgesprochen und mittlerweile verstehen wir uns sogar noch besser als vor unserem Streit. Wir haben vor, im nächsten Jahr zusammenzuziehen. Und jetzt kommt meine heikle Frage. Ich weiß ja, wie wichtig es dir ist, dass wir Weihnachten gemeinsam feiern. Aber Einars Eltern haben mich zu sich eingeladen, und Einar tut seit einiger Zeit sehr geheimnisvoll und hat mich gedrängt, dir rasch zu schreiben. Ich weiß nicht, was er vorhat, aber es scheint ihm sehr wichtig zu sein, dass wir gemeinsam bei seinen Eltern die Weihnachtsfeiertage verbringen. Hm, und nun kommt meine Frage: Liebe Mama, könntest du dir ausnahmsweise vorstellen, dass ich diesmal nicht mit euch feiere?

Ich nahm einen großen Schluck Frizzante und las weiter.

Ich weiß, dass du uns immer unterstützt und immer nur das Beste für uns willst. Ich habe mir auch wirklich lange überlegt, ob ich dich überhaupt fragen soll, aber du sagst auch immer, dass wir ehrlich sein sollen, und wer nicht fragt, der nicht gewinnt. Also bitte überleg dir, ob es möglich wäre, dass ich diesmal in Island Weihnachten feiere. Gib mir bitte rasch Bescheid, weil ich jetzt noch mein Ticket stornieren kann.

Herzliche Umarmung.

Deine Valerie

Ich war wie vor den Kopf gestoßen. Da hörte ich Ewigkeiten nichts von meinen Lieben, und dann kam eine niederschmetternde Nachricht nach der anderen. Ich fürchtete mich, das Mail meines Sohnes zu öffnen. Vielleicht versetzte er Weihnachten endgültig den Todesstoß.

Liebe Mama,

das Haus steht noch. Ich fahre zweimal in der Woche hin, um die Post zu sichten und nach dem Rechten zu sehen. Du brauchst dir keine Sorgen zu machen. Auch bei mir ist alles in Ordnung. Gerade habe ich erfahren, dass mein Wechsel zu einem anderen Betreuer meiner Diplomarbeit endlich geklappt hat, weil meiner zum Glück das Institut verlässt. Das ist ein schönes Weihnachtsgeschenk für mich, weil ich nun im nächsten Jahr sicher fertig werde. Apropos Weihnachten. Ich freue mich schon sehr auf unser Zusammensein. Eigentlich wollte ich Stefanie zu uns einladen, aber sie will unbedingt bei ihren Eltern in Salzburg feiern. Auch mich haben sie eingeladen, aber ich habe natürlich abgesagt, weil ich ja weiß, wie wichtig dir das gemeinsame Fest mit uns allen ist. Stefanie kann ja dann ein anderes Mal mit uns feiern. Wann genau kommst du nach Wien, um das Haus herzurichten? Brauchst du Hilfe beim Dekorieren?

Bis bald.

Patrick

Ich überlegte nicht lange und antwortete Valerie, dass ich ihr natürlich nicht böse sei, wenn sie in Island Weihnachten feierte, so leid es mir auch tat. Ich freute mich ehrlich für sie, dass sie die Gelegenheit bekam, dieses besondere Fest mit Einar und seiner Familie zu feiern. Das wollte ich ihr auf keinen Fall verderben. Außerdem kannte ich meine Tochter nur zu gut. Wenn sie ihren Willen nicht durchsetzen konnte, würde sie mit ihrer miesen Laune den letzten Rest von Festtagsstimmung auch noch zunichtemachen.

Also wünschte ich ihr alles Liebe und bat sie, mir zumindest ein paar Fotos zu schicken und nicht zu vergessen, ihrer Oma ein paar nette Zeilen zu schreiben. Die alljährlichen Jammereien meiner Schwiegermutter Elsa würden mir dennoch nicht erspart bleiben.

Die Antwort an Patrick hob ich mir für später auf und beeilte mich, zum vereinbarten Treffen mit Karin zu radeln. Nach Bernds Termin am Vormittag würden die beiden Turteltäubchen in die Therme Radkersburg entfleuchen.

3

Karin wartete schon beim »Frankowitsch« auf mich. Seitdem ich mich erinnern konnte, gab es hier schon immer die besten Brötchen der Stadt.

»Dann feiern wir doch gemeinsam in Graz Weihnachten«, war Karins spontane Reaktion, als ich ihr von Thomas' und Valeries Hiobsbotschaften erzählte.

»Aber Patrick …?«

»Helene, jetzt im Ernst: Willst du wirklich deine Wiener Hütte nur für euch beide aus dem Winterschlaf erwecken? Sag Patrick doch, dass er auch nach Graz kommen soll, oder lass ihn mit seiner Stefanie in Salzburg feiern.«

»Aber es ist doch Weihnachten …«, warf ich kläglich ein. Die Vorstellung, dass plötzlich alles so anders war, dass meine Familie das Fest der Liebe überall feiern würde, nur nicht in unserem gemütlichen Zuhause, deprimierte mich.

Karin genügte ein Blick, um meine Stimmungslage richtig einzuschätzen. Sie umarmte mich und drückte mir einen Kuss auf die Wange. »Ach Helene-Schatz, also wirklich! Jetzt sei nicht so traurig. Wie lange dachtest du denn, dass du deine gemeinsamen Familienweihnachten noch zelebrieren würdest? Deine Kinder sind erwachsen, und du solltest stolz darauf sein, dass sie keine Stubenhocker geworden sind, sondern ihr Leben so toll selbst gestalten.«

Karin hatte ja recht. Aber es hatte sich im letzten Jahr bereits so viel in meinem Leben verändert, dass ich mir ein vertrautes Ritual wie unser gemeinsames Weihnachtsfest sehnlich gewünscht hatte.

»Du kannst ja mit uns ins Weihnachtskonzert kommen, danach gehen wir fein essen und in die Mette«, bot Karin an.

»Hm ja, ist vielleicht eine Option«, murmelte ich. Die Vorstellung, bei zwei Verliebten das fünfte Rad am Wagen zu sein, war ungefähr so verlockend wie Flatulenzen. Lieber saß ich allein in meiner Wohnung und schaute mir Weihnachtsfilme im Fernsehen an. Das Handy kündigte mir eine eingehende SMS an.

»Willst nicht nachschauen?«, fragte Karin, als ich keinen Finger rührte.

»Lieber nicht«, wehrte ich ab. Die Nachrichten, die ich heute erhalten hatte, genügten mir fürs Erste.

»Und wenn es eine Einladung von Emil Kitsch ist?«, versuchte meine liebste Freundin mich neugierig zu machen.

»Kisch. Er heißt Kisch.«

»Kisch, Kitsch, Kirsch, Klinsch, ist doch wurscht. Du weißt doch, wen ich meine.«

»Na gut, du Nervensäge«, sagte ich und sah nach. »Wenn

es dich beruhigt: Der ›Kastner‹ hat mir ein SMS geschickt, dass eine Hose eingetroffen ist, die ich bestellt habe.«

»Na wenigstens keine schlechte Nachricht«, grinste Karin und biss in ihr Lachsbrötchen.

4

Gegen Mittag musste Karin los, und ich machte einen Sprung in den Grazer Einkaufstempel, um die bestellte Hose anzuprobieren. Dass ich sie nicht einmal über den Hintern bekam, war nicht das Schlimmste für mein ohnehin stark angeknackstes Ego. Das gnadenlos grelle Licht in der verspiegelten Kabine zeigte meinen Körper als einzige Problemzone.

»Entschuldigen Sie, ich hab Ihnen die falsche Größe gegeben. Hier ist die 40, sie haben eine 36 in der Kabine«, entschuldigte sich der Verkäufer und reichte mir die richtige Hose. Sie passte wie angegossen. Wenigstens etwas Positives.

Ich bummelte zum Hauptplatz, setzte mich in die 1er-Tram und fuhr zu Theresa, die mit ihrer Mutter eine gediegene Villa in der Nähe des Hilmteichs bewohnte. Die umliegenden Gärten präsentierten sich als romantische Winterlandschaft. Ich wünschte mir, dass der Schnee über Weihnachten liegen blieb, wenn schon meine Familienfeier ins Wasser fiel.

Nach zweimaligem Klingeln gewährte mir der automatische Türöffner Einlass. Ich stapfte durch den Vorgarten zur Tür, an der Theresa schon auf mich wartete. Mit klammen Fingern hängte ich meinen Daunenmantel, der neben den teuren Stücken der beiden Hausbewohnerinnen ziemlich armselig aussah, an die Garderobe.

»Konntest du mit deiner Mutter reden?«, raunte ich Theresa zu.

Sie drückte den Zeigefinger auf die Lippen und deutete mit dem Kopf in Richtung Wohnzimmer. Dort saß ihre Mutter mit Kopfhörern und geschlossenen Augen in einem Lederfauteuil. Sogar im Trainingsanzug sah sie elegant aus.

»Walkürenritt«, weihte mich Theresa ein. Wenn ihre Mutter ohnehin Wagner hörte, hätten wir im Vorzimmer genauso gut schreien können, dachte ich insgeheim.

»Komm, ich will dir erzählen, was ich herausbekommen hab.« Wir gingen nach oben in Theresas Wohnbereich, der sich über den zweiten Stock des Hauses erstreckte.

»Also erzähl, was hat sie gesagt?«

Statt einer Antwort schob Theresa mir eine Holzschatulle zu, die auf dem Couchtisch stand. Als ich sie öffnete, entdeckte ich darin eine Brosche, einen Schlüssel und ein Bündel Briefkuverts, das von einem lila Band zusammengehalten wurde. Ich musterte die Handschrift.

»Kannst du mir sagen, worum es geht, oder erwartest du von mir, dass ich jeden Brief einzeln lese?«

»Bist du gar nicht neugierig?«, fragte Theresa enttäuscht.

»Mehr ungeduldig als neugierig. Also bitte erzähl«, bat ich.

»Das sind Briefe, die meine Großmutter von einem Liebhaber bekommen hat. Meine Mutter hat sie mir gegeben.«

»Eine Affäre vor der Ehe, na und?«

»Während.«

»Aha. Und wieso hat deine Mutter diese Briefe?«

In diesem Augenblick ging die Tür auf, und Klara Holler trat ein. Die Walküren hatten wohl ihren Ritt beendet.

»Wer will hier etwas über mich wissen?«, fragte sie scharf.

Sie musterte mich kritisch. Dann fiel ihr ein, wo sie mein Gesicht hintun sollte.

»Ach ja, Sie sind die Freundin von Theresa, die nicht mit dem Senatspräsidenten verwandt ist«, erinnerte sie sich an das Wesentliche.

Und Sie sind das Betthäschen von Emil Kisch, hätte ich gern gekontert, aber ich hielt brav meinen Mund.

So distanziert wie möglich reichte Klara Holler mir die Hand. Dann erblickte sie die Kuverts auf dem Tisch.

»Theresa, was tun diese Briefe hier? Ich habe sie dir gegeben, weil sie eine Erklärung sein könnten. Aber ich möchte nicht, dass du sie wildfremden Personen zeigst«, wies sie ihre Tochter scharf zurecht, als wäre die noch ein kleines Mädchen.

»Helene ist keine wildfremde Person, sondern eine liebe Freundin. Und sie ist die Einzige, die über diesen schrecklichen Fund Bescheid weiß, weil ich ihr voll und ganz vertraue«, konterte Theresa trotzig und schlüpfte damit brav in die Rolle der aufmüpfigen Tochter.

»Vergiss diese Leiche. Mauere die Wand wieder zu und lass es gut sein. Ich möchte nicht, dass die Polizei Nachforschungen anstellt und sich die halbe Welt über uns den Mund zerreißt. Das können wir uns nicht leisten. Oder willst du dir deinen Lebensunterhalt künftig als Putzfrau verdienen? Du glaubst doch nicht, dass du nach so einer

Geschichte hier in Graz weiterhin als Pressesprecherin tätig sein kannst?«

»Mutter bitte, das mit dem Zumauern ist doch wohl nicht dein Ernst?«

Ich fühlte mich reichlich unwohl. Zum einen war es mir unangenehm, den Streithennen zuzuhören. Zum anderen befürchtete ich, dass Theresas Mutter ihre Aussage sehr wohl ernst meinte. Ich schätzte sie so ein, dass sie das Loch sogar selbst zumauern würde, um einen Skandal abzuwenden.

Ohne weiter zu antworten verließ Klara Holler erbost den Raum.

»Ich weiß nicht, was mit Mutter los ist. Als ich klein war, sind wir gut miteinander ausgekommen. Aber je älter sie wird, umso mühsamer wird es mit ihr«, seufzte Theresa.

»Und dein Vater?«

»Sie haben sich vor einigen Jahren scheiden lassen. Ein ziemlicher Skandal, weil er meine Mutter nicht wegen einer Jüngeren, sondern – stell dir vor! – wegen einer Älteren verlassen hat. Noch dazu eine Künstlerin. Sie hatte in der Nähe von Großmutters Haus ein Geschäft. Dort hat sie meinen Vater kennengelernt, als er für seine Schwiegermama ein Mitbringsel kaufen wollte. Wie das Leben halt so spielt. Ich finde sie total nett. Sie ist ganz anders als meine Mutter: unkonventionell, legt keinen Wert auf Status und Geld. Ich treffe mich manchmal mit ihnen, und ich muss ehrlich gestehen, dass ich meinen Vater früher nie so fröhlich und entspannt erlebt habe. Mutter gegenüber war er aber sehr großzügig, wie du siehst.« Sie machte eine Handbewegung, die das Haus und den Garten einschloss.

»Er hat ihr das alles einfach so überlassen?«, fragte ich ungläubig.

»Und dazu monatlich ein ordentliches Sümmchen. Ich glaube, er war einfach nur froh, dass er endlich seine Ruhe von ihrem ganzen gesellschaftlichen Brimborium hatte.«

»Hat sie gesagt, von wem die Briefe stammen?«

»Nein. Sie sagt, dass sie selbst keine Ahnung hat. Sie hat mir nur erzählt, dass sie die Kuverts bei Großmutter im Schrank gefunden hat, als sie die Kleidung fürs Spital zusammensuchte.«

»Und wer mag der Tote sein?«

Theresa hob ratlos die Schultern, während ich resümierte: Wir hatten einen Toten, von dem wir nicht wussten, wer er war, wie und vor allem von wem er eingemauert worden war. Auch das Wann war nicht geklärt. Vom Warum ganz zu schweigen.

»Schauen wir mal, ob wir herausbekommen, wer der romantische Schreiberling war. Vielleicht hilft uns das irgendwie weiter.« Ich öffnete das Band, das die Briefkuverts zusammenhielt, und drehte und wendete sie wie Theresa auch. Als wir nichts Aufschlussreiches entdecken konnten, lasen wir die Briefe einen nach dem anderen. Interessant war, dass sich die beiden Briefeschreiber nie beim Namen nannten, sondern nur Anreden wie »Mein Liebster« oder »Meine Liebe« verwendeten. Ähnliches schrieben sie bei der Verabschiedung. Wir wollten bereits aufgeben, da stach Theresa etwas ins Auge.

»Da, schau, da steht was …«, sie versuchte, die hingekritzelten Buchstaben auf einem der Kuverts zu entziffern. Dabei kniff sie die Augen zusammen und hielt den Umschlag so weit es ging von sich weg. Bald würden auch ihre Arme zu kurz sein, und Theresa würde wie ich eine Lesebrille brauchen. Ich rückte die meine zurecht und nahm ihr das Kuvert ab. »Warte. Das sieht aus wie Hans Tenckmann, Tenchmann, Teuchmann, so irgendwie …«

Hundertprozentig konnte ich das Gekritzel trotz Sehbehelf nicht entschlüsseln, aber immerhin war es ein Anfang.

»Ist dein PC an?«

Theresa nickte. Wir googelten die verschiedenen Namensvariationen. Wir fanden keine Tenckmanns, aber zwei Tenchmanns und ein paar Teuchmanns in Graz.

»Gut, gehen wir es an. Erste Nummer?«, fragte ich und nahm mein Handy zur Hand.

»Willst du die jetzt alle anrufen?«, fragte Theresa. »Es ist Samstag.«

»Ich denke, unter den gegebenen Umständen können wir auf solche Kleinigkeiten nicht Rücksicht nehmen, findest du nicht auch? Oder möchtest du nicht so schnell wie möglich herausbekommen, wer die Leiche in der Garage ist? Vielleicht war es ja dieser Liebhaber deiner Großmutter?« Schon tippte ich die erste Nummer ein.

»Aha. Und wie willst du das machen? Willst du jetzt alle Leute, die du anrufst, fragen, ob ihnen vor Jahren mal jemand abhanden gekommen ist, der seitdem nie wieder aufgetaucht ist? Dann können wir gleich zur Polizei gehen.«

Was ohnehin das Beste wäre, dachte ich und ließ das Handy sinken. »Du hast recht. Aber was machen wir dann?«

Theresa sah mich unglücklich an. »Da fragst du die Falsche. Vor einer Woche war mein Leben noch in allerbester Ordnung. Wenn ich mir überlege, was seitdem passiert ist, möchte ich am liebsten meine Koffer packen und irgendwohin fahren, weit weg, wo mich niemand kennt. Alles wäre mir lieber, als herauszufinden, wer dieser unbekannte Tote ist.«

»Das ist ja normalerweise auch Aufgabe der Polizei.«

»Helene, ich bitte dich, hör auf, mich immer wieder daran zu erinnern. Ich weiß selbst nur allzu gut, auf welch dünnem Eis ich mich bewege. Aber bitte gib mir die Chance, zu retten, was zu retten ist. Nur noch ein paar Tage. Wenn wir nichts herausbekommen, dann ruf ich die Polizei. Das verspreche ich dir.«

»Ich weiß wirklich nicht, was du dir von diesem Hinauszögern versprichst.«

»Bitte nur noch ein paar Tage. In Ordnung?«, insistierte Theresa.

Ich gab ihr keine Antwort. Bleistiftgekritzel auf einem der Papiere zog meine Aufmerksamkeit auf sich. »Da, schau her. Hier steht eine Adresse. Sagt dir die was? Steffigasse 27.«

Theresa sah auf die Uhr. »Es ist jetzt drei. Was hältst du davon, wenn wir gleich dorthin fahren?«

Keine Viertelstunde später waren wir unterwegs. Theresa hatte auch die Brosche mitgenommen, die in der Schatulle gelegen war.

5

An der Adresse Steffigasse 27 stand ein dreistöckiges kürzlich renoviertes Haus. Auf der Sprechanlage fand sich weder der Name Tenchmann noch Teuchmann. Aber es gab eine Klingel ohne Aufschrift, auf die Theresa drückte.

»Ja bitte?«, meldete sich eine Frau.

Theresa schilderte ihr, dass sie einen Mann suchte, der Hans Tenchmann oder Teuchmann oder so ähnlich hieß.

»Da kann ich Ihnen leider nicht weiterhelfen, ich bin gerade erst eingezogen. Aber probieren Sie es doch bei der Frau Kummer, die lebt seit Jahrzehnten hier im Haus und kennt alle«, sagte sie und beendete das Gespräch, bevor Theresa sich bedanken konnte.

»Der Tenchmann? An den kann ich mich gut erinnern«, bestätigte uns kurz darauf Frau Kummer, die uns die Tür öffnete, kaum dass Theresa ihr Anliegen an der Sprechanlage vorgetragen hatte. »Aber der Tenchmann wohnt schon eine Ewigkeit nicht mehr hier. Da können S' ihn nicht gut kennen«, empfing sie uns im ersten Stock.

»Wir kennen ihn gar nicht«, antwortete Theresa wahrheitsgemäß. »Aber meine Großmutter ist kürzlich verstorben, und wir haben in ihren Unterlagen seine Adresse gefunden. Diesbezüglich würden wir ihn gern was fragen.«

»Soso. Wie auch immer. Es wird ihn sicher freuen, Besuch von zwei hübschen Damen zu bekommen«, lächelte sie vielsagend. Sie ging zur Kommode und kramte eine Weile in einer Schublade, die mit Papieren vollgestopft war. Nach einer Weile fischte sie einen vergilbten Zettel hervor.

»Das ist die Adresse, die er mir damals gegeben hat, als er ausgezogen ist. Aber wie gesagt, das ist schon sehr lange her, ein paar Jahrzehnte. Ich weiß nicht, ob er dort noch wohnt oder ob er überhaupt noch lebt. Ich hab nie mehr etwas von ihm gehört.«

Die alte Dame schrieb uns die Adresse ab und reichte mir den Zettel. Dann wünschte sie uns viel Glück bei der Suche.

»Falls Sie ihn finden, richten Sie ihm bitte liebe Grüße von der Evi aus, und sagen Sie ihm, dass ich noch immer hier wohne.« Die Hoffnung stirbt zuletzt, dachte ich. Ob Evi Kummer in diesen Tenchmann verliebt gewesen war? Wer sonst bewahrte die Adresse eines Nachbarn über so lange Zeit hinweg auf?

»Macht es dir was aus, wenn wir gleich hingehen?«, fragte Theresa. »Es ist nicht weit von hier.«

»Ganz im Gegenteil«, sagte ich. Nicht zuletzt, weil ich den Mann sehen wollte, der bei der alten Dame einen so nachhaltigen Eindruck hinterlassen hatte. Vielleicht konnte ich Amor spielen. Wenn Tenchmann noch lebte, würde ich ihm die Nachricht von Evi Kummer überbringen.

Apropos alt. Mein Handy kündigte ein eingegangenes SMS an. Es war von Emil Kisch. Mit Herzklopfen las ich seine Nachricht, während wir uns auf den Weg machten.

›*Liebe Helene!*

Sind Sie böse auf mich? Bitte nicht. Was halten Sie davon, wenn wir heute Abend gemeinsam ins Konzert und anschließend etwas trinken gehen? Ich erkläre Ihnen dann alles in Ruhe.

Ihr Emil Kisch‹

Ich lächelte. Es war mir unbegreiflich, wie es diesem Herzensbrecher immer wieder gelang, die richtigen Knöpfe bei mir zu drücken. So sehr ich auch wollte, ich konnte ihm weder böse sein noch seine Nachricht ignorieren. Ich freute mich sogar darüber.

»Alles okay?«, fragte Theresa.

»Wie man es nimmt«, antwortete ich vage. Ich wollte nicht, dass sie mitbekam, wie sich ihr lieber *Onkel Emil* bei mir ins Zeug legte. Auch wenn ich es ungern zugab, so fühlte ich mich doch ein wenig geschmeichelt, dass es ihm so wichtig war, mir die Situation zu erklären. Vielleicht gehörte es aber auch nur zu seinem erfolgreichen Casanova-Repertoire, um Frauen bei der Stange zu halten. Was ihm in meinem Fall vortrefflich gelang. Ich war froh, dass wir das Haus bald fanden und auf einem der Namensschilder tatsächlich Tenchmann stand. So wurde ich zumindest für eine Weile vom Grübeln abgelenkt, was ich Emil Kisch antworten sollte.

»Hm, wie gehen wir es an? Stell dir vor, da wohnt eine Angehörige von ihm, und er wird vielleicht seit Ewigkeiten vermisst. Dann stecke ich in einer verzwickten Situation«, überlegte Theresa.

»Wir sagen ja nicht, dass wir ihn suchen, sondern nur, dass deine Großmutter, die ihn von früher kannte, ihm etwas vermacht hat. Und die konnte ja nicht wissen, dass er nicht mehr lebt. Damit lenken wir jeden Verdacht von ihr und uns ab«, beruhigte ich sie.

»Und wenn er nicht mehr lebt?«, gab Theresa zu bedenken.

»Dann bleibt ein Restrisiko bestehen, dass deine Großmutter ihren Liebhaber um die Ecke gebracht hat, und es sich bei der Leiche um ihn handelt. Aber jetzt hören wir erst einmal, was die Bewohner so sprechen.« Ich drückte auf die Klingel.

Die Tür öffnete sich mit einem Summen, aber niemand meldete sich. Wir betraten das düstere Stiegenhaus. Das Erste, was uns auffiel, waren der uralte Lift und die vielen Kinderwägen, die im Parterre herumstanden. Wir stiegen die Treppen hinauf und lasen jedes Türschild. Aus einigen Wohnungen hörten wir fremde Sprachen. Es roch nach frisch gekochtem Essen, was meine Magennerven daran erinnerte, dass ich bis auf die zwei Brötchen beim »Frankowitsch« noch nichts gegessen hatte.

Im dritten Stock wurden wir endlich fündig. »Ham Sie grad g'läutet?«, fragte uns die Frau um die 70, die in der geöffneten Tür stand. Ihre Haare trug sie zu einem strengen Knoten zusammengefasst. Sie stierte uns durch den goldfarbenen Rahmen ihrer Brille an. Die gestärkten Spitzen ihrer hochgeschlossenen weißen Bluse und der karierte Faltenrock versetzten mich schlagartig in meine Gymnasiumzeit zurück, in der mir ein ähnlich gekleidetes Professorinnenmonster über Jahre hinweg das Schulleben zur Hölle gemacht hatte.

»Entschuldigen Sie bitte die Störung, wir suchen einen Herrn Tenchmann. Sind wir bei Ihnen richtig? Wir möchten ihm ein Erinnerungsstück übergeben«, erklärte Theresa.

»Jo, do san S' scho richtig. Ich bin die Frau Tenchmann. A Erinnerungsstück? Von wem denn?«, fragte sie neugierig.

»Ich bin Anwältin«, log Theresa. »Frau Katharina Brunner ist kürzlich verstorben und hat ihm etwas hinterlassen.« Kaum hatte sie den Namen ihrer Großmutter erwähnt, knallte uns die Frau die Tür vor der Nase zu.

»Das war wohl ein Volltreffer«, seufzte Theresa. »Aber viel klüger sind wir jetzt auch nicht. Wir wissen nur, dass sie meine Oma kannte. Aber warum sie so heftig reagiert hat, wissen wir nicht. Ich läute sicher nicht noch einmal an«, murrte sie.

Wir wollten schon gehen, als sich die Tür wieder öffnete. Die Frau stand mit feuchten Augen vor uns.

»Entschuldigen S' bitte, dass i so wütend g'worden bin. Sie können ja nix dafür. Aber über manche Dinge im Lebm wochst halt a nach Jahrzehnten ka Gras. Kommen S' eini, dann erzöhl i Eana, warum i so bös bin.«

Wir gingen durch das Vorzimmer und betraten ein kleines vollgeräumtes Wohnzimmer.

»Bitte setzen S' Eana auf die Eckbank. Wollen S' an Kaffee?«, fragte sie und schob einen Packen Zeitungen beiseite, um Platz für uns zu schaffen.

Wir lehnten beide ab.

»Wissen S', z'erst hat mi mei Mann mit dera Frau betrogn, dann a no verlassn, und des tut a heut' no weh. Dabei hat s' eh alles g'habt, was man si wünschen kann: an Mann, Kinder, a schönes Haus. Oba na, des alles war ihr net genug, mein' liab'n Hans wollt die alte Schnepfn a no ham.«

Wir behielten für uns, dass der liebe Hans sehr leidenschaftliche Briefe geschrieben hatte, in denen *er* seine Geliebte drängte, Mann, Kinder und Haus aufzugeben und mit ihm ein neues Leben anzufangen.

Das Einzige, was wir wissen wollten war, ob und wann der Mann verschwunden war und ob er die Leiche in der Garage war. Dass Theresas Großmutter eine Affäre gehabt hatte, wussten wir mittlerweile aus den Briefen. Aber die alte Frau hatte anscheinend nichts mehr zu erzählen. Also kramte Theresa die Brosche hervor und legte sie auf den Tisch.

»Die hat wohl Ihrem Mann gehört?«, fragte Theresa.

Die Frau zuckte mit den Schultern und wieder füllten sich ihre Augen mit Tränen.

»Wissen S', i hab gedacht, dass mir das nach so vielen Jahren nix mehr ausmachen würd'. Aber es tut heut' noch genauso weh wie damals. I werd' ihm des nie verzeihen.«

»Kennen Sie diese Brosche?«, ließ Theresa nicht locker.

»Na, ka Ahnung. Die hob i no nie g'sehn. Wahrscheinlich hat er 's ihr geschenkt. Das passt zu ihm: z'haus hamma nix zum Essen g'habt, aber er schenkt dieser unersättlichen Person a teures Schmuckstück. Wissen S' was, nehmen S' es wieder mit. Jedes Mal, wenn i des seh, würd' i wütend werden.« Sie schob die Brosche resolut von sich.

»Haben Sie Ihren Mann dann noch einmal gesehen?«, erkundigte sich Theresa.

Frau Tenchmann blickte sie irritiert an. »Wie meinen S' das denn?«

»Nun, haben Sie ihn, nachdem er Sie verlassen hat, noch einmal gesehen?«

»Natürlich.« Die Frau begann plötzlich zu lachen. Aber es klang gequält. Sie stand auf, ging zur Tür, die ins Nebenzimmer führte, und öffnete sie. Mit einem Handzeichen forderte sie uns auf, ihr zu folgen.

»Hans, da is Besuch für di«, kündigte sie an. Zu uns gewandt sagte sie: »Bitte geh'n S' eini. Aber nur kurz, weil ihn des sonst zu sehr aufregt.« Ein boshaftes Lächeln umspielte ihren Mund.

Wir betraten das Zimmer, das ebenso wie das andere mit Möbeln und Gegenständen vollgeräumt war. An einer Wand stand ein Bett, in dem ein bis auf die Knochen abgemagerter Mann lag.

»Hans, da is Besuch für di«, wiederholte sie. Es schwang ein unangenehmer Unterton in ihrer Stimme mit.

Als der Mann die Augen öffnete, stellte sich Theresa vor und hielt ihm die Brosche hin. Bewegung kam in seinen Körper, er verzog sein Gesicht, als wolle er schreien. Aber es kam nur ein Glucksen über seine Lippen. Tränen kullerten über seine Wangen.

»Kommen S', das regt ihn zu sehr auf«, sagte die Frau mit demselben hämischen Unterton wie vorhin.

»Wissen S', er hat mi betrogen, mi und das Kind verlassen für a Frau, die fast 20 Jahr älter war als i. Stell'n S' Ihnen das vor! Sie können sich net vorstellen, was für einen Schmerz er mir damit zug'fügt hat«, fuhr sie fort, als wir wieder im Wohnzimmer waren. »Als sie ihm den Laufpass geben hat, is er zu uns z'rück krochen kommen und hat glaubt, alles würd' wieder so werden, wie's früher war. Aber des war net möglich, weil des Weibsstück immer bei uns war. Er konnt' s' einfach net vergessen. Ich hab' ihn wirklich geliebt, aber des war net mehr zu ertragen. Drum hab i ihm gsagt, dass er gehen muss. I wollt einfach net länger sein Notnagel sein. Oba dann is er krank worden, und da hab i ihn a net mehr fortschicken können. Was hätt'n da die Leut gsagt? Aber des Weib hat mir mei ganzes Leben versaut. Sie hat ma sei Liab gstohln und mi zur Krankenschwester gmacht. Weil i bin sicher, dass mei Mann nur wegen sein Liebeskummer so krank worden is. Zum Glück hat des bald a End. Der Hausarzt sagt, dass er Neujahr wahrscheinlich net mehr erleben wird. Dann kann für mi a neues Leben beginnen.«

Wir verabschiedeten uns und verließen so rasch wir konnten die Wohnung. Im Stiegenhaus roch es noch immer nach würzigem Fleisch. Eine Wohltat nach dem Geruch im Krankenzimmer.

»Das war schlimm«, sagte Theresa, als wir aus dem Haus draußen waren. »Bin ich froh, dass ich mich nicht als Enkelin vorgestellt habe.« Ich beneidete sie nicht um das Sodom und Gomorrha in ihrer Familie. »Aber wenigstens ist der Liebhaber meiner Großmutter nicht die Leiche in der Garage.«

»Zumindest nicht dieser«, konnte ich mir eine spitze Bemerkung nicht verbeißen.

»Du meinst, dass es noch andere gab?«, fragte Theresa.

»Möglich wäre es, findest du nicht?«

»Ja, hast eh recht. Nach all dem brauch ich jetzt einen Glühwein.«

6

Wir peilten den Altgrazer Christkindlmarkt im Franziskanerviertel an, der am nächsten lag. Ein stimmungsvoller Ort, nicht zuletzt, weil hinter den Holzhütten die hohen Mauern der Kirche emporragten. Die Schwarzbrote mit Verhackert-Aufstrich, die wir zu unseren heißen Getränken bestellten, bildeten eine gute Unterlage. Theresa bewunderte die großen roten und grünen Lichterkugeln, die über unseren Köpfen schwebten. »Richtig schön ist es hier. Weißt du, dass das heuer erst das zweite Mal ist, dass ich einen Christkindlmarkt besuche? Ich laufe jeden Vormittag an zig Ständen vorbei und nehme mir täglich vor, dass ich abends an einem von ihnen Glühwein trinke. Aber dann sitze ich bis tief in die Nacht über meiner Arbeit, und wenn ich nach Hause gehe, hat keiner mehr Zeit und Lust, sich mit mir zu treffen. Eigentlich führe ich ein total ödes Leben«, stellte sie fest und nippte an der heißen, picksüßen Flüssigkeit.

»Beklag dich nicht. Du hast dir das selber ausgesucht. Und dein Leben ist sicher weitaus angenehmer als das der Tenchmanns«, rügte ich sie. »Der Mann muss ja die Hölle durchleben.«

»Ich bedaure mehr seine Frau«, meinte Theresa. »Ich an ihrer Stelle würde mich niemals für einen Mann wie ihn aufopfern, egal ob krank oder nicht. Er hat sie doch Zeit seines Lebens nur ausgenutzt.«

»Sie hätte ihn ja verlassen und sich ein neues Leben aufbauen können«, widersprach ich. Der Glühwein machte mich streitlustig. »Er hingegen ist krank und kann ihr nicht entrinnen.«

»Vielleicht war er ihr ganzer Lebensinhalt. Sie ist ja um vieles jünger als er. Vielleicht hatte sie keine Ausbildung und kein eigenes Geld oder ein ausgeprägtes Helfer-Syndrom«, verteidigte Theresa die Frau.

In diesem Moment fiel mir die Einleitung aus »Der große Gatsby« von F. Scott Fitzgerald ein, die mir schon oft geholfen hatte, den Mund rechtzeitig zu halten und mich und meine Ansichten nicht als den Nabel der Welt zu betrachten: *Bedenke, wenn du an jemand etwas auszusetzen hast, dass die meisten Menschen es im Leben nicht so leicht gehabt haben wie du.* Diese Lebensweisheit passte auch hier, und ich bedauerte meinen starren Standpunkt.

»Was wirst du nun wegen der Leiche in der Garage unternehmen?«, kam ich auf das eigentliche Thema zurück.

»Ich werde die Polizei rufen, das verspreche ich dir. Aber zuerst muss ich meiner Mutter Bescheid geben. Prost.«

7

Ich meldete mich nicht bei Emil Kisch. So gern ich nach dem anstrengenden Tag in ein klassisches Konzert gegangen wäre, so wenig hatte ich Lust, erneut auf seine Freundlichkeit hereinzufallen. Bei ihm hatte ich das Gefühl, dass er sämtliche Schutzwälle, die ich bei Bedarf erfolgreich um mich errichten konnte, mühelos mit seinem treuherzigen Blick durchbrechen konnte. Noch nie war mir jemand begegnet, der binnen kürzester Zeit solche Gefühle bei mir auslöste. Nicht einmal Thomas war das in all den Jahren, die wir uns kannten, gelungen. Ihn liebte ich auf eine reife Art und Weise, wir waren füreinander da, wir konnten uns aufeinander verlassen, und unser Liebesleben war trotz permanenter Alltagsprobleme nie langweilig gewesen. In der Beziehung mit Thomas war ich eine freundliche, umsichtige und unkomplizierte Person, die den Herausforderungen des Lebens gelassen und mit Frohmut entgegen blickte. Weder Eifersucht noch Keifereien oder andere bösartigen Eigenschaften hatten in unserer Ehe jemals zu meinem Repertoire gehört. Seitdem ich Emil Kisch begegnet war, lernte ich völlig neue Facetten an mir kennen. Sowohl im Positiven wie im Negativen – und noch wusste ich nicht, ob mir das gefiel oder nicht. Allein der Klang seiner Stimme ließ mich innerlich schnurren wie ein Kätzchen, ich konnte in seinen Augen versinken und dabei nicht mehr zu lächeln aufhören. Als er mir bei unserem letzten Treffen in den Mantel geholfen hatte, dachte ich für einen Augenblick, dass er mich gleich umarmen würde. Mein Herz hatte das Blut durch meinen Körper gepumpt, dass dagegen jede

Hitzewallung eine Erfrischung gewesen wäre. Karin hätte dazu sicher nur lapidar gemeint: »Keine Sorge. Das sind nur deine Hormone, die verrückt spielen.« Ich erzählte nichts davon, denn ich wusste, dass es viel mehr war. Es war eine dermaßen innige Zuneigung und Vertrautheit, wie ich sie bis dahin in diesem Ausmaß noch bei keinem anderen Mann empfunden hatte. Allein dafür, dass ich ein derart intensives Gefühl erleben durfte, war ich dem Universum, das mich mit Emil Kisch bekannt gemacht hatte, unendlich dankbar gewesen. Bis gestern, als ich Klara Holler so vertraut mit ihm zusammen gesehen hatte.

Es war gut, dass sich auch Emil Kisch nicht mehr bei mir meldete. Ich bemühte mich, keinen weiteren Gedanken an ihn zu verschwenden, was mir nur teilweise gelang. Schließlich verging keine Viertelstunde, in der ich nicht aufs Handydisplay blickte, um nachzusehen, ob ich eine Nachricht von ihm verpasst hatte. Ich blieb standhaft und meldete mich nicht bei ihm. Aber er sich bei mir.

8

»Guten Abend. Ich dachte, ich schaue bei Ihnen vorbei, ob alles in Ordnung ist«, sagte Emil Kisch höflich. Er wirkte unruhig, geradezu verlegen, wie er da vor mir stand und von einem Bein auf das andere trat. »Ich hoffe, ich störe Sie nicht. Ich habe Ihnen zwei Nachrichten mit der Bitte um Antwort geschickt, aber auf keine haben Sie reagiert. Nun habe ich mir Sorgen gemacht, dass Ihnen vielleicht etwas passiert ist.« Er blickte mir ernst ins Gesicht. »Aber ich sehe, dass Sie wohlauf sind. Dann werde ich besser wieder gehen.«

»Ich habe beide Nachrichten bekommen, aber ich hatte bisher keine Zeit, darauf zu antworten. Aber danke, es ist sehr nett, dass Sie nach mir schauen. Auch wenn ich Überraschungsbesuche generell nicht leiden kann«, plapperte ich drauf los.

Er nickte und wandte sich zum Gehen.

»Ach bitte, so habe ich das nicht gemeint. Ich hatte einen anstrengenden Tag«, entschuldigte ich mich. »Kommen Sie doch herein«, lud ich ihn ein.

»Sind Sie sicher?«, fragte er.

Ich musste schmunzeln. »Sie brauchen keine Angst vor mir zu haben, ich beiße nicht und ziehe Ihnen auch keins mit dem Nudelwalker über«, sagte ich.

»Nun, das ist nett. Danke. Das weiß ich zu schätzen.« Kein Lächeln oder Augenblinzeln verriet, dass er meinen Witz verstanden hatte.

»Was darf ich Ihnen anbieten?«, fragte ich, als ich mich endlich wieder an meine guten Manieren erinnerte. »Ich habe einen Grauburgunder oder einen Weißburgunder aus dem Schilcherland.«

Emil Kisch nahm in meinem Wohnzimmer Platz und entschied sich für den Grauburgunder aus dem südoststeirischen Vulkanland. Ich füllte die Gläser und zündete die Kerzen meines Adventkranzes an, der sich heuer mit Bockerln, Strohsternen und roten Bändern steirisch präsentierte. Die Barbarazweige vom Kaiser-Josef-Markt standen in einer Vase auf der Kommode.

»Sehr gemütlich haben Sie es hier«, sagte mein Nachbar anerkennend. »Ich war einmal zum Tee bei Ihrer Tante und habe die Wohnung vor dem Umbau gesehen. Darum weiß ich, wie viel Arbeit das gewesen sein muss.«

Ich sah mich im Raum um, der nicht zuletzt wegen des zart apricotfarbenen Anstrichs so harmonisch wirkte. »Ja, bei allem, was bei diesem Umbau schief gegangen ist, hatte ich doch Glück im Unglück. Hier im Wohnzimmer zum Beispiel: Wenn die Maler damals nicht eine falsche Farbe mitgenommen hätten, die sich nicht mit der Ölfarbe am Plafond verbinden ließ, würden wir jetzt in einem knallorangefarbenen Zimmer sitzen und ganz sicher nach wenigen Minuten kollabieren«, sprach ich eines der vielen Desaster an, die der Umbau mir eingebrockt hatte beziehungsweise an denen ich nur knapp vorbeigeschrammt war.

»Ja, das war sicher viel Mühe. Und dann noch diese Überschwemmung, durch die wir uns kennengelernt haben.« Emil Kisch prostete mir zu. »Glück im Unglück«, griff er meinen Satz von vorhin auf.

Ich nickte. Seine Liebenswürdigkeit und stoische Ruhe, mit welcher er die Handwerkerdramen hingenommen hatte, würden mir ewig in Erinnerung bleiben.

»Möchten Sie Weihnachtskekse oder Salzstangerln zum Wein?«

Er entschied sich für die Kekse, und ich war froh, weil mir einfiel, dass die Stangerln steinhart waren. Nicht, dass sich Emil Kisch einen Zahn bei mir ausbiss.

»Schade, dass Sie heute Abend nicht mit mir ins Konzert gehen konnten. Die Violinistin war wirklich außerordentlich begabt«, schwärmte er. »Es hätte Ihnen sicher sehr gefallen.«

»Ja schade. Aber ich habe im Moment so viel Arbeit, die ich noch vor Weihnachten fertigstellen muss. Und ich habe ehrlich gesagt auch angenommen, dass Sie in der Zwischenzeit schon eine andere Begleitung für das Konzert gefunden hatten«, schoss ich meinen Giftpfeil ab.

»Ich habe bis eine halbe Stunde vor dem Konzert auf Ihre Zusage gewartet. Dann habe ich die Karte an der Abendkasse abgegeben und die Dame gebeten, sie jemandem zu schenken. Es saß dann ein junger Chinese neben mir. Sehr sympathisch, nur leider roch er stark nach Knoblauch.«

»Oje, Sie Armer. Und ich dachte, Klara Holler würde Ihnen Gesellschaft leisten.«

»Nein, Klara Holler besucht keine Konzerte. Und schon gar nicht mit mir. Ich kenne sie seit rund 50 Jahren. Und ja, sie war meine erste große Liebe. Aber es ging nicht lange gut mit uns, wir passten einfach nicht zusammen. Wir hatten völlig unterschiedliche Vorstellungen, wie unsere künftigen Leben aussehen sollten. Sie hat sich nach wenigen Monaten wieder von mir getrennt, weil sie ihren späteren Mann kennengelernt hatte. Sie wurde dann auch gleich von ihm schwanger und hat ihn geheiratet. Er war der Inbegriff dessen, was sie sich als junges Mädchen erträumt hatte, und er konnte ihr alles bieten. Er stammte nicht nur aus gutem Haus, er hatte ein gutes Händchen bei Aktienkäufen, die ihn bereits in sehr jungen Jahren zum Schilling-Millionär machten. Kein Wunder, dass Klara alles daran setzte, ihn vor den Traualtar zu schleppen. Bei so einer guten Partie konnte ich nicht mithalten.«

»Und dann, als sich ihr Mann von ihr hat scheiden lassen, sind Sie wieder als ihr Seelentröster eingesprungen?«, fragte ich scheinheilig nach.

»Die Angelegenheit war ein bisschen komplizierter. Da es sich aber dabei um die Privatsphäre von Klara handelt, kann ich es Ihnen nicht erzählen. Nur eines versichere ich Ihnen: Ich habe kein Verhältnis. Weder mit ihr noch mit sonst jemandem. Und ich habe ihr auch nie nachgetrauert, nur um diesen Gedanken erst gar nicht aufkommen zu lassen.«

»Das heißt, Sie haben Ihren Ruf als Casanova völlig zu unrecht und sind in Wirklichkeit ein braver Ehemann«, hänselte ich ihn. Glaubte er, dass er mir einen solchen Bären aufbinden konnte? »Bitte verstehen Sie mich nicht falsch. Ich danke Ihnen, dass Sie mir Ihr Vertrauen schenken, aber letztlich ist es Ihre Sache, wie Sie Ihr Privatleben gestalten, und geht weder mich noch sonst jemanden etwas an.«

Er schwieg eine Weile.

»Ja, Sie haben recht. Ich bin verheiratet. Genauso wie Sie. Und auch meine Frau und ich leben getrennt.« Also hier lag der Hase im Pfeffer.

»Ich lebe nicht getrennt von meinem Mann«, stellte ich prompt klar. »Entschuldigen Sie, aber ich dachte, ich hätte das bei unserem ersten Treffen klar und deutlich gesagt.«

»Ja, das haben Sie. Aber ich war bis eben der festen Meinung, dass Sie das nur erwähnt haben, um mich von sich fern zu halten. Ich kann mir nicht vorstellen, dass ein Ehemann so verrückt ist, eine so schöne und intelligente Frau, wie Sie es sind, so lange allein zu lassen.« Da war nichts Anzügliches in seinen Worten und Blicken. Nichts ließ meine Alarmglocken ertönen, im Gegenteil, ein Teil von mir schmolz regelrecht dahin. Wenn ich das Thomas erzählte, würde er den Kopf schütteln und lachen. Er hatte sich nie etwas dabei gedacht, mich oft für mehrere Monate allein zu lassen. Jetzt, da ich darüber nachdachte, wunderte ich mich, dass mein Mann nie eifersüchtig war. Entweder er war sich meiner derart sicher oder er sah in mir nicht eine Frau, die auch für andere Männer attraktiv war. Interessante und gebildete Männer wie Emil Kisch. Nun läuteten meine Alarmglocken doch schrill. Es wurde Zeit. »Mein Mann und ich führen eine sehr harmonische Ehe, die auf gegenseitigem Vertrauen basiert, und so soll es auch künftig bleiben. Es tut mir leid, dass Ihre Ehe in die Brüche gegangen ist. Haben Sie Kinder?«, wechselte ich das Thema.

»Ja, eine Tochter. Aber sie ist schon erwachsen und lebt ihr eigenes Leben.«

»Ja, das kenne ich. Meine Tochter Valerie wird heuer zum ersten Mal nicht mit uns Weihnachten feiern, sondern in Island.« Ich hütete mich, Emil Kisch die ganze Wahrheit zu sagen: dass es nämlich heuer keine Familienweihnacht wie sonst immer geben, ich einzig mit meinem Sohn in meiner Wohnung sitzen, Orangenlikör trinken und Weihnachtsfilme anschauen würde. »Und Sie? Wie werden Sie Weihnachten verbringen? Mit Freunden? Oder fahren Sie irgendwohin?«

Emil Kisch schmunzelte. »Ihre Fragen klingen ein bisschen, als könnten Sie sich das Fest der Liebe nicht ohne Familie vorstellen. Ich will Ihnen Ihre Illusion von Weihnachten nicht nehmen, aber Sie wissen schon, dass es gerade unterm Weihnachtsbaum bei vielen Familien zu den ärgsten Streitereien bis hin zum Totschlag kommt.« Wie recht er schon wieder hatte. Aber an meiner Einstellung hatten bislang weder deprimierende Statistiken noch die blumigen Schilderungen von Freunden, die die

Feiertage irgendwo unter Palmen genossen, etwas ändern können. Für mich gehörte zu Weihnachten eine ganz spezielle Atmosphäre, ein gewisser Zauber, den ich mir nur im Kreis meiner Lieben vorstellen konnte. Zumindest war das im letzten halben Jahrhundert so gewesen. Und darum war es für mich immer noch unvorstellbar, dass ich heuer womöglich zum ersten Mal allein feiern musste. Noch nie hatte ich einen Plan B für Weihnachten gebraucht.

»Entschuldigen Sie bitte.« Emil Kisch stand abrupt auf. »Sie sagten ja vorhin, dass Sie beruflich gerade viel um die Ohren haben, und ich mache es mir hier gemütlich und plaudere von meinen Familienangelegenheiten.«

Ich hielt ihn nicht zurück, auch wenn er mein Schweigen falsch gedeutet hatte. Aber ich war tatsächlich müde.

»Weil Sie vorhin gefragt haben, wie ich Weihnachten feiere. Ich fahre schon seit Jahren an die Südsteirische Weinstraße in ein Hotel. Dort kenne ich die Wirtsleute und sitze mit ihnen und anderen Gästen in der weihnachtlich geschmückten Stube am knisternden Kamin. Wir plaudern, lachen, trinken hausgemachten Punsch, die Wirtsleute singen steirische Weihnachtslieder und lesen das Evangelium. Danach genießen wir ein köstliches 5-Gang-Menü, und gegen Mitternacht gehen wir alle gemeinsam mit Fackeln in die Christmette. Ehrlich gesagt, so entspannte und fröhliche Weihnachten hatte ich mit meiner Frau all die Jahre unserer Ehe nicht. Und auch nie so kostengünstige.« Er schmunzelte und sah rundum zufrieden mit sich und der Welt aus. Es gab also doch auch einen Plan B für Weihnachten.

Ich öffnete ihm die Tür, und er blieb ganz dicht vor mir stehen. Für einen Moment dachte ich, er würde mich küssen. Aber er sagte nur: »Danke, es war wieder ein sehr schöner Abend in Ihrer Gesellschaft. Ich freue mich schon jetzt auf ein Wiedersehen.« Und weg war er. Ich sah ihm hinterher. Mein Herzschlag übertönte die schrillen Alarmglocken.

SECHS

I

Sonntag und Montag vergingen ohne besondere Turbulenzen. Der Schneefall ließ nach, und mit den Sonnenstrahlen am Montag schmolz die Hoffnung auf weiße Weihnachten wieder einmal dahin. Da half es auch nichts, dass es tags drauf wieder eisig und grau war.

Karin rief mich am Montag an und schwärmte in den höchsten Tönen von ihrem Wellness-Wochenende in der Therme Radkersburg. »Ich habe mit Bernd über Weihnachten gesprochen, und auch er würde sich sehr freuen, wenn wir den Abend gemeinsam verbringen«, betonte sie nochmals. »Also klär das bitte bald mit Patrick ab, ob er mit dir feiern will oder doch lieber mit seiner Freundin in Salzburg, und rühr dich dann wieder bei mir, okay?«

Ich schickte ihr einen Kuss. Was gab es Schöneres als Freunde, die für einen da waren, wenn man sie brauchte? Nur von meinem Samstagabend mit Emil Kisch erzählte ich meiner besten Freundin nichts. Ich hatte Angst, dass Karin mit ihrem praktischen Naturell, das ich ansonsten so an ihr zu schätzen wusste, den Zauber dieser neuen Bekanntschaft zunichte machen könnte. So lieb ich sie auch hatte, aber ich wollte die Magie und das Herzklopfen, die Emil Kisch bei mir auslösten, noch eine Weile genießen. Auch wenn mir bewusst war, dass das nur ins Chaos führen konnte.

Mein schlechtes Gewissen Thomas gegenüber hielt sich in Grenzen. Bis auf ein kurzes Mail, in dem er mir berichtete, dass bei ihm alles bis auf den üblichen vorweihnachtlichen Dauerstress okay sei, hatte ich nichts von ihm gehört. Anscheinend hatte er weder Zeit noch Interesse daran, wie es *mir* erging und was *ich* alles unter einen Hut zu bringen hatte.

Emil Kisch hatte mir am Sonntag nochmals einen virtuellen Dank geschickt und mir mitgeteilt, dass er für zwei Tage verreisen musste.

Ich melde mich bei Ihnen, sobald ich wieder da bin. Auch wenn Sie im Moment viel Arbeit haben, würde es mich sehr freuen, wenn wir ein paar gemeinsame Stunden vor dem Heiligen Abend verbringen könnten. Liebe Grüße. Ihr Emil.

Von Theresa hatte ich nichts mehr gehört. Schließlich hielt ich es nicht mehr aus und rief am Nachmittag bei ihr an. Beim ersten Mal landete ich auf ihrer Sprachbox, beim zweiten Mal hatte ich Glück.

»Hallo, Theresa, wie geht es dir? Gibt es etwas Neues?«

»Und ob. Rate mal, wo ich gerade bin?«, gab sie sich geheimnisvoll.

»Keine Ahnung. Auf der Polizeistation?«

»Ich sitze auf der Piazza Navona in Rom und trinke Cappuccino.«

»Aha…« Mir fehlten die Worte.

»Entschuldige, dass ich dich nicht angerufen habe, aber es ging alles Schlag auf Schlag. Ich musste am Sonntag nach Rom fahren, weil wir hier gestern eine Präsentation hatten. Wir haben fast bis Mitternacht gearbeitet. Dabei – stell dir vor – gibt es hier strahlenden Sonnenschein und von Kälte keine Spur. Heute Mittag haben wir alles unter Dach und Fach gebracht, und nun sitze ich hier und lasse mir die Sonne ins Gesicht scheinen.«

»Und in deiner anderen Angelegenheit …?«

»Bitte Helene, erinnere mich nicht daran. Ich habe es so genossen, über 1000 Kilometer von all diesen unangenehmen Dingen entfernt zu sein. Du kannst dir gar nicht vorstellen, wie schön es hier ist.«

Natürlich konnte ich mir das vorstellen. Wärmende Sonnenstrahlen, die einem ins Gesicht schienen, Menschen, die ihre Wintermäntel eher als modisches Detail statt als Kälteschutz trugen.

»Ich hatte einen argen Streit mit meiner Mutter, nachdem ich von unserer Erkundungstour zurückgekommen bin«, erzählte Theresa. »Sie hat sich fürchterlich aufgeregt, dass wir diesen Tenchmann aufgesucht haben, und sie möchte auf jeden Fall verhindern, dass ich zur Polizei gehe. Sie sagt, dass uns das alles nichts angeht, und sie ist von mir maßlos enttäuscht, dass ich es überhaupt für möglich halte, dass irgendjemand aus unserer Familie ein Mörder sein könnte, und obendrein dich in die ganze Angelegenheit hineingezogen habe.«

»Na, dann kann es deiner Mutter ja egal sein, wenn du zur Polizei gehst, wenn es ohnehin keiner aus der Familie …«, hob ich an.

»Papperlapapp, das sagt sie doch nur so. Die hat unbändige Angst, dass sich das Gegenteil herausstellen könnte.«

»Und was wirst du jetzt machen?«

»Ich genieße den heutigen Tag und fahre morgen zurück. Hier ist alles so weit weg von dem, was mich zu Hause erwartet. Der Leiche wird es wohl egal sein, ob sie noch ein paar Tage länger in der Garage bleibt«, wiederholte sie sich.

Es klang für mich makaber, aber jedes gute Zureden wäre nur reine Energieverschwendung gewesen. Theresa hatte ihre Entscheidung getroffen. Auch wenn ich diese noch immer nicht guthieß, konnte ich es meiner Freundin nicht verübeln, dass sie sich lieber im sonnigen Rom aufhielt und den Kopf gewissermaßen in den Sand steckte.

2

»Hallo, Patrick.«

»Hallo, Mama.«

»Du hast wahrscheinlich schon gehört, dass Papa und Valerie nicht zu unserer Familienweihnacht anreisen werden?«

Mein Sohn bestätigte, dass er auf Valeries Facebook-Profil ein Posting gelesen hatte, in dem sie davon schwärmte, heuer Weihnachten in Island zu verbringen.

»Ich bin jetzt am Überlegen, ob es überhaupt Sinn ergibt, dass ich nur für uns beide in Wien das kalte Haus herrichte. Was hältst du davon, wenn wir stattdessen in Graz feiern?«

Schweigen am anderen Ende der Leitung.

So wohl ich mich hier in der Murmetropole fühlte, für meine Kinder war und blieb Graz im Vergleich zur Donaumetropole eine Kleinstadt. Mein Graz-Gen hatte ich ihnen nicht vererbt.

»Ja, könnten wir schon. Was macht man denn dort?«, fragte er zögerlich. Im Gegensatz zu Valerie war Patrick mit seinen Meinungsäußerungen zurückhaltender. Aber dass ihm jede Begeisterung für meinen Vorschlag fehlte, war nicht zu überhören. »Es ist nur …«, druckste er herum. »Weißt, Mama, ich müsste halt am Christtag schon in der Früh nach Salzburg fahren, damit ich rechtzeitig zum Mittagessen mit Stefanies Familie dort bin. Wenn ich von Graz losfahr, brauch ich aber doppelt so lange. Da müsste ich schon um fünf Uhr losfahren, damit sich das noch irgendwie ausgeht.«

»Ich dachte, du wolltest erst am Stefanitag nach Salzburg fahren …?«

»Dachte ich auch. Aber Stefanies Eltern fliegen an dem Tag schon am Vormittag auf die Malediven.«

»Ohne Stefanie?«, fragte ich ungläubig. War ich wirklich die Einzige weit und breit, die so großen Wert auf Weihnachten mit der Familie legte?

»Klar ohne Stefanie. Ich bitte dich, Stefanie ist doch auch schon 24. Bei aller Liebe, aber irgendwann müssen wir auch unser eigenes Leben leben«, kam es nun doch etwas direkter zurück, als ich das von meinem Sohn gewohnt war.

»Ja klar sollt ihr euer eigenes Leben leben«, bestätigte ich. Aber musste das ausgerechnet zu Weihnachten sein?

»Hm, das ist natürlich logistisch alles etwas mühsam«, gab ich zu. »Dann lieber doch Weihnachten in Wien?«

»Mama, ich weiß, wie sehr dir Weihnachten am Herzen liegt. Aber mal ehrlich: Ist es dir nicht zu aufwendig, extra nach Wien zu fahren und hier das Haus nur für uns zwei weihnachtlich zu schmücken und aufzuheizen, damit wir es für einen einzigen Abend gemütlich haben?«

Nein, nicht einmal das wäre mir zu aufwendig gewesen, dachte ich. Aber ich wollte keinesfalls wie meine Schwiegermutter enden, als eine von diesen jammernden Müttern, die klammerten und ihren Kindern ständig mit Vorwürfen und Psychoterror auf den Nerv gingen.

»Du meinst, dass es diesmal besser wäre, wenn wir auf gemeinsame Weihnachten ganz verzichten? Könntest du denn bei Stefanie den Weihnachtsabend verbringen?«

»Ja, könnte ich. In dem Fall würde ich mit ihr schon am Wochenende nach Salzburg fahren und auch gemeinsam wieder zurück.«

»Okay, dann machen wir es diesmal so«, willigte ich ein und bemühte mich, es unbeschwert klingen zu lassen.

»Mama?«

»Ja?«

»Aber ist das eh für dich okay? Ich meine ja nur, der ganze Aufwand und …«

»Aber ja doch. Mach dir keine Gedanken. Karin hat mir auch schon angeboten, mit ihr und Bernd den Weihnachtsabend zu verbringen. Kein Problem.«

»Okay, Mama. Danke. Und nächstes Jahr feiern wir wieder alle gemeinsam in Wien.« Kaum hatte ich aufgelegt, suhlte ich mich im Selbstmitleid und schluchzte meine Seelenpein laut heraus. Aber wie hieß es auf diesen dämlichen Spruchkarten, die überall angeboten wurden? Hinfallen, aufstehen, Krönchen richten, weitergehen. Also schnäuzte ich mich und machte mich frisch. Nur weil ich heuer nicht mit der Familie feierte, würde die Weihnachtswelt nicht untergehen. Ich setzte mich aufs

Sofa und schrieb eine To-do-Liste: Vormittag Umtrunk im »Königsfeld«, nachmittags Weihnachtsmesse, den Abend mit Karin und Bernd verbringen. Abgehakt. Am Christtag in die Festmesse in die Franziskanerkirche gehen. Wenn ich Glück hatte, sang wieder ein Chor so wie zu Ostern, als ich zufällig in die Klosterkirche hineinschaute und überwältigt von den Gesängen war, die das Gotteshaus mit den schönen bunten Glasfenstern erfüllte. Seitdem ging ich, so oft ich konnte, zum Sonntagsgottesdienst und hatte schon manchen brauchbaren Impuls für mein Leben erhalten.

Für den Stefanitag würde mir auch noch etwas einfallen. Notfalls konnte ich die Zeit genießen, relaxen und ein gutes Buch lesen. Wie ich mir das so durch den Kopf gehen ließ, fühlte sich alles nicht mehr ganz so tragisch an. Das Beste an der Sache war, dass ich mir den obligaten Weihnachtsbesuch bei Thomas' Mutter am Christtag ersparte. Apropos, die Weihnachtsbäckereien für Elsa hatte ich vergessen! Die sollte ich noch schnellstens in Auftrag geben, damit sie rechtzeitig unter ihrem Weihnachtsbaum lagen. Nicht, dass mir meine Schwiegermutter dann am Telefon die Ohren volljammerte.

3

Auf dem Weg zur Bäckerei erreichte mich ein Telefonanruf der völlig hysterischen Klara Holler. Woher hatte Theresas Mutter meine Handynummer?

»Frau Kaiser, mein Gott, gut, dass ich Sie erreiche. Stellen Sie sich vor, eine Nachbarin hat Alarm geschlagen. Theresa ist nicht da, und ich kann sie nicht am Handy erreichen …«

Ich verstand nicht, worauf sie hinauswollte. »Was für einen Alarm hat wessen Nachbarin geschlagen?«, fragte ich verdutzt.

»Ach entschuldigen Sie. Ich bin völlig fertig. Eine Nachbarin hat die Polizei gerufen, weil aus unserer Garage – der Garage im Haus der Großmutter – angeblich bestialischer Geruch kommt. Und die Polizei hat uns nun ausgeforscht und bittet uns, das Haus aufzusperren. Was soll ich tun?«

»Hinfahren und aufsperren«, schlug ich vor.

»Aber um Gottes willen, was sage ich den Beamten? Oder soll ich mich dumm stellen und so tun, als ob ich keine Ahnung von allem hätte? Mein Gott, ist mir das alles unangenehm. Sagen Sie, Frau Magister, könnten Sie mich unterstützen und mit mir hingehen? Ich hole Sie ab, wo immer Sie gerade sind. Aber ich wäre froh, wenn ich nicht allein sein müsste, wenn die Polizei die Leiche findet.«

Ich überlegte kurz. Da war diese hysterische Frau, die ständig den lieben Gott für ihre Angelegenheiten in Beschlag nahm, meine Freundin Theresa war über 1000 Kilometer weit entfernt, und dann war da noch eine Leiche, die vor rund einer Woche aus der Totenruhe gerissen worden war und sich nun durch immensen Gestank bemerkbar machte. Das alles schrie nach Schadensbegrenzung.

»In Ordnung. Ich bin gerade in der Sporgasse. Wenn Sie möchten, können wir uns in einer halben Stunde am Geidorfplatz treffen.«

»Ich bin Ihnen so unendlich dankbar, dass Sie mich da nicht allein hingehen lassen.«

4

Mir blieb gerade noch Zeit, in die Hofbäckerei zu gehen. Ich wollte endlich die Weihnachtsbestellung für Elsa aufgeben und mir selbst etwas Süßes gönnen. Und da saß er, Emil Kisch, und las Zeitung. Mir schlug das Herz bis zum Hals, als ich ihn erblickte. In diesem Moment hob er den Kopf und erkannte mich. Übers ganze Gesicht lächelnd erhob er sich und eilte mir entgegen. Kurz befürchtete ich, dass er mich vor der versammelten Bäckermannschaft in seine Arme schließen würde, aber dann hielt er inne und streckte mir nur die Hand entgegen. »Schön, dass wir uns hier treffen. Darf ich Sie auf Kaffee und Kuchen einladen?«, fragte er und sah mich erwartungsvoll an.

Wie gern hätte ich seine Einladung angenommen, anstatt mich mit Theresas Mutter zu treffen. Diese Frau war mir ohnehin schon unsympathisch, und nun musste ich wegen ihr auch noch auf Cappuccino und Esterházyschnitte verzichten. Vor allem aber auf die Gesellschaft von Emil Kisch. Bedauernd hob ich die Schultern. »Ich habe leider einen wichtigen Termin.« Dass ich diesen mit seiner Jugendliebe hatte, behielt ich für mich.

Die Enttäuschung stand ihm ins Gesicht geschrieben. »Vielleicht treffen wir uns morgen?«, schlug ich rasch vor.

»Morgen muss ich zu einer Ausstellungseröffnung ins Pável Ágoston Museum in Szentgotthárd. Falls Sie Zeit und Lust hätten, würde ich mich freuen, wenn Sie mich nach Ungarn begleiten. Wir könnten am frühen Nachmittag losfahren und irgendwo gut essen. Ich kenne ein ausgezeichnetes Fischrestaurant in der Nähe des Museums. Die Ausstellungseröffnung findet um 18 Uhr statt, also wären wir gegen Mitternacht wieder in Graz.« Er blickte mich erwartungsvoll an. Früher war ich oft in der ungarischen Stadt gewesen. Aber nur zum Einkaufen und zum Essen. Das Museum kannte ich nicht. Kurz überlegte ich: Wenn meine Freundin Theresa trotz ihrer Probleme in Rom weilen konnte, was sollte mich daran hindern, diese Einladung anzunehmen?

»Ja gern«, sagte ich daher.

Das Lächeln kehrte in sein Gesicht zurück. »Dann hole ich Sie also morgen um 13 Uhr ab?«

Ich nickte, verabschiedete mich und verließ hastig die Bäckerei. Es war höchste Zeit, wenn ich mich nicht verspäten wollte. Auf das Gejammer von Theresas Mutter konnte ich wahrlich verzichten.

Zügig stöckelte ich die Paulustorgasse und danach die Maria-Theresia-Allee entlang. Meine Gedanken kehrten immer wieder zur Begegnung mit Emil Kisch zurück. Warum fühlte ich mich in seiner Gegenwart immer so wohl, und warum spielten die Schmetterlinge in meinem

Bauch verrückt, wenn ich an ihn dachte, was ich zugegebenermaßen oft tat?

Wie auch immer, ich freute mich auf den morgigen Tag und auf die interessanten Gespräche, die wir miteinander führen würden. So wie immer. Abgesehen davon tat ich ja nichts Unrechtes, redete ich mir gut zu. Mein Magen knurrte. Erst in diesem Moment fiel mir auf, dass ich die Bäckerei verlassen hatte, ohne etwas einzukaufen, geschweige denn, die Weihnachtskekse für Thomas' Mutter zu bestellen.

Die Kälte machte mir nichts aus. Seitdem mich Emil so angestrahlt hatte, war mir warm ums Herz, und auch der Himmel wirkte rosiger auf mich. Was auch daran liegen mochte, dass in der kommenden Nacht mit neuerlichen Schneefällen zu rechnen war.

Während ich über den tieferen Sinn dieser Bekanntschaft nachdachte, fiel mir das Credo eines bekannten Modegurus ein: »Denken ist genau das, was ich vermeide. Ich möchte ein angenehmes und schönes Leben haben.« Als ob das so einfach wäre, an etwas *nicht* zu denken. Vielmehr war es doch so, wie es der Harvard Psychologieprofessor Daniel Wegner mit seinem Eisbären-Experiment in den 90ern als ironischen Prozess beschrieb: »Das Gehirn lässt es nicht zu, *nicht* an einen Eisbären zu denken, so sehr man das auch möchte. Weil kein Eisbär ist auch ein Eisbär. Das Einzige, was in solch einer Situation hilft, ist gezielte Ablenkung.«

In meinem Fall war es eine übel riechende Leiche. Ich blickte auf die Uhr. Es waren noch fünf Minuten bis zum Treffen mit Theresas Mutter. Ich legte einen Zahn zu. Am Geidorfplatz war weit und breit nichts von ihr zu sehen. Um meinen knurrenden Magen zu besänftigen, bestellte ich am Würstelstand Krainer mit Senf und Kren. Solange ich mich erinnern konnte, war hier ein Würstelstand gewesen. Wenn auch kein so moderner wie der jetzige. Als ich damals als kleines Mädchen mit meinem Vater hergekommen war, stand auf einem Schild: »Messner Krainer allerhand, geh nicht vorbei am Würstelstand«. Damals ließ mich der Würstelstandler mit dem weißen Käppi auf der Theke sitzen. Mit schlenkernden Beinen aß ich meine Frankfurter mit Senf. Dazu gab's ein resches Kaisersemmerl. Wenn wir nach Hause kamen, schimpfte meine Mutter mit uns, weil wir keinen Appetit aufs Mittagessen hatten. Eigenartig, woran man sich erinnerte. Dagegen musste ich oft lange nachdenken, wenn mich jemand fragte, was ich am Vortag zu Mittag gegessen hatte.

Gerade als ich genussvoll das letzte Stück Krainer kaute, fuhr Klara Holler vor und machte durch Hupen auf sich aufmerksam. Als hätte man ihren protzigen Geländewagen übersehen können. Ich winkte ihr zu, tunkte aber betont langsam das letzte Stück Semmel in den Senf und schob es mir in den Mund.

»Tut mir sehr leid, es hat doch etwas länger gedauert«, entschuldigte sich Klara Holler, als ich in den Wagen stieg.

»Kein Problem.« Langsam wurde mir bewusst, dass das, was wir vor uns hatten, alles andere als angenehm sein würde.

5

Zwei uniformierte Polizisten erwarteten uns schon vor dem Haus. Schon von Weitem konnten wir den bestialischen Gestank riechen.

»Was das wohl sein mag«, stellte sich Theresas Mutter dumm. Sie hatte sich also für die Ahnungslosen-Variante entschlossen. Ich fand das völlig falsch, aber mich fragte ja niemand.

»Vielleicht ist es nur eine tote Katze«, sagte einer der Beamten. »Das kann ziemlich stinken.«

Theresas Mutter kramte den Schlüssel hervor.

»Wann waren Sie das letzte Mal hier?«

Sie dachte nach. »Das muss ungefähr zwei Wochen her sein.«

Die Polizisten halfen ihr, die schwere Garagentür aufzumachen. »Sie können gern draußen warten«, bot einer der beiden Frau Holler an.

Die Männer betraten die Garage ohne sie, um sich auf die Suche zu begeben. Theresas Mutter kramte eine Zigarette aus ihrer Handtasche hervor.

»Was soll ich denen sagen, wenn sie die Leiche finden?«, flüsterte sie und zündete sich den Glimmstängel an.

»Am besten die Wahrheit.«

»Gnädige Frau, wir haben da ein größeres Problem«, meldete sich einer der Polizisten.

»Das wäre?«

»Wann, sagten Sie, waren Sie das letzte Mal hier?« »Vor ungefähr zwei Wochen.«

»Weil der Gestank leider nicht von einer Katze stammt.«

»Sondern?«

»Von einer menschlichen Leiche, die dort in der Mauer steckt.« Der Beamte deutete in den hinteren Bereich der Garage. Er hatte das so emotionslos gesagt, als hätte er einen Sack alter Socken gefunden.

Was folgte, war eine theatralische Vorstellung von Klara Holler. Fassungslos und nach Luft ringend sagte sie: »Mein Gott, das gibt's doch nicht. Eine Leiche am Grundstück meiner Mutter. Um Gottes willen!«

Die Beamten gingen zur Tagesordnung über.

»Es wird für Sie jetzt wohl länger dauern, als ursprünglich geplant. Aufgrund der Umstände müssen wir die polizeiliche Kommission einschalten, weil von einer natürlichen Todesursache können wir hier nicht unbedingt ausgehen. Sieht doch eher nach einem Gewaltverbrechen aus.«

Plötzlich drehte sich einer der Beamten zu mir um und fragte mich direkt: »Wer sind *Sie* eigentlich?«

»Ich bin …«

»Sie ist eine Freundin meiner Tochter, die ich unterwegs zufällig getroffen habe und die mich freundlicherweise begleitet hat«, beantwortete Theresas Mutter rasch die Frage des Beamten für mich.

»Ich denke, die Dame kann für sich selbst antworten«, stellte der Beamte klar und sah mich auffordernd an.

»Ich heiße Helene Kaiser, bin mit Frau Hollers Tochter befreundet und habe sie hierher begleitet.«

»Warum?«, hakte der Polizist nach.

»Ich wollte eine Truhe umstellen und brauchte Hilfe«, log Klara Holler und erntete einen strengen Blick des Polizisten. Als er mich ansah, nickte ich zustimmend.

»Gut. Jedenfalls muss ich Sie bitten, sich noch eine Weile

zu unserer Verfügung zu halten, bis die Kollegen eintreffen. Wenn Sie möchten, können Sie bis dahin im Haus warten.«

Wir nahmen sein Angebot an. Jede Minute weniger in Gegenwart der Beamten vergrößerte die Chance, sich nicht zu verplappern.

Theresas Mutter ging nervös im Wohnzimmer auf und ab, blickte sich um, ging zum Klavier und klimperte einige Töne von Mozarts »Kleiner Nachtmusik«. Ein erfolgloses Unterfangen. Was weniger an ihren Klavierkünsten, sondern vielmehr am schlecht gestimmten Instrument lag.

»Dieses Klavier hat noch nie einen ordentlichen Ton hervorgebracht. Aber so schrecklich hat es noch nie geklungen.« Kopfschüttelnd schloss Theresas Mutter den Klavierdeckel. »Höchste Zeit, dass dieses Monstrum entsorgt wird.« Ich wunderte mich, dass sie in dieser Situation keine anderen Sorgen hatte.

Kurze Zeit später betraten fünf Männer das Haus. Die beiden uniformierten Polizisten von vorhin stellten die anderen drei als Kriminalbeamten, Polizeiamtsarzt und rechtskundigen Beamten vor.

Sie stellten die üblichen Fragen nach dem Wer, Was, Wann und Wo, und ob Klara Holler eine Ahnung hätte, wer der Tote sein und wer ihn getötet haben könnte. Sie verneinte sämtliche Fragen und gab sich unwissend. Als einer der Polizisten sich an mich wandte und fragte, ob ich schon einmal im Haus gewesen war, warf mir Theresas Mutter einen flehenden Blick zu.

»Nein, noch nie«, log ich und fühlte mich unwohl. Aber mir blieb keine andere Wahl. Hätte ich gesagt, dass ich schon einmal da gewesen war, wären die Beamten sofort draufgekommen, dass Theresa dabei war, und hätten wohl rasch kombiniert. Sie gaben sich mit meiner Notlüge zufrieden, und meine Freundin war vorerst aus dem Schneider. Hoffte ich zumindest.

Die Polizisten nahmen unsere Daten auf und baten uns, für weitere Fragen zur Verfügung zu stehen. »Wir lassen die Leiche in die Gerichtsmedizin bringen. Nach der Obduktion werden wir mehr wissen.« Die Männer gingen nach draußen und warteten auf den Abtransport der Leiche.

»Was meinen Sie? Haben wir es damit überstanden?«, flüsterte Theresas Mutter.

»Nein, das glaube ich nicht«, sagte ich wahrheitsgemäß. Ein weiteres Mal wollte ich heute nicht lügen. »Ich werde Theresa anrufen und ihr berichten, was wir den Beamten gesagt haben. Unsere Aussagen müssen sich decken. Vor allem, dass keiner von uns in letzter Zeit hier war.«

SIEBEN

I

Ich wachte um 5.30 Uhr auf und fühlte mich topfit. Die senile Bettflucht hatte auch ihre Vorteile. Ich hatte noch am Abend mit Theresa telefoniert und ihr angeboten, sie vom Flughafen abzuholen. Da die Telefonverbindung zu wünschen übrig ließ, erzählte ich ihr nur in groben Zügen, was sich in der Villa ihrer Großmutter abgespielt hatte. Über die Details wollte ich sie persönlich informieren. Das Flugzeug würde kurz nach zehn Uhr landen. Von meiner Wohnung bis zum Flughafen benötigte ich eine knappe halbe Stunde. Mir blieb also noch ausreichend Zeit, um, gemütlich in die kuschelige Bettdecke gehüllt, meinen Gedanken nachzuhängen.

Dass Weihnachten mit der Familie ins Wasser fiel, lag mir nicht mehr so schwer im Magen wie unmittelbar nach dem Telefongespräch mit Patrick. Ausheulen war manchmal die hilfreichste Lösung. Meist zeigte sich bald darauf, dass das Ende von etwas gleichzeitig auch der Beginn für etwas Neues war, oft sogar etwas Besseres. Das war auch bei meiner Kündigung so gewesen. Wäre meine Position als Marktforscherin nicht den Einsparungsmaßnahmen des Unternehmens zum Opfer gefallen, wäre ich nie auf den Gedanken gekommen, in die geerbte Grazer Wohnung zu ziehen. Und wie gut war es letztlich gewesen. Wenn man einmal von den Leichen absah, die hier ständig meinen Weg pflasterten. Ich schlug die Bettdecke zurück und startete in den Tag.

Bevor ich zum Flughafen fuhr, checkte ich nochmals meine Mails. Zwischen Werbung für potenzsteigernde Mittel, schmerzlose Anti-Schnarch-Mittel, magnetische Wärmegürtel und einen klinisch getesteten Jungmacher fürs Haar, der ergrautem Haar angeblich wieder seine ursprüngliche Farbe zurückgeben konnte, versteckte sich eine kurze Nachricht von Emil Kisch, die er um 5.45 Uhr abgeschickt hatte. Noch ein seniler Schlafloser in Graz, dachte ich. Misstrauisch öffnete ich sein Mail, weil ich im Moment absagegeschädigt war. Aber auf meinen liebenswürdigen Nachbarn war Verlass. *Ich hoffe sehr, dass Ihnen nichts dazwischen gekommen ist und Sie mich heute wie besprochen nach Szentgotthárd begleiten. In diesem Fall würde ich Sie um 13 Uhr abholen. Falls Sie absagen müssen, bitte ich Sie, mir rechtzeitig Bescheid zu geben. Herzlichen Dank. Auf Ihre angenehme Gesellschaft hoffend, Ihr Emil.*

Ich freue mich auf Szentgotthárd. 13 Uhr passt perfekt. Ihre Helene, antwortete ich ihm spontan. Mochte der Tag bringen, was er wollte. Diese nette Einladung würde ich mir nicht entgehen lassen. Ich googelte nicht einmal, welcher Künstler und was genau im Museum auf dem Programm standen. Allein die Aussicht auf ein paar Stunden in angenehmer Gesellschaft ohne Leichenstress, Familienfrust und sonstigem Unbill hob meine Laune.

Ich hatte gestern Abend Thomas angerufen, ihn aber nicht erreicht. Stattdessen hatte ich ihm eine Nachricht auf der Sprachbox hinterlassen: »Mein Lieber, bitte fühl dich nicht mies, weil du nicht nach Wien kommen kannst. Auch die Kinder haben heuer andere Pläne für Weihnachten. Drum bleibe ich über die Feiertage in Graz und werde mit Karin und Bernd feiern. Das wird sicher sehr nett. Ich wünsch deinem Kollegen gute Besserung. Kuss Helene.« Seither hatte ich noch nichts von ihm gehört.

Als ich zum Flughafen fuhr, ertappte ich mich dabei, dass ich weder an Thomas, meine Kinder, die knallrote Website, für die ich noch immer kein Feedback von Jeschek erhalten hatte, und schon gar nicht an Theresa und die Leiche dachte, sondern ausschließlich an Emil und den bevorstehenden Ausflug. Ich mochte seine höfliche und kultivierte Art und nicht zuletzt die Empfindung, dass ihm viel an meiner Gesellschaft lag. Immer wenn er mich ansah, strahlte er übers ganze Gesicht. Er würde wohl nicht immer mit neuen Vorschlägen für gemeinsame Unternehmungen daherkommen, wenn er nicht ebenso gern mit mir zusammen wäre wie ich mit ihm. Ich genoss es, mich diesem angenehmen Gefühl hinzugeben und zu glauben, dass alles im Leben einen Sinn ergab. Sicher hatte sich das Universum etwas dabei gedacht, als es mich seinen Plafond einwässern ließ und uns bei »Die lustige Witwe« nebeneinander setzte.

Mein Handy klingelte. Obwohl während der Fahrt verboten, nahm ich den Anruf an.

»Frau Kaiser?«

»Wer lässt fragen?«

»Müller. Magda Müller. Die Katzenmutter.«

Richtig. Magda Müller hatte unseren Kater Felix während des Umbaus betreut, und danach wollte er nicht mehr zu mir zurück. Ich probierte es zwei Tage lang, war es aber schließlich leid, seine stinkenden Trümmerln vom Wohnzimmerteppich zu klauben, die er aus Protest dort abgelegt hatte, oder von ihm angefaucht zu werden. Vielleicht gefiel ihm die Wandfarbe nicht mehr, vielleicht hatte ihn seine Katzensitterin zu sehr verwöhnt. Die Freude bei beiden war groß, als ich Felix zu Magda Müller zurückbrachte.

»Ich wollte Sie nur fragen, ob Sie vielleicht über Weihnachten da sind?«

Ich bejahte, und sie fuhr fort: »Ich muss am Christtag nach Oberösterreich und habe keinen Katzensitter für Felix. Wäre es möglich, dass Sie ihn füttern?«

»Aber sicher doch.«

2

Theresa sah großartig aus. Sie trug eine pinkfarbene Daunenjacke, und die Sonne Italiens hatte ihr Gesicht zart gebräunt. Sie gähnte, und sogar das sah schick bei ihr aus.

»Danke Helene, dass du mich abholst. Ein starker Kaffee wäre jetzt was Feines. Ich bin keine fünf Minuten im Flieger gesessen und schon eingeschlafen. Ich hab nicht mal mehr die Sicherheits-Demo mitbekommen. Gehen wir auf ein Frühstück?«

»Gern, ich habe bis zwölf Uhr Zeit«, antwortete ich.

Wir gingen ins Flughafenrestaurant und sahen von hier aus den Maschinen beim Abfliegen und Landen zu. Bei Melange und Buttersemmel erzählte ich Theresa bis ins kleinste Detail, was sich in der Villa ihrer Großmutter zugetragen hatte.

Als ich ihr von der Aussage ihrer Mutter berichtete, dass in letzter Zeit keiner von ihnen dort gewesen sei, die Leiche nicht entdeckt und sie daher auch nicht der Polizei gemeldet hatte, seufzte Theresa. »Sollten sie anhand von Spuren draufkommen, dass das nicht stimmt, hat das ein böses Nachspiel für uns. Sollten sie mich fragen, werde ich das richtigstellen. Dann sage ich, dass ich dort war, ohne dass meine Mutter etwas davon wusste. Dann ist zumindest sie aus dem Schneider.«

»Was sagen wir wegen dem Leichenfund? Ich befürchte, dass die Polizei bald entdecken wird, dass das Loch mit der Stoßstange gemacht wurde.«

»Eigentlich wäre das die beste Lösung. Dann können wir die Wahrheit sagen, nämlich, dass ich gegen die Wand gefahren bin und dadurch die Mauerteile zu einem späteren Zeitpunkt eingebrochen sind. Belassen wir es dabei und hoffen wir, dass sie uns nichts nachweisen können. Wenn wir alle drei dasselbe sagen und uns nicht widersprechen, klappt das vielleicht. Auf jeden Fall ist das alles sehr unangenehm«, sagte Theresa. Das war wohl die Untertreibung des Jahrhunderts, dachte ich.

»Du hast ja keine Ahnung, wie schön die paar Tage für mich waren, bis zu deinem Telefonanruf. Seitdem drehen sich meine Gedanken nur noch um diese Leiche, und was ihr Fund für Folgen haben könnte«, seufzte Theresa.

Sie nahm einen Schluck Kaffee und schaute versonnen einem Flugzeug zu, das gerade auf die Startbahn einbog. Kurze Zeit später hob es ab und flog gen Süden.

»Es wäre wunderschön, wieder einmal für längere Zeit zu verreisen. Ein Bekannter hat mich mal nach Südafrika eingeladen. Der ist dort bei einer Fernsehstation ein hohes Tier. Aber ich habe mir nie die Zeit genommen, ihn zu besuchen. Wir hatten ein paar romantische Nächte in Paris und schreiben uns zuweilen. Wie schön es doch wäre, wenn ich mich jetzt einfach in ein Flugzeug setzen und zu ihm fliegen könnte«, träumte sie. Ihre Realitätsverweigerung ging mir zunehmend auf die Nerven. Andererseits: Dieser Traum war besser als die Realität.

»In Südafrika war ich auch noch nie. Schick ihm mal eine Anfrage und erkundige dich, ob sein Angebot auch für eine deiner Freundinnen gilt«, spann ich ihren Gedanken weiter, anstatt sie zurechtzuweisen.

»Weißt du, was jetzt mit dem Toten geschieht?« Damit kehrte Theresa ins Hier und Jetzt zurück.

»Sie werden ihn obduzieren, weil sie von einem Gewaltverbrechen ausgehen. Mehr hat uns der Beamte nicht gesagt. Hast du dir eigentlich überlegt, wer als Täter infrage käme, falls der Mann tatsächlich ermordet worden ist?«

»Allerdings. Dass es ein Außenstehender war, schließe ich aus. Der hätte die Leiche wohl woanders abgelegt und sie nicht gerade in der Garage meiner Großeltern eingemauert«, bedauerte Theresa seufzend.

»Du meinst, dass deine Großeltern …?« Ich wagte es nicht auszusprechen.

»Nicht nur. Machen wir uns nichts vor, meine Mutter könnte genauso gut die Täterin sein wie eine meiner Tanten. Oder sonst jemand, der mit unserer Familie eng verbandelt ist. Wie zum Beispiel Onkel Emil.«

»Emil Kisch? Wieso?«, fragte ich erschrocken.

»Wieso nicht? Er gehört quasi zur Familie, und Großmutter wäre es zuzutrauen gewesen, dass sie ihn decken würde. Muss ja nicht sein, dass er jemanden absichtlich um die Ecke gebracht hat, vielleicht im Affekt. Aber was weiß ich? Es würde nur erklären, warum meine Mutter sofort zu ihm gerannt ist, als ich ihr vom Auffinden der Leiche erzählt habe.«

»Das heißt, wir haben sechs Tatverdächtige, von denen zwei schon tot sind«, fasste ich zusammen. »Und Motive?«

»Darüber hab ich auch schon nachgedacht, aber mir ist nichts Brauchbares eingefallen. Ich denke, wir sollten meinen beiden Tanten so bald wie möglich einen Besuch abstatten. Schließlich steht das Fest der Liebe und der Familie vor der Tür, da würde ein Überraschungsbesuch nicht auffallen«, schloss Theresa. »Ich hoffe, dass du mich wieder begleitest?«

Ich hatte nichts dagegen. Bestimmt waren sowohl die Südsteirische Weinstraße als auch die Oststeiermark in der Vorweihnachtszeit idyllische Ausflugsziele.

»Ich werde schauen, dass ich meine Tanten noch dieses Wochenende besuchen kann. Ich werde Jutta und Gerda anrufen und geb dir rechtzeitig Bescheid.«

»Und wann gedenkst du, deinen Onkel Emil auszufratscheln?«, erkundigte ich mich. Da wollte ich auf gar keinen Fall dabei sein.

»Ehrlich gesagt dachte ich mir, dass du das machen könntest. Ihr wohnt doch im gleichen Haus, und ich denke, dass es viel unauffälliger wäre, wenn du mal bei ihm läutest, nach Zucker oder Salz fragst und ihn dann in ein Gespräch verwickelst. Du kannst das viel besser als ich. Außerdem wird er sich geschmeichelt fühlen.« Theresa zwinkerte mir zu.

Nach dem Frühstück, während dem wir Dutzenden Flugzeugen beim Starten und Landen zugesehen hatten, setzte ich Theresa in der Nähe ihres Büros ab. Ich musste mich beeilen, wenn ich um 13 Uhr reisefertig sein wollte.

»Danke, Helene. Mit wem hast denn dein Rendezvous, weil du es so eilig hast?«, fragte Theresa neugierig.

»Das bleibt lieber mein Geheimnis«, lächelte ich. Wenn die wüsste …

3

Als ich einen Parkplatz suchte, erinnerte ich mich wieder, was mich am Autofahren so nervte. Zigmal fuhr ich meine Runden und bei jeder weiteren spürte ich, wie meine Halsschlagader anschwoll. Bald würde Emil Kisch an meiner Tür klingeln, während ich noch immer einen legalen Abstellplatz suchte. Endlich fand ich ein paar Ecken weiter einen, schickte dem Wegfahrenden eine Kusshand hinterher und wünschte ihm alles Gute. Auf dem Weg in die Wohnung klingelte mein Handy. Emil Kisch? Thomas!

»Hallo, Helene! Danke dir für deine gestrige Nachricht. Mir ist wirklich ein Stein vom Herzen gefallen, dass du mir nicht mehr bös bist, weil ich nicht zu Weihnachten bei euch sein kann.«

Ich hörte, wie ein anderer Anrufer anklopfte, aber der musste warten. Hoffentlich war es nicht Emil Kisch, der kurzfristig absagen wollte.

»Ich kann ja wirklich nichts dafür«, jammerte meine bessere Hälfte. »Weißt, mir ist dann noch eine Möglichkeit eingefallen. Nachdem die Kinder ohnehin außer Haus feiern, sag, magst du nicht zu mir in den Senegal kommen, und wir machen es uns hier gemütlich? Könnte ich mir sehr romantisch vorstellen …«

»Nein, ist schon gut, Schatz. Wirklich. Alles gut. Ich hab hier zu viel um die Ohren, Abgabetermine und so. Außerdem muss ich Felix füttern, weil seine neue Katzenmutter über die Feiertage wegfährt. Schau, wie es bei dir passt, und dann sehen wir uns in Graz. Aber mach dir keinen Stress, auch das nächste Jahr hat wieder 365 Tage, und an einem ist wieder Heiliger Abend. Entschuldige, Schatz, ich muss jetzt zu einem Termin. Lass uns bitte morgen telefonieren, da hab ich mehr Zeit. Oder schreib mir ein Mail. Das kann ich lesen, wenn es für mich passt. Baba und schönen Tag noch«, würgte ich das Gespräch ab. Hatte ich eben wirklich eine romantische Einladung meines Ehemanns ausgeschlagen? Ja, das hatte ich wohl. Die Vorstellung, bei ihm im Senegal nicht nur ohne meine Kinder feiern zu müssen, sondern obendrein auch noch auf jegliche besinnliche Weihnachtsstimmung verzichten zu müssen, hatte mich spontan diese Entscheidung treffen lassen,. Ich sperrte die Tür auf und lief zum Kleiderschrank. Meine Jeans und das T-Shirt, das ich am Morgen nur rasch übergestreift hatte, landeten auf dem Boden.

Wieder klingelte das Handy. Das war wieder typisch. Immer wenn man es eilig hatte, unter der Dusche stand oder das Nudelwasser überlief, läutete das lästige Ding. Wenn einem langweilig war und man sich über eine spontane Einladung gefreut hätte, blieb es stumm. Es war Theresa, also nahm ich den Anruf an, klemmte mir das Handy zwischen Schulter und Ohr und schlüpfte hüpfend in die neue Hose.

»Helene? Gut, dass ich dich noch erreiche! Hast du sie schon gelesen?«

»Was gelesen?« Verdammt, der Zipp klemmte.

»Die Artikel in den Zeitungen!«, rief Theresa ins Telefon. Sie klang alles andere als entspannt. Mein Zipp ging endlich zu.

»Gott sei Dank«, raunte ich.

»Was bitte meinst du mit ›Gott sei Dank‹?«, fuhr sie mich an.

»Nein, das bezog sich auf etwas anderes. Sorry. Was gibt's? Ist es sehr schlimm, was sie schreiben?«

Zu meiner Schande musste ich gestehen, dass ich in Graz keine Zeitung abonniert hatte. Mir genügte die Weltuntergangsstimmung im Internet, oder ich blätterte die Zeitungen im Café durch, wenn ich dort saß. Der heutige Tag war bisher so turbulent gewesen, dass ich gar nicht dazu gekommen war, mich ums Weltgeschehen zu kümmern.

»Alle schreiben über die Leiche, die in unserem Haus gefunden wurde. Und in jedem Artikel kommt unser Name vor. Ich meine, der Nachname ist natürlich abgekürzt, aber so viele Pressesprecherinnen, die Theresa H. heißen, gibt es in Graz auch wieder nicht! Es ist ärger, als ich es mir in meinen schlimmsten Träumen ausgemalt habe. Alle möglichen PR- und Medien-Leute haben angerufen und gefragt, ob ich diese Theresa H. sei. Die Mitarbeiter haben gekichert, als ich in die Firma gekommen bin, und haben hinter meinem Rücken getuschelt. Und alle – ach wie originell – wollen wissen, wie viele Leichen ich noch im Keller habe«, berichtete Theresa.

Ich hatte nicht gedacht, dass die Polizei den Leichenfund gleich an die große Glocke hängen würde. Aber die Journaille war sicher froh gewesen, eine passable Story schreiben zu können, anstatt über die üblichen Unfälle aufgrund erhöhten Glühweinkonsums zu berichten. »Helene, es ist ein Albtraum, sag ich dir. Aber ich muss jetzt Schluss machen. Ich rufe dich am Nachmittag noch mal an und halte dich auf dem Laufenden.«

»Theresa …«

»Ja?«

»Ich bin nachher bei einer Veranstaltung in Szentgotthárd. Da schalte ich das Handy aus. Aber wenn es etwas Wichtiges gibt, sprich mir eine Nachricht drauf. Ich bin spätestens gegen Mitternacht zurück und kann dich dann zurückrufen.«

»Oh, was machst du denn in Szentgotthárd?«

»Eine Veranstaltung. Sorry, aber ich muss jetzt los. Kopf hoch!« Ich hatte keine Zeit für Erklärungen. Mir blieben noch ein paar Minuten, um mich in eine passable Reisebegleiterin zu verwandeln. Sofern Emil Kisch nicht vorher anläutete. Die taillierte Bluse, in die ich während des Telefonats geschlüpft war, passte nicht mehr. Der Stoff spannte über meinem Busen derart gefährlich, dass ich bei jedem Atemzug fürchten musste, dass die Knöpfe wegflogen. Sie musste beim Waschen eingegangen sein. Oder von bösen Heinzelmännchen nächtens enger genäht worden sein. Die paar Sissi-Busserl, die ich in letzter Zeit gegessen hatte, konnten unmöglich solche Auswirkungen haben.

»Zufälle gibt's … Falls dir Onkel Emil über den Weg läuft, dann grüß ihn schön. Der fährt heute nämlich auch nach Szentgotthárd. Halt mir die Daumen, dass es nicht allzu schlimm für mich wird.«

Das versprach ich Theresa und legte auf. Ich riss mir die Bluse vom Leib und schlüpfte in einen dünnen Pulli, der meine weiblichen Formen umschmeichelte. Na bitte, ging doch. Gerade als ich den Gürtel enger schnallte, läutete es an der Tür. Ich war weder gekämmt noch geschminkt, geschweige denn fertig angezogen.

4

»Gut sehen Sie aus«, begrüßte mich Emil Kisch schon wieder. Entweder sollte er hin und wieder seine optische Brille aufsetzen oder jene rosarote abnehmen, mit der er mich offensichtlich wahrnahm. Vielleicht war es auch nur ein bewährter Standardspruch des Stadtcasanovas, wenn er eine seiner Holden abholte.

»Bitte nur noch ein paar Minuten«, entschuldigte ich mich und verschwand im Badezimmer. Haare in Form gebracht, Lidstrich hier, Wimperntusche da, etwas Rouge, Kette, Ring. Fertig. Baba.

»Sie müssen sich nicht abhetzen. Wir haben es ja nicht eilig«, sagte mein Nachbar. Ungewohnte Worte aus dem Mund eines wartenden Mannes. Er überraschte mich immer wieder.

»Haben Sie vielleicht eine Tageszeitung?«, fragte ich ihn, als ich mir die Ohrringe ansteckte. »Ich müsste etwas nachschauen.«

»Ja, die ›Presse‹ und die ›Kleine‹«, sagte er, als er mir in den Mantel half. »Geht es um den Leichenfund in der Garage?« Ich nickte.

Auf dem Weg zum Auto legte er einen kurzen Stopp vor seiner Wohnung ein und holte mir die Zeitungen. In beiden wurde ausführlich über den Toten in der Garage berichtet. Ich wollte mir nicht vorstellen, wie erst die weniger seriösen Blätter das Thema ausschlachteten. Mein Verdacht wurde kurz darauf in der Tabak Trafik bestätigt, in der ich mir weitere Zeitungen besorgte. Einige brachten den Leichenfund als Titelgeschichte auf der ersten Seite. Die meisten hatten Fotos vom Haus gemacht und gaben als Quelle für die Informationen die Pressestelle der Polizei an. Theresa tat mir wirklich leid.

Es würde nicht mehr lange dauern, bis die Journalisten in die privaten Bereiche vordrangen, um die Geschichte so weit wie möglich auszuschlachten und der Konkurrenz um eine Nasenlänge voraus zu sein. Vielleicht belagerten sie schon das Haus, in dem Theresa und ihre Mutter lebten. Ich sah Klara Holler vor mir, wie sie in ihrem Relaxsessel lag, eine Zigarette nach der anderen rauchte, Wagner hörte und keinen Schritt mehr vor die Haustür setzte.

»Schon arg, was es für Sachen gibt, nicht?«, sagte die Trafikantin und gab mir das Wechselgeld. »Da sieht man wieder, dass es in den besseren Familien auch nicht immer so nobel zugeht, wie unsereins manchmal meinen möchte.«

Emil Kisch verlor kein Wort über den Fall, und ich hatte im Moment auch keine Lust, dass diese Geschichte die Magie unseres Treffens zunichte machte. Trotzdem las ich aus Solidarität zu Theresa die Artikel, nachdem ich es mir in seinem Auto bequem gemacht hatte.

Alle waren ähnlich aufgebaut, hatten fast dieselbe Fotoeinstellung von der Garage, in der die Leiche gefunden worden war. Alle berichteten, dass das Haus der Grazer Pressesprecherin Theresa H. gehörte und die Leiche gerade obduziert wurde. Die Autopsie sei noch nicht abgeschlossen, aber die Polizei ging von einem gewaltsamen Tod aus. Mit einem Obduktionsbefund sei erst nach Weihnachten zu rechnen. Die nunmehrige Hausbesitzerin sei für eine Stellungnahme nicht zur Verfügung gestanden. »Na super«, sagte ich. »Das sieht jetzt so aus, als ob Theresa keine Auskunft geben wollte, dabei war sie nicht einmal in der Stadt.«

»Ja, ich habe es auch gelesen«, sagte Emil Kisch. »Wissen Sie mehr, als in den Artikeln steht?«

Ich schüttelte den Kopf. Warum hatte Klara Holler ihn nicht eingeweiht? Ich hätte gute Lust gehabt, ihm alle meine Sorgen, die mit diesem vermaledeiten Fall zusammenhingen, zu erzählen. Aber Theresa hatte mich beschworen, mit niemandem zu reden, und das schloss für mich sowohl Familie als auch Freunde ein. Ganz besonders Emil Kisch. Gerade weil er ein guter Freund ihrer Familie war. Das überließ ich lieber Theresa oder Klara Holler. Auch vor anderen würde ich keine Andeutung machen, weil ich mir deren Reaktion ausmalen konnte. »Bist du verrückt? Halt dich da raus!«, würden sie sagen. Und ich hätte dasselbe gesagt, wäre ein anderer in meiner Lage gewesen.

Ich hasste komplizierte Angelegenheiten. Sicher war das auch ein Grund, weshalb ich kein einziges Mal in all den Jahren an einen Seitensprung gedacht hatte. Nicht, dass es mir an Gelegenheiten gefehlt hätte, aber der Aufwand des Verbergens, die ständige Angst vor Entdeckung und Verlust und dann erst das Erinnern an die Lügen, die man irgendwann aufgetischt hatte – das alles war mir immer viel zu stressig gewesen. Vor allem in Anbetracht der Tatsache, dass meine Vergesslichkeit proportional zu meinem Lebensalter stieg.

Aber eine kleine Notlüge für eine Freundin war schon drinnen. Zumal ich mit meinem kultivierten Nachbarn ohnehin nicht über Leichen plaudern wollte.

»Nein leider, ich weiß auch nichts Genaueres. Ich bin schon gespannt, was Theresa mir berichten wird, wenn ich sie irgendwann einmal zwischen ihren vielen Besprechungen und Terminen erreiche«, redete ich mich heraus.

Emil Kisch warf mir einen kurzen Blick zu, dann konzentrierte er sich wieder auf den Straßenverkehr.

»Tatsächlich? Und ich dachte, Sie wüssten mehr über die Angelegenheit.«

Ich schwieg und starrte aus dem Fenster. Die Landschaft flog am Fenster vorbei. Ich sah nicht auf den Tachometer, weil ich nicht in den »Du-fährst-viel-zu-schnell!«-Kontrollmodus verfallen wollte, mit dem ich als Beifahrerin jeden, der am Steuer saß, in den Wahnsinn trieb. Und das, obwohl ich selbst Geschwindigkeitsbegrenzungen nur für freundliche Empfehlungen hielt und auch schon die eine oder andere Strafe für meine Ungeduld hatte zahlen müssen. Aber bei anderen war man bekanntlich immer klüger.

»Nein leider. Aber vielleicht wissen Sie mehr als ich, nachdem Frau Holler ja in sehr engem Kontakt zu Ihnen steht«, rutschte es mir heraus. Ich war froh, dass Emil Kisch sich auf den Verkehr konzentrieren musste. Sonst hätte er die Röte bemerkt, die meine Wangen überzog.

Emil Kisch reagierte überhaupt nicht und machte es dadurch für mich nur noch schlimmer. Kein Wort der Abwehr, des Ärgers, kein »Das geht Sie nichts an«. Er sagte nichts. Dabei wäre mir alles, ja sogar ein Hinauswurf, lieber gewesen als dieses Schweigen. Denn damit bestätigte er für mich das, was ich ihm unterstellte. Wie hieß es so schön bei Paul Watzlawick: »Man kann nicht nicht kommunizieren.« Und in Emil Kischs Fall hieß es somit: Mann kann nicht nicht kommunizieren. Durch sein Schweigen vermittelte er mir das Gefühl, dass alles was ich gesagt hatte, stimmte. Kurz, dass er tatsächlich in sehr engem Kontakt zu Klara Holler stand. Aus. Punkt. Gekränkt starrte ich aus dem Fenster.

»Sie sind plötzlich so still«, sagte Emil Kisch nach einer Weile. »Alles in Ordnung?«

Der Mann hatte Nerven, mir diese Fragen zu stellen. In meinem Kopf überschlugen sich gerade alle möglichen Erinnerungen und Fragen und vollführten wilde Gedankentänze. Wenn ich es recht überlegte, hatte immer nur ich aus meinem Privatleben erzählt: von Thomas, der im Senegal arbeitete, und von Valerie und Patrick. Emil Kisch trug keinen Ehering, aber er hatte erwähnt, dass er verheiratet war. War er es noch immer? Oder war er geschieden oder verwitwet? Wo war seine Frau? Lag sie im Koma? Lebte sie auf einem anderen Kontinent oder einem anderen Stern? Warum saß *ich* hier und begleitete ihn zur Ausstellungseröffnung und nicht seine Frau? Und warum interessierte mich das alles überhaupt? Fragen über Fragen, auf die ich keine Antworten wusste und keine bekommen würde. Denn ich würde sie für mich behalten.

»Und Ihre Frau hatte keine Zeit, Sie heute zu begleiten?«, konnte ich meinen Mund dann doch nicht halten.

»Nein leider, das konnte sie nicht. Auch wenn es ihr sicher Freude gemacht hätte«, lautete seine Antwort, die mich noch mehr irritierte.

»Wo wohnt Ihre Frau eigentlich?«

»Bitte, könnten wir über etwas anderes sprechen?«, wich Emil Kisch aus. Plötzlich wurde mir klar, dass ich noch immer fast nichts von ihm wusste. Was, wenn er seine Frau in einem Verlies weggesperrt hatte, oder noch schlimmer: ein Frauenmörder war, und wir anstatt zu einer Ausstellungseröffnung in einen dunklen Wald in Ungarn fuhren, wo er meine Leiche ablegen und mich niemals irgendjemand finden, geschweige denn ihn als Mörder ausforschen würde. Der Fall des vermeintlichen Serienmörders Jack Unterweger fiel mir ein, der das Grazer Landesgericht Anfang der 90er-Jahre beschäftigt hatte, und dem vorgeworfen wurde, mehrere Frauen erdrosselt zu haben. Er wurde zwar aufgrund belastender Indizien schuldig gesprochen, aber das Urteil wurde nie rechtskräftig, weil er sich am Tag der Verkündung in seiner Zelle erhängt hatte. Zugegeben hatte er die Taten nie. Was, wenn in Wirklichkeit ein anderer sie verübt hatte? Was, wenn dieser andere Emil Kisch war, der freundliche und kultivierte Nachbar von nebenan, der liebe »Onkel Emil«, den nie jemand solcher Gräueltaten verdächtigen würde? Wie oft hatte ich meiner Tochter eingebläut, nie zu Fremden ins Auto zu steigen. Und was tat ich mit über 50? Emil Kisch konnte genauso gut der Blaubart von Graz sein. Da mochte er mit seinen braunen Knopfaugen noch so liebenswert dreinschauen.

»Wir wissen noch vieles nicht über uns und unsere Welten. Aber ich denke, das ist auch gut so, weil gerade das unsere Bekanntschaft so spannend und inspirierend macht. Finden Sie nicht?«, unterbrach Emil meine destruktiven Gedanken. »Ich finde, dass wir diese Welten nicht vermischen, sondern uns eine eigene schaffen sollten, in der wir uns ausschließlich auf all die schönen Dinge konzentrieren, die uns beide verbinden.« Das klang wenigstens nicht danach, als ob er in nächster Zeit vorhatte, mich umzubringen, irgendwo zu vergraben oder einzumauern.

»Warum Ihre Frau nicht mitkommen wollte, könnten Sie mir doch verraten.«

»Meine Frau ist kein Thema. Glauben Sie mir. Jedes Wort, das wir über sie sprechen würden, wäre eines zu viel. Bitte lassen Sie uns diesen schönen Nachmittag genießen.«

5

Ich hatte Emil Kisch zu Unrecht verdächtigt. Die Ausstellung fand tatsächlich statt, und obendrein hielt er eine Laudatio auf den Künstler mit Grazer Wurzeln. Das Museum in Szentgotthárd bot einen würdigen Rahmen für die eisernen Exponate, die der Künstler geschaffen hatte. Was Emil Kisch sagte, konnte ich nicht verstehen, weil er seine Rede für die zahlreich erschienenen Besucher auf ungarisch hielt. Doch es gefiel ihnen offensichtlich, denn er erntete zustimmendes Lächeln und viel Applaus. Später, bei einem Glas Wein, erzählte er mir, dass er darüber gesprochen hatte, wie er den Künstler kennengelernt und ihn eines Abends mit seiner heutigen Frau verkuppelt hatte. Wie immer zog er mich mit seinen Erzählungen in seinen Bann. Vor allem, weil er mir das Gefühl gab, jemand ganz Besonderes für ihn zu sein. Nur zu gern hätte ich meine Gedanken von vorhin vergessen. Konnten diese Augen lügen? Ich fühlte mich in seiner Gegenwart so wohl und geborgen. Aber Blaubart war wohl auch ein charmanter Mann gewesen, sonst hätten ihn nicht so viele Frauen geheiratet. Wie hieß es? Frauen verfügten über diese besondere Gabe der Intuition. Nur leider sagte einem niemand im Vorhinein, ob es sich bei solchen Ahnungen um Intuition handelte oder nur um irreführende Gedanken.

So schön und stimmungsvoll der Abend auch war, der Schreck, den ich bei der Hinfahrt erlitten hatte, saß tief. Bald drängte ich zum Aufbruch. Wieder wurde mir bewusst, dass niemand wusste, wo ich war. Theresa hatte ich aus gutem Grund verschwiegen, dass ich mit ihrem Onkel Emil unterwegs war, Thomas sowieso, und auf Karins süffisante Bemerkungen hatte ich auch gern verzichtet.

»Sie sind heute so still«, sprach mich Emil Kisch im Auto an. Er konzentrierte sich auf die Straße. Es schneite, und wir fuhren mit überhöhter Geschwindigkeit direkt in den Schneeflockenwirbel hinein. Meine Aufmerksamkeit galt ebenfalls der Straße. Aber weniger den Witterungsverhältnissen, als vielmehr den Schildern. Ständig vergewisserte ich mich, dass wir richtig fuhren und Emil Kisch nicht etwa irgendwo in ein verlassenes Waldstück einbog.

»Machen Sie sich Sorgen wegen Theresa?«

»Ja, so kann man sagen.«

»Sie ist eine intelligente Frau, die mit der Situation zurechtkommen wird. Angenehm ist sicher etwas anderes, aber so ein Toter in der Mauer wird nicht das Ende ihrer Welt sein.«

»Woher wissen Sie, dass der Tote eingemauert war?«, fragte ich ihn misstrauisch. In keinem der Artikel war der genaue Fundort der Leiche gestanden. Überall war nur geschrieben worden, dass er in einer Garage gefunden worden war. Wahrscheinlich hatten sich die Journalisten zurückhalten müssen, um die polizeilichen Ermittlungen nicht zu behindern.

Emil Kisch räusperte sich. »Nun, Sie haben ja gesehen, dass Klara Holler mich besucht hat. An diesem Tag hat sie mir davon erzählt.«

»Ich dachte, Sie wüssten keine Hintergründe.«

»Helene, Sie interpretieren zu viel hinein. Ich habe Sie gefragt, ob *Sie* Hintergründe wissen. Wenn Sie mich gefragt hätten, ob ich welche kenne, hätte ich sie Ihnen gern erzählt.« Intelligente Männer waren ein Geschenk des Himmels. Aber mit solchen Haarspaltereien konnten sie einem ziemlich auf den Geist gehen.

»Nun, dann frage ich Sie jetzt: Weiß Klara Holler, wer der Mann ist und wer ihn auf dem Gewissen hat?«

»Ich glaube nicht. Zumindest hat sie mir gegenüber nichts erwähnt. Aber sie war sehr aufgeregt, weil sie Briefe ihrer Mutter gefunden hatte.«

Damit erzählte mir Emil Kisch nichts Neues.

»Und sie ängstigt sich auch sehr, dass Theresas Karriere Schaden nimmt. Aber ich denke, dass das liebe Kind das locker überstehen wird. Sie hat ja gute Gene.« Er lächelte und sagte weiter kein Wort. Konzentriert blickte er auf die Schneefahrbahn.

Das liebe Kind? Gute Gene?, hallte es in meinen Ohren. Mehr brauchte ich nicht. Ich stellte meine Milchmädchenrechnung an. Wenn Emil Kisch kein Spätzünder war, dann war es durchaus im Bereich des Möglichen, dass er der leibliche Vater von Theresa war. Und dann war Klara Holler für ihn mehr als nur eine liebe Freundin aus Jugendtagen. Dann war sie nämlich die Mutter seiner Tochter, und damit verband die beiden ein inniges Band.

Für einen Augenblick wandte Emil Kisch seinen Blick von der Fahrbahn und sah mir ins Gesicht. »Bitte machen Sie sich keine Sorgen. Ich bin schon Zigtausende Kilometer bei weitaus schlimmeren Fahrverhältnissen gefahren«, sagte er, und wandte sich sofort wieder dem Schneechaos auf der Straße zu. Beiläufig legte er seine Hand auf meinen Oberschenkel. Vielleicht wollte er mich damit wirklich nur beruhigen. Vielleicht war er aber auch berechnender, als ich angenommen hatte.

Emil Kisch ließ es sich nicht nehmen, mich wieder bis zur Wohnungstür zu begleiten. Ob er mich zum Abschied küssen wollte oder nicht, würde ich nie erfahren, weil ich mich beeilte, aus dem Fokus seines entwaffnenden Dackelblicks zu kommen und die Tür hinter mir zu schließen. Kaum hatte ich meinen Mantel abgelegt und die Stiefeletten ausgezogen, klimperte mein Handy.

Liebe Helene, ich danke Ihnen für den schönen Nachmittag. Es tut mir leid, dass ich Sie heute nicht aufmuntern konnte. Aber ich hoffe sehr, dass sich Ihre Probleme bald wieder in Wohlgefallen auflösen werden und dass Sie unseren Ausflug dennoch ein wenig genießen konnten.

Gute Nacht, Ihr Emil.

Ich war froh, dass er keine Gedanken lesen konnte.

ACHT

I

Ich war meinem Vorsatz treu geblieben und hatte weder auf das Guten-Morgen-SMS von Emil Kisch geantwortet noch ihm die Tür geöffnet, als er gegen zehn Uhr bei mir klingelte. Als ich ihm nicht öffnete, schickte er mir ein weiteres SMS.

Liebe Helene!

Schade, dass ich Sie nicht angetroffen habe. Ich wollte mit Ihnen auf den Schloßberg frühstücken gehen. Falls Sie möchten, kommen Sie doch bitte ins Aiola nach. Ich werde sicher bis Mittag bleiben, weil ich ›Die Zeit‹ durchlesen möchte. Es würde mich sehr freuen, den Tag mit Ihnen zu beginnen.

In Erwartung auf Ihr Kommen.

Ihr Emil

Ein Teil von mir schwelgte in hellrosa Sphären. Ich konnte mich nicht erinnern, jemals von Thomas eine spontane und derart romantische Einladung zu einem Frühstück bekommen zu haben. Nicht einmal in der Anfangsphase unseres Kennenlernens. Was daran gelegen sein mochte, dass wir uns in jener Zeit hauptsächlich von Lust und Liebe und Tiefkühlpizza ernährten, weil wir kaum das Bett verließen.

Ein anderer Teil von mir ließ die Alarmglocken schrillen. Wer wusste schon so genau, wie Blaubart seine Frauen eingelullt hatte? Irgendetwas Berauschendes musste an dem Mann drangewesen sein, sonst wären ihm die Weiberleute nicht so willig gefolgt. Ich bemühte mich, meinem Vorsatz treu zu bleiben und mir keine weiteren Gedanken um Emil Kisch zu machen. Geschweige denn auf seine Kontaktversuche einzugehen.

Schließlich war ich eine schwer beschäftigte Frau, auf die eine knallrote Website wartete, die es nun zu finalisieren galt. Jeschek hatte mir eine lange Liste mit Änderungswünschen geschickt, die mich noch eine Weile beschäftigen würde, damit wir den vereinbarten Termin halten konnten.

Mein Handy vibrierte vor sich hin.

»Hallo du! Wie geht's dir und der Liebe?«, fragte die beste Freundin von allen. »Morgen komm ich wieder nach Graz und bleib dann gleich unten. Wir haben also genug Zeit, um noch den einen oder anderen Glühwein zu trinken.« Alkohol war zwar keine Lösung, aber kein Alkohol auch nicht. Ich freute mich über die Ablenkung.

»Patrick feiert jetzt doch mit seiner Freundin in Salzburg, und damit ist meine Familienweihnachtsfeier endgültig ins Wasser gefallen«, informierte ich sie. »Dafür hat mich Thomas gestern eingeladen, mit ihm im Senegal Weihnachten zu feiern.«

»Und? Fliegst du?«

»Nein. Ich habe zu viel zu tun und ich muss Katzensitten.«

»Hört, hört. Dann werden wir drei es uns schön weihnachtlich machen. Schau ma mal, was sich so ergibt.«

»Ja, schau ma mal«, sagte ich.

»Helene-Schatz, leider muss ich schon wieder Schluss machen. Ich wollt mich nur kurz bei dir melden, weil ich bis morgen im Dauereinsatz bin. Das Telefon bimmelt in einer Tour, und jeder will was von mir. Weißt eh, im Dezember wollen alle aufholen, was sie das Jahr über verabsäumt haben. Treffen wir uns morgen wieder auf einen Heidelbeerglühwein? War ja fantastisch dort oben. Bussi, baba, meine Liebe. Ich rühr mich, wenn ich im Zug sitze.« Weg war sie, und wieder einmal fragte ich mich, warum mich Karin anrief, wenn sie eh keine Zeit hatte. Aber meine liebste Freundin tanzte immer so gut sie konnte mit einem Hintern auf mehreren Kirtagen. Es war mir egal, solange ich mich in meinem gemütlichen Zuhause aufhielt und mir nicht irgendwo in klirrender Kälte den Hintern abfrieren musste, weil ich auf sie warten musste. Wie im Vorjahr, als Karin ein dringender Termin dazwischen gekommen und mein Handyakku leer gewesen war.

Ich feilte weiter an der vermaledeiten Website. Und dann passierte es. Ohne Vorwarnung. Gerade als ich das hässliche Ding hochladen wollte, verschwand es vom Bildschirm. Einfach so. Das Knallrot war dem Laptop vielleicht zu viel gewesen. Und dann setzte meine Erinnerung ein: Die letzte externe Sicherung hatte ich vor Wochen gemacht, also lange bevor ich mit diesem Projekt begonnen hatte. Aber wer rechnete schon damit, dass dieses Computergraffel von einem Moment auf den anderen den Geist aufgab? Ich drückte verzweifelt auf der Tastatur herum, aber alles was ich sah, war und blieb Schwarz. Was hätte ich in diesem Augenblick darum gegeben, Rot zu sehen.

Mir wurde heiß, meine Wangen und Ohren glühten, mein Herzrhythmus erhöhte sich spürbar, und der Kloß im Hals ließ sich nicht hinunterschlucken. Gern hätte ich diese Beschwerden meinen Wechseljahren zugeschoben, aber tatsächlich war es Panik, die in mir hochstieg. Die Arbeit mehrerer Tage war ins EDV-Nirwana entschwunden. Noch dazu eine, die mir alles andere als Spaß gemacht hatte. Immer ging ich auf Nummer sicher, scheute unnötiges Risiko, und nun hatte ich zu sichern vergessen. Ich tippte erneut auf die Tasten, schaltete den PC an und aus, steckte das Stromkabel mehrmals ab und an, betete zum Heiligen Antonius, dass er mein Dokument auffinden und wiederbringen möge. Keine Reaktion. Nichts. Nur Stille überall.

Es war noch nicht einmal elf Uhr Vormittag, aber für mich war es an der Zeit, ein Glas Wein zu trinken. Oder zwei. Oder besser das Flascherl mit hochprozentigem Nussschnaps, das ich in einem Sackerl gefunden hatte, das mir kürzlich eine junge Frau auf der Straße in die Hand gedrückt hatte. Ich hatte mich bei ihr herzlich für das Werbegeschenk bedankt. Erst als ich zu Hause den Inhalt begutachtete – Proben von Cremes gegen Krampfadern, Vitaminpillen gegen Altersdemenz und Tees zur Linderung von Wechselbeschwerden – wurde mir dessen Tragweite bewusst. Da wähnte ich mich immer noch im allerbesten Alter, fühlte mich fit und zum Bäume ausreißen, hatte das Gefühl, dass noch das ganze oder zumindest das halbe Leben vor mir lag, und dann signalisierte mir so ein Mädel, dass ich in ihren Augen zum alten Eisen gehörte. Bis auf den hochprozentigen Nussschnaps hatte ich den Inhalt des Sackerls in den Müll geworfen. Nun fand ich, dass der ideale Zeitpunkt gekommen war, das Fläschchen zu leeren. Schon beim ersten Schluck bedauerte ich, nicht noch mehr Säckchen bekommen zu haben. Es war doch nicht so schlecht, mit 50plus zu den Senioren zu zählen. Wahrscheinlich hätte ich auch die Zigarette für den absoluten Notfall geraucht, die ich ganz hinten im Vorzimmerschrank verstecke. Ich hatte gute Lust, mein fast zehnjähriges Nichtraucherdasein zu unterbrechen. Doch bevor ich das ausgetrocknete Gras anzünden konnte, läutete erneut mein Handy.

»Hast gesehen? Die Leichenstory füllt weiterhin die Blätter, und heute Morgen war ich sogar als Hauseigentümerin in zwei Boulevardzeitungen mit einem Foto abgebildet«, riss Theresa mich aus meinen Problemen, und mir wurde klar, dass es Schlimmeres gab als meine verschwundene Website.

»Woher haben die dein Foto?«, fragte ich verwundert.

»Na von der Firmenwebsite natürlich«, antwortete Theresa lapidar. Klar, ihr Name war den Journalisten bekannt, auch wenn sie ihn in den Artikeln abkürzten. Es war ein Leichtes, Theresa zu googeln und ein Foto von ihr zu finden.

»Dürfen die das denn?«

»Natürlich nicht, aber wer soll es ihnen verbieten?«

»Aber die müssen doch so etwas wie den Schutz der Privatsphäre einhalten. Du als Pressesprecherin wirst dich doch mit solchen Dingen auskennen.«

»Gerade deswegen werde ich mich hüten, mich mit denen anzulegen. Ich muss mich eh schon immer für die Peinlichkeiten der Firma entschuldigen, da kann ich mir keine eigenen leisten. Liest du keine Zeitungen? Die sitzen immer am längeren Ast und können ungestraft den größten Blödsinn schreiben, da hast gar keine Chance. Was willst denn machen? Verklag einen Journalisten, und er findet was anderes, um dich in seinem Blattl fertig zu machen oder löst auf Facebook einen Shitstorm aus. Und so eine Gegendarstellung? In der sie dann alles nochmals wiederkäuen, was sie geschrieben haben, damit ja noch mehr Leute davon erfahren?«

Das klang für mich übertrieben. Andererseits war Theresas Situation sicher kein Zuckerschlecken.

»Vorhin haben mich die Direktoren zu einer außerordentlichen Sitzung geladen, bei der sie mir ohne Umschweife mitgeteilt haben, dass ich ab sofort freigestellt bin. Ich sei fürs Unternehmen nicht zumutbar, solange diese Geschichte in den Medien kursiert und nicht geklärt ist, was es mit der Leiche in der Garage auf sich hat. Sie fürchten sich vor einem schweren Imageschaden und möglichen Auftragsverlusten. Ich kann's ja verstehen.«

»Na ja, aber wo bleibt die Solidarität?«, widersprach ich. »Immerhin reißt du dir seit Jahren den Hintern für das Unternehmen auf und hast schon zig Krisen abgewendet. Es kann doch nicht sein, dass alle Direktoren so denken.« Dann fiel mir ein, dass mir vor gar nicht allzu langer Zeit ein junger Schnösel mitgeteilt hatte, dass meine Marktforschungstätigkeit nach zig Jahren im Unternehmen nicht mehr erforderlich war. So viel zur Solidarität.

»Ich kann mir keine solchen Geschichten erlauben«, fuhr Theresa fort. »Leichen im Keller oder in der Garage sind nicht tragbar. Wär ein anderer Kollege in meiner Situation gewesen, wär ich auch nicht für ihn eingetreten«, gestand sie. »Mein Problem ist auch nicht, diese Entscheidung zu verstehen, als vielmehr mit der für mich völlig neuen Situation umzugehen. Ich hab keinen Zweifel daran, dass sich irgendwann die Wogen wieder glätten werden. Nur was, bitteschön, soll ich bis dahin den lieben langen Tag unternehmen?«, fragte Theresa. »Bisher hatte ich de facto kein Privatleben. Mir war immer nur der Beruf wichtig. Darauf hab ich all meine Zeit verwendet.«

»Nun, du hast mit der Geschichte doch genug um die Ohren«, erinnerte ich sie. »Und außerdem musst du die Villa in Schuss bringen.«

Während ich nur meine Wohnung umgebaut hatte, musste die bedauernswerte Theresa ein ganzes Haus sanieren. Das hieß noch mehr Handwerker und noch mehr Chaos. Sie wusste es noch nicht, aber es würde ihr in nächster Zeit sicher nicht fad werden.

Während des Gesprächs vergaß ich meine eigenen Probleme. Aber nur, bis ich auflegte und mein Blick wieder auf den Bildschirm *meiner* Leiche fiel. Ich nahm den letzten Schluck vom Nussschnaps. Nochmals drückte ich auf die Knöpfe des Laptops, versuchte, ihn einzuschalten, aber er gab keinen Mucks von sich. Bevor ich rabiat wurde und das elende Gerät ins Eck schleuderte, zog ich meinen Mantel über und ließ die Tür hinter mir ins Schloss fallen. Manchmal war Flüchten besser als Kämpfen. Der Nussschnaps dämpfte meinen Ärger und benebelte angenehm meine Sinne. Ohne weiter nachzudenken schritt ich in Richtung Schloßberg. Ich würde Emil Kischs Angebot annehmen und mit ihm hoch über den Dächern der Stadt brunchen.

2

Die Schloßbergbahn kletterte die gerade einmal 108 Meter hoch. Außer mir befand sich um diese Uhrzeit niemand darin, also setzte ich mich ganz vorn auf den besten Platz und genoss den Panoramablick über die Stadt. So friedlich war sie tagsüber noch nie vor mir gelegen. Allein für diese wunderschöne Aussicht dankte ich Emil Kisch. Ohne seine Einladung wäre ich um diese Uhrzeit nie hier herauf gefahren. Die Fahrt dauerte knapp drei Minuten. Mit jedem Meter, den ich mich der Ausstiegsstelle näherte, schlug mein Herz schneller. Ich nahm nicht an, dass der Nussschnaps diese verstärkte Muskeltätigkeit auslöste. Mit beschwingtem Schritt ging ich zum »Aiola«. Ich öffnete die Tür und sah mich erwartungsvoll um. Von Emil Kisch war weit und breit nichts zu sehen. Die junge Kellnerin nickte mir freundlich zu.

»Können Sie mir sagen, ob vorhin ein dunkelhaariger älterer Herr hier gefrühstückt hat?«, fragte ich sie.

»Sie meinen einen alten Herrn?«

Ich nickte. Sicher war ich in ihren Augen ebenfalls eine Greisin.

»Emil Kisch hieß er, wenn ich es richtig verstanden habe. Und Sie sind Frau Kaiser?«, erkundigte sie sich.

Na fein, dachte ich. Jetzt weiß es dann bald die ganze Stadt, dass ich mich mit dem Stadtcasanova treffe. Klatsch und Tratsch waren in dieser beschaulichen Stadt ohnehin eine gern praktizierte Form der Unterhaltung und Legendenbildungen ein beliebter Zeitvertreib. Wahrscheinlich war das der Grund, weshalb es hier mehr Medien gab als sonstwo in Österreich. Abgesehen vielleicht von Wien, das aber auch zehnmal größer war.

»Ja, die bin ich.«

»Dem Herrn ist der Akku seines Handys ausgegangen, und so konnte er Ihnen nicht Bescheid geben, dass er unerwartet zu einer dringenden Besprechung musste. Es tut ihm sehr leid, und er entschuldigt sich dafür«, richtete die Kellnerin mir aus.

Meine erste Enttäuschung wich rasch der Freude, dass Emil Kisch gehofft hatte, dass ich doch noch kam. Und hier im »Aiola« zu sitzen, war allemal besser, als daheim einen cholerischen Anfall zu bekommen. Ich setzte mich an einen Tisch an der Glasfront und genoss die wunderbare Schneeidylle im IMAX-Format. Noch bevor ich ordern konnte, kam die Kellnerin an den Tisch und stellte einen Cappuccino und eine Buttersemmel vor mich hin. Eine Langsemmel, wie sie mir am besten schmeckte, und keine runde Kaisersemmel, wie sie überall sonst in Österreich gegessen wurde. »Das hat Herr Kisch für Sie bestellt, falls Sie kommen. Oder möchten Sie lieber etwas anderes?«

»Nein, das ist perfekt«, lächelte ich und konnte es nicht fassen, dass mein charmanter Nachbar sich aus meinen Erzählungen gemerkt hatte, was ich am liebsten zum Frühstück aß. Anders als Thomas, der mir im Senegal jeden Tag picksüße Erdbeermarmelade hingestellt hatte, die ich noch nie leiden konnte.

Nach dem Frühstück spazierte ich auf der anderen Seite des Bergs die Serpentinen hinunter, die zur Sackstraße führten. Mir war eingefallen, dass ich meiner Schwiegermutter noch immer nicht die Sissi-Busserl geschickt hatte. In der Hofbäckerei versicherte mir die freundliche Verkäuferin, dass die Kekse noch vor dem Heiligen Abend zugestellt würden. Für mich nahm ich ebenfalls eine Packung mit. Vielleicht kam ja irgendjemand zu Besuch. Und weil sich Emil Kisch nach dieser reizenden Einladung wahrlich ein Busserl verdient hatte, nahm ich kurzerhand auch für ihn eine Packung mit, die ich ihm als Dankeschön fürs Frühstück vor die Tür stellen wollte.

3

Als ich die Stufen im Treppenhaus hinaufging, hörte ich, wie jemand an Emil Kischs Tür klingelte. Das wurde langsam zur Dauereinrichtung. Ich genierte mich, weil ich lauschte. Aber ich war neugierig, wer es war, für den er mich versetzt hatte. Ich hörte, wie er die Tür öffnete.

»Was willst du?«, hörte ich ihn fragen, und dann fügte er hinzu: »Sagte ich dir nicht, dass du vorsichtiger sein sollst?«

»Es ging nicht anders. Lass mich rein, dann erzähl ich es dir.«

Ich erstarrte. Auch diese Stimme kannte ich nur zu gut.

»Was gibt's so Dringendes, dass es nicht bis später warten kann, wie vereinbart?«

Bis später, bis später, bis später, hallte es in meinem Kopf. Ich hatte das Gefühl, als befände sich gerade die doppelte Menge Blut in meinem Gehirn, so wie es da drinnen pochte und dröhnte. Mein netter Nachbar Emil Kisch war für später verabredet gewesen – mit niemand Geringerem als mit Theresas Tante Gerda. Davor wollte er mich noch bei Kaffee und Buttersemmerl einlullen, wohl wissend, dass danach die andere kam. Casanova war ein Lercherlschas gegen diesen Mann, der anscheinend jede Minute seiner Zeit den Grazer Frauen widmete.

»Ich konnte nicht länger warten«, hörte ich Gerda sagen. »Stell dich nicht so an. Immerhin hast du mir das Ganze eingebrockt.«

Ich hörte, wie Emil seufzte. Als ich vorsichtig um die Ecke lugte, beobachtete ich, wie er zur Seite trat und Gerda eintreten ließ.

In diesem Moment fiel das Zellophanpäckchen mit den Sissi-Busserln, das ich vor seine Tür stellen wollte, knisternd zu Boden. Es gelang mir nicht mehr, rechtzeitig in Deckung zu gehen. Emil Kisch erstarrte, als er mich sah. Wieder einmal hatte ich ihn erwischt. Kisch trieb es anscheinend mit allen Damen des Holler-Clans und wahrscheinlich auch noch mit einigen mehr. Und ich war auf ihn hereingefallen, obwohl mich Theresa ausdrücklich vor dem Herzensbrecher gewarnt hatte.

»Emil, kommst endlich?«, ertönte von drinnen Gerdas Stimme. »Ich hab nicht ewig Zeit.« Die Gute musste es ja dringend nötig haben.

Emil hob den Zeigefinger in meine Richtung, so als ob er etwas sagen wollte, aber dann schüttelte er nur leicht den Kopf, ließ die Hand resigniert sinken, drehte sich um und schloss die Tür hinter sich.

Ich sank auf die Treppe und stierte vor mich hin. Mein Herz fühlte sich an, als wäre es in ein Korsett gepresst, das erbarmungslos zusammengezogen wurde. Zuletzt hatte ich dieses Gefühl vor 37 Jahren gehabt, als ich den Burschen, den ich jeden Morgen im Bus getroffen und monatelang angehimmelt hatte, eines Tages mit einem Mädchen im Park beim Schmusen überraschte. Damals war eine Welt für mich zusammengebrochen. Von da an fuhr ich morgens mit einem späteren Bus, nur um ihm nicht mehr zu begegnen. Auch wenn ich dafür die eine oder andere Klassenbucheintragung fürs Zuspätkommen erhielt. Das war in dieser Zeit mein geringstes Problem. Ich war 13, und Liebeskummer war in den folgenden Jahren mein treuer Begleiter. Später nahm ich mir dann den weisen Spruch meines Vaters zu Herzen, der da lautete: »Auch andere Mütter haben liebe Söhne«, und vor allem das von ihm adaptierte Motto: »Es kommt immer ein Besserer nach.« Und siehe da, mein Vater sollte auch hierbei recht behalten. Nach einigen Liebeleien begegnete ich Thomas, mit dem von Anfang an alles klar war. Keiner von uns ließ den anderen zappeln, keiner spielte Spielchen. Wir liebten einander und zeigten es uns auch, ohne Angst zu haben, dass es dem anderen zu viel sein könnte. Nie gab es Schmerz oder lange Traurigkeit. Aber jetzt, von einem Moment auf den anderen, war dieses unangenehme Gefühl von damals wieder da. Hervorgerufen durch Emil Kisch, diesen Doktor Love, der offenbar die Narbe einer Wunde aufgekratzt hatte, die seit Langem verheilt war.

»Wie lächerlich«, murmelte ich. Ich war über 50, hatte unzählige Probleme und Schicksalsschläge in meinem Leben gemeistert, Verantwortung für andere übernommen. Wie oft hatten mir Valerie und Patrick ihre Sorgen und Nöte mit dem anderen Geschlecht erzählt, und ich war jahrelang in meine Lieblingsrolle der allwissenden und unerschütterlichen Mama geschlüpft und hatte ihnen Ratschläge für alle Lebenslagen gegeben. Nie und nimmer hätte ich gedacht, dass ich selbst nochmals in solch einem

Gefühlsstrudel versinken und wie eine Pubertierende an Liebeskummer leiden könnte. Noch dazu, wo Emil Kisch mir nie etwas versprochen, geschweige denn ewige Liebe geschworen hatte. Wir waren ja noch nicht mal per Du.

Ich ging zurück in meine Wohnung, wo mich der leblose Laptop erwartete. Und nicht nur das. Als mein Blick auf die Barbarazweige fiel, sah ich, dass sie allesamt verwelkt waren. Ich hatte vergessen, Wasser nachzufüllen. Als ich die Hoffnung auf ein glückliches neues Jahr in den Mülleimer stopfte, schnitt ich mich an einem der Äste. Jetzt reichte es!

Manchmal gab es Tage, an denen man am besten keinen Finger rührte, weil die Gefahr bestand, dass alles nur noch schlimmer wurde. Heute war so ein Tag. Also schob ich eine Tiefkühlpizza ins Rohr, setzte mich mit der Kalorienbombe, den Sissi-Busserln und einer Flasche Schilcher vor den Fernseher und sah mir eine Nachmittagsserie nach der anderen an, bis ich – erschöpft von so viel Schwachsinn, Kohlehydraten und Promille – einschlief.

Mein Handy riss mich aus einem Traum, in dem ich in der Wüste am Verdursten war und gerade ein arabischer Prinz auf einem Kamel am Horizont auftauchte, um mir Wasser zu bringen.

»Geht's dir gut?«, fragte Karin.

»Ging schon mal besser.« Mein Schädel brummte, und ich hatte einen grauslichen Geschmack im Mund. Vor allem aber war ich unsagbar durstig.

»In einer Viertelstunde im ›Königshof‹ auf einen Weißen Spritzer?«

»Du bist schon in Graz?«, fragte ich gähnend.

»Helene, sag bloß, du hast schon geschlafen? Was ist los mit dir? Bist du krank?«

»Beplaudern wir gleich im ›Königshof‹.«

Als ich mich im Badezimmer frisch machte, setzte ich die Brille nicht auf. Ich wollte weder meine geschwollenen Augen noch die Furchen in meinem Gesicht im Spiegel sehen.

4

Im »Königshof« ergatterte ich einen meiner Lieblingstische am Fenster und bestellte eine Kanne Pfefferminztee. Schon von Weitem erkannte ich Karin an ihrem wippenden Gang. Mit ihren hochhackigen Stiefeln bahnte sie sich zielsicher ihren Weg. Wenig später umarmte sie mich herzlich und blickte mir forschend ins Gesicht.

»Du hast schon einmal besser ausgesehen. Was ist los?«, fragte sie mich.

»Neuer Style?«, wechselte ich das Thema, als sie den Mantel abgelegt hatte und darunter ein gepunktetes Twinset zum Vorschein kam, zu dem der Haarreifen perfekt passte, der ihre blonden Stirnfransen bändigte.

»Ein bisserl Rockabilly muss sein, jetzt wo ich bald die 50er-Marke erreiche«, blitzte sie mich kokett mit ihren blauen Augen an. Sie wusste nur zu gut, dass sie großartig aussah. Nicht zuletzt dank Botox, wie ich seit unserem letzten gemeinsamen Wellnessaufenthalt wusste. Vielleicht sollte ich mir auch einmal eine Beruhigungsspritze dieser Art gönnen. Dann wäre zumindest meine Zornesfalte entspannt, wenn ich es schon nicht war.

»Bernd und die Grazer Luft tun mir gut«, stellte Karin fest. Tatsächlich wirkte sie weniger hektisch auf mich als früher, als das Einzige, was sie interessierte, ihr Beruf gewesen war. Abgesehen von zahlreichen kurzfristigen Affären. Die Personaldienstleistungsagentur, deren Chefin sie war, hatte ihr über all die Jahre Sinn und Ziel gegeben. Ehe und Kinder hatten sie nie interessiert. Ähnlich wie Theresa.

»Ich stecke lieber im Job bis zum Hals in der Scheiße, als dass ich angekackte Windeln wechsle«, war ihr an einem weinseligen Abend herausgerutscht. Eine Bemerkung, für die sie sich sofort entschuldigte, weil ich, ihre Freundin, genau das jahrelang getan hatte.

»Aber jetzt lenk nicht ab. Was ist los? Wo drückt dich der Schuh?«, ließ meine beste Freundin nicht locker und sah mich ernst an.

»Ich weiß nicht, wo ich anfangen soll …«

»Schieß einfach los, egal wo, wir haben genug Zeit für alles. Bernd kommt erst gegen elf.«

»Also heute ist mein Laptop abgestürzt. Einfach so. Plötzlich war der Bildschirm dunkel, und nun lässt er sich nicht mehr einschalten. Das ganze aktuelle Projekt ist weg, die letzte Sicherung hab ich vor Wochen gemacht.«

»Blöd, aber nicht aussichtslos. Das schau ich mir gleich nachher an. Und was weiter? Ich kenn dich gut genug, um zu wissen, dass dich so eine technische Panne allein nicht aus dem Gleichgewicht bringen kann. Also welche Laus ist dir noch über die Leber gelaufen?«, forschte sie weiter.

»Die Barbarazweige sind verwelkt, weil ich vergessen hab, ihnen Wasser nachzufüllen. Drum wird das nächste Jahr nicht so glücklich, wie es geworden wäre, wenn die Knospen aufgeblüht wären.«

»Bist du jetzt völlig durchgedreht?«

»Die Frau da draußen ist die Tante von Theresa.« Unbeirrt von ihrer letzten Bemerkung zeigte ich auf Gerda, die am Fenster vorbeihastete. Musste ja eine ausgiebige Nummer gewesen sein, die sie mit Emil Kisch geschoben hatte.

»Ja und? Was hat die mit dir zu tun?«

»Mehr mit Emil Kisch«, gab ich zu.

»Und? Weiter?«

»Es scheint ein Hobby von ihm zu sein, Frauen zu beglücken. Allein in dieser Woche habe ich zwei Besucherinnen gesehen, die es beide sehr eilig hatten, in seine Wohnung zu kommen. Dabei hat er auf mich immer so einen seriösen Eindruck gemacht. Er war die Liebenswürdigkeit in Person, hat mich eingeladen, und wir haben wirklich eine nette Zeit miteinander verbracht.«

»Wie nett?« Karin sah mich durchdringend an. Verlegen senkte ich den Blick.

»Nicht das, was du schon wieder denkst. Wir sind zusammen gesessen und haben uns gut unterhalten. Wie immer.«

»Und wieso nimmst du dann von ihm an, dass er es mit den anderen Frauen treibt? Vielleicht hat er sich auch mit ihnen nur unterhalten«, gab Karin zu bedenken, wobei sie allerdings die beiden letzten Wort süffisant betonte.

Wieder spürte ich, wie es mein Herz zusammenzog. »Ich habe die beiden im Stiegenhaus gesehen.«

»Nur gesehen? Oder haben s' miteinander geschmust?«

»Das nicht, aber wenn eine Frau zu einem Mann sagt, dass er endlich kommen soll …«

»Das muss gar nichts bedeuten. Aber interessant. Vielleicht ist ja was in der Grazer Luft, was die Herren bis ins hohe Alter so aktiv sein lässt. Eh nicht schlecht«, lächelte sie versonnen und dachte dabei wohl an Bernd und die schlaflosen Nächte mit ihm.

Ich schob mir derweil ein Stück der besten Himbeerschnitte der Stadt in den Mund. Wenigstens konnte ich sagen, dass mir jedes Gramm Fett zu viel auf meinen Hüften großen Genuss bereitet hatte.

»Außerdem kommt es mir eigenartig vor, dass er sich mit Theresas Mutter *und* ihrer Tante trifft«, fuhr meine liebe Freundin fort. Sofort keimte Hoffnung in mir auf. »Vielleicht hast du recht. Vielleicht hat er mit den beiden wirklich nur geredet. Das könnte mit dem Fall zusammenhängen …« Ich bereute sofort meinen Versprecher, wo ich doch Theresa versprochen hatte, mit niemandem darüber zu sprechen.

»Was für ein *Fall*? Helene, bitte sag nicht, dass du schon wieder in eine kriminelle Sache verwickelt bist. Ach, du meine Güte …« Karin schlug sich mit der Hand auf die Stirn. »Dass ich das nicht vorher gecheckt habe: diese Leiche, die sie in der Garage einer Grazer Villa gefunden haben, die einer Pressesprecherin namens Theresa H. gehört … Das ist *deine* Freundin Theresa, nicht wahr?«, kombinierte meine kluge Freundin völlig richtig.

Ich nickte. Leugnen wäre ohnehin zwecklos gewesen. Und weil sie nun ohnehin schon aus den Medien Bescheid wusste, erzählte ich ihr unter dem heiligen Siegel der Verschwiegenheit auch noch die Details zum Fall.

»Mein lieber Nachbar Emil Kisch wird von Theresa ›Onkel Emil‹ genannt und ist seit Jahrzehnten ein guter Freund der Familie. Theresas Mutter hat ihr zudem verboten, sich sofort an die Polizei zu wenden, und jetzt ufert die ganze Angelegenheit aus, weil die natürlich Verdacht geschöpft hat. Theresa wurde freigestellt und versucht bisher erfolglos, den Täter zu finden, und ich helfe ihr halt, so gut ich kann.«

»Helene, Helene, du solltest Drehbuchautorin für TV-Krimis werden.« Karin schüttelte den Kopf. »Ist wirklich schlimm, wo du immer hineingerätst. Das geht ja auf keine Kuhhaut. Kein Wunder, dass du so fertig ausschaust.«

In diesem Moment fiel mir ein anderer Satz ein, den Gerda zu Emil gesagt hatte, und der mir nun zu denken gab, nämlich, dass er ihr das Ganze eingebrockt habe. Ich erzählte Karin von meinem Gedankenblitz.

»Hm, vielleicht ist dein Emil Kisch der Mörder?«, meinte sie.

Ich sah sie bestürzt an.

»Was? Also jetzt einmal im Ernst«, fuhr Karin fort. »Er hat dir selbst gesagt, dass er die Mutter von Theresa schon seit Jugendtagen kennt. Und wenn sie so mir nix dir nix nach so vielen Jahren noch immer bei ihm hineinspaziert, dann wird sie schon irgendetwas zusammengeschweißt haben. Es wäre doch möglich, dass er damals jemanden getötet hat und Klara und Gerda ihm geholfen haben, die Leiche verschwinden zu lassen. Vielleicht waren die beiden Frauen kürzlich nicht für ein Schäferstündchen bei ihm, sondern, um mit ihm das weitere Vorgehen zu besprechen.«

Warum klang immer alles, was Karin sagte, so logisch? Manchmal ging sie mir damit auf die Nerven, weil sie nur zu oft recht hatte und damit meine wunden Punkte traf.

Ich wusste nicht, was mir lieber war: ein Mann, der andere Frauen sexuell beglückte, während er bei mir den bezaubernden Kavalier gab, oder einer, der mir heute romantische Mails schrieb, aber vor Jahrzehnten jemanden um die Ecke gebracht, in einen Plastiksack verpackt und eingemauert hatte.

»Jetzt schau nicht so entsetzt drein«, sagte Karin. »Im Moment kannst eh nichts tun. Einfach abwarten und Tee trinken. Aber jetzt zurück zu deinem Laptop. Wenn du willst, schaue ich ihn mir gern an.«

Und ob ich wollte.

Wenig später drückte Karin auf den ON-Knopf, es ertönte leises Surren, und der Computer startete. Als wäre nie etwas gewesen.

»Ich schwör dir, der Bildschirm war schwarz, und nichts ist mehr gegangen«, beteuerte ich.

»Na, jetzt funktioniert ja wieder alles«, stellte meine Freundin zufrieden fest, als sich Jescheks Website aufbaute. »Na Mahlzeit. Das Rot ist ja potthässlich.«

Ich hingegen war glücklich, dass es mir wieder in die Augen stach.

»Was da los war, müssen wir nicht verstehen. Es heißt ja *der* Computer. Und wer versteht schon Männer?« Karin lächelte und drückte mir einen Abschiedskuss auf die Wange. »Ich muss jetzt los. Alles andere wird auch wieder.« Sie hatte leicht reden. Vor ihr lag eine erotische Grazer Nacht mit ihrem Liebsten. Ich machte sofort eine Sicherungskopie meiner Daten und schickte dem Antiquitätenhändler den Link zur Ansicht seiner Website.

Ich war nicht die Einzige, die so spät noch umtriebig war. Kurz vor elf erreichte mich ein Anruf von Theresa.

»Helene, die Polizei hat bei mir angerufen. Die wollen, dass ich morgen Früh ins Präsidium zur Befragung komme«, informierte sie mich. »Sie sagen, sie hätten einen sachdienlichen Hinweis bekommen, dem sie nachgehen und zu dem sie mich befragen müssen. Was meinst du, was könnte das für eine Information sein?«

»Vielleicht hat dich ein Nachbar oder diese Frau, die

uns die Adresse vom Hans Tenchmann gegeben hat, auf einem der Fotos in der Zeitung wiedererkannt«, mutmaßte ich. »Ich hatte den Eindruck, dass ihr unser Besuch sonderbar vorkam.«

»Helene, nachdem bei mir der Hut brennt, begleitest du mich zu meinen Tanten Gerda und Jutta? Ich hab mit beiden ein Treffen vereinbart. Bei Tante Jutta wären wir morgen zum Mittagessen eingeladen, bei Gerda am Sonntag zur Nachmittagsjause. Vielleicht bekommen wir was heraus. Und vielleicht könntest du am Wochenende bei Onkel Emil deine Fühler ausstrecken?«

»Ja klar begleite ich dich. Wegen deines Onkels schau ma mal …« Schau ma mal, auch so ein Lieblingsspruch der Grazer. Ob sie ihren Mann lieben und ehren wolle, hatte einmal ein Pfarrer eine Grazer Braut gefragt. Darauf gab sie ihm diese Antwort und wurde damit zum Stadtgespräch.

»Danke. Und bitte halt mir die Daumen, dass es morgen bei der Polizei nicht allzu schlimm wird«, bat Theresa. »Wahrscheinlich mache ich die ganze Nacht kein Auge zu.«

Da waren wir schon zwei.

NEUN

I

Theresa holte mich gegen elf Uhr mit dem Geländewagen ihrer Mutter ab. »Jutta lebt mit ihrem Mann und seinen zwei Kindern aus erster Ehe in der Gegend von Bad Gleichenberg. Ich werde nicht über die Autobahn fahren, sondern mit dir über die Landstraße zuckeln. Wir haben es ja nicht eilig«, informierte sie mich. Bald darauf ging es durch die hügelige Landschaft der Südoststeiermark, vorbei an Wäldern, Äckern und kahlen Weingärten im Winterschlaf. Kurvig ging es hinauf und hinunter. Ich war froh, dass ich nicht gefrühstückt hatte.

»Und wie ist es dir bei der Befragung ergangen? Erzähl schon!«, forderte ich Theresa auf. Sie seufzte.

»Leider nicht so toll. Nachdem der Beamte alle meine privaten Daten überprüft hat, ist er auf meine Aussage vom letzten Mal zu sprechen gekommen. Du weißt schon, wo ich zu Protokoll gegeben hab, dass ich die Großmutter nur selten gesehen und auch keinerlei Ahnung hätte, wer die aufgefundene Leiche sei, beziehungsweise wer sie eingemauert haben könnte. Ich hab das alles nochmals bestätigt.«

»Was ja nicht gelogen ist«, murmelte ich. Vor dem Fenster zog die winterliche Landschaft vorüber. Die Idylle draußen passte so gar nicht zu dem, was Theresa drinnen im Auto erzählte: »Er wollte nochmals wissen, wann ich das letzte Mal im Haus meiner Großmutter war. Ich hab gesagt, dass ich zuletzt vorige Woche Donnerstag und Freitag dort war. Auch hab ich ihm mitgeteilt, dass mir nichts Besonderes aufgefallen ist und dass außer mir und meiner Mutter niemand sonst Zugang zum Haus hatte. Wenn Großmutter irgendwem einen Reserveschlüssel gegeben hat, kann ich das nicht wissen, weil ich ja nicht dort gewohnt habe.«

»Das klingt doch eh alles ganz gut«, meinte ich beruhigt. »Wart's ab, jetzt kommt's. Gleich drauf hat der Polizist gefragt, ob ich von jemandem begleitet worden bin und ob ich die Leiche bemerkt hab …«

»… und du hast gesagt …?«

»Dass mich niemand begleitet hat, und dass ich den Toten nicht entdeckt hab.«

Ich sah Theresa von der Seite an. Sie konzentrierte sich auf die Fahrbahn. Vor uns tuckerte ein Traktor mit einer Geschwindigkeit von gefühlten fünf Stundenkilometern dahin, und der Gegenverkehr riss nicht ab.

»Und wie ging's weiter?«, fragte ich, nachdem Theresa das Überholmanöver endlich geglückt war.

»Dann wollte er wissen, was ich im Haus getan hab. Da hab ich ihm gesagt, dass ich Erinnerungsstücke angesehen und sortiert hab. Na ja, und dann hat er mich gefragt, ob ich auch in der Garage war, was ich zweimal verneint hab, nachdem er extra nochmals nachgefragt hat.«

»Ich nehme an, das war ein Fehler?« Mir schwante nichts Gutes.

»Unter anderem«, Theresa nickte und trat aufs Gas. »Ein Nachbar hat uns gesehen, als wir mit dem Mercedes die Spritztour gemacht haben.«

»Na super«, entfuhr es mir. »Und wie hast du dich rausgeredet?«

»Nun, ich hab fieberhaft überlegt, wie ich aus dem Schlamassel wieder rauskommen könnte. Ob der Beamte meine Entschuldigung, dass ich das nicht erwähnen wollte, weil das Auto-Pickerl bereits abgelaufen war, geglaubt hat, kann ich dir nicht sagen. Die haben ja alle ein Pokerface. Jedenfalls hab ich mich dann halt doch *erinnert*, dass mich eine Freundin begleitet hat, und wir auch eine Runde mit dem Oldtimer gefahren sind.«

»Ich hoffe, dass du ihm nicht meinen Namen genannt hast?« Im Zentrum polizeilicher Ermittlungen zu stehen, war nicht gerade das, was ich mir unter vorweihnachtlicher Stimmung vorstellte.

»Leider hat er mich explizit nach dir gefragt, da konnte ich mich nicht rausreden. Er wusste, dass du am Tag des offiziellen Leichenfundes meine Mutter zum Haus der Großmutter begleitet hast.«

Das hatte mir gerade noch gefehlt. »Wollte er sonst noch etwas über mich wissen?«

Theresa schüttelte den Kopf. »Nein, aber für mich wurde es dann sehr unangenehm. Ich hab geglaubt, ich hätte das Schlimmste schon hinter mir, und als er mich so nebenher gefragt hat, ob ich an diesem Tag etwas Ungewöhnliches in der Garage bemerkt hätte, hab ich natürlich verneint. He, du Trottel, hast deinen Führerschein im Lotto gewonnen?« Die letzten Worte richtete meine Freundin an den Fahrer mit Hut in einem roten Opel, der ohne zu blinken vor uns abgebogen war. Sie seufzte und erzählte dann weiter: »Der Beamte hat mir dann mitgeteilt, dass meine Aussagen nicht mit der Spurenauswertung und der Obduktion übereinstimmten. Und dass die Kriminaltechniker an der Stoßstange des Mercedes frische Mauerreste gefunden haben. Langer Rede kurzer Sinn: Die Polizei geht davon aus, dass das Loch in der Wand, hinter der die Leiche aufbewahrt wurde, von mir stammt, zumal ich ja selbst gesagt hab, dass sonst niemand mit dem Mercedes gefahren ist. Für die Polizei bedeutet das nichts anderes, als dass ich bereits eine Woche vor dem Fund gewusst habe, dass sich in der Garage ein Toter befindet. Er hat mich schließlich gefragt, warum ich das verschwiegen habe und wann ich die Polizei darüber informieren wollte. Helene, damit sind deine ärgsten Befürchtungen eingetroffen«, seufzte sie.

Ich habe dich gewarnt, lag mir auf der Zunge, aber ich schluckte es hinunter. Die Nerven meiner Freundin waren schon strapaziert genug, wie ich unschwer an ihrer hektischen Fahrweise erkennen konnte, die mich ziemlich nervös machte.

»Und was hast du geantwortet?«, fragte ich, nachdem sie ein Auto überholt hatte und dem Fahrer dabei einen Vogel zeigte. Seine Lichthupe quittierte sie mit einem gut sichtbaren Stinkefinger. »Die Wahrheit hab ich gesagt, nämlich dass ich unter Schock stand und Zeit brauchte, um einen klaren Gedanken zu fassen«, erzählte Theresa weiter.

»Was dem Polizisten wahrscheinlich zu wenig war?«

»Genau.«

»Dann faselte er etwas von falscher Aussage vor einer Verwaltungsbehörde und Unterschlagung von Beweismitteln und mehr. Zwar würde sich meine Unbescholtenheit strafmindernd auswirken, aber der Umstand, dass ich Pressesprecherin bin und in gewisser Weise Vorbildfunktion habe, könne sie wiederum erhöhen. Ich kann mich noch gut an eine Jusstudentin erinnern, die beim Jointrauchen erwischt wurde. Der Richter hat die Arme zum Strafhöchstmaß verdonnert. Ihre Beteuerungen, dass sie noch nie vorher Gras geraucht hätte und es auch niemals mehr tun würde, weil ihr kotzübel davon geworden war, hatten ihr nichts geholfen. Sie musste die Studienrichtung wechseln, weil sie mit dieser Vorstrafe niemals Anwältin geworden wäre. Heute leitet sie in Wien einen Großkonzern.«

»Das heißt, falls es zu einer Anklage käme, wäre deine Karriere vorerst so gut wie beendet? Na Mahlzeit!«, entfuhr es mir.

»So ungefähr. Ich möchte mir gar nicht die Reaktion meiner Mutter vorstellen.«

»Warum? Sie ist doch die Hauptschuldige an dieser Misere. Immerhin war sie es, die dir verboten hat, zur Polizei zu gehen und dich gedrängt hat, die Tatsachen zu verschleiern«, erinnerte ich meine Freundin.

»Na ja, ich kann ihr nicht die ganze Schuld in die Schuhe schieben. Unser Besuch beim Tenchmann ist allein auf meinem Mist gewachsen. Jedenfalls wusste der Polizist auch darüber Bescheid und hat mich gefragt, wieso ich den Mann gesucht habe, wie ich auf seine Spur gekommen bin und so weiter.« Theresa blinkte und bog in einen Waldweg ein. Die nächsten Kilometer rumpelten wir über Stock und Stein, dass mir Hören und Sehen verging.

»Ja und?«, wollte ich wissen.

»Gar nichts. Ich hab ihm die Wahrheit gesagt. Dass ich eine Kassette mit Liebesbriefen meiner Großmutter gefunden habe und so auf den Tenchmann gestoßen bin, mit dem sie vor Jahrzehnten eine Beziehung hatte. Dass ich ihn dann gesucht habe, weil ich befürchtet hab, er könnte die Leiche in der Garage sein, und ich dann sehr froh war, ihn noch lebend anzutreffen. Jedenfalls muss ich jetzt für weitere Befragungen zur Verfügung stehen und darf auch nicht das Land verlassen.« Die restliche Fahrt schwiegen wir.

2

»Hast gleich hergefunden? Ist ja schon eine Weile her, dass du bei uns warst«, empfing uns Jutta und umarmte Theresa. Sie trug eine Schürze über ihrem grauen Kleid, das ihre Gestalt noch dürrer erscheinen ließ. Aber ihr Gesicht strahlte eine Herzlichkeit aus, die Theresas Mutter, der schöneren Schwester, völlig fehlte. Es gibt eine ausgleichende Gerechtigkeit, dachte ich, als ich den beiden in die gute Stube folgte. Dort erwartete uns ein knisternder Kamin und der Duft nach Weihnachten.

»Ich mache gerade Husarenkrapferl. Weißt eh, nach dem Rezept von der Oma, Gott hab sie selig.« Jutta blickte zum massiven Holzkreuz, das im Herrgottswinkel über der Eckbank prangte und bekreuzigte sich.

»Das Kreuz da hat sie mir geschenkt, als sie mich hier besucht hat«, erinnerte sie sich. »Ich habe es ihr eine Zeitlang übel genommen, dass sie mich so unerwartet aus der Pension Mama hinausgeworfen hat. Aber hätte sie es nicht getan, wäre ich wohl nicht meinem lieben Ludwig begegnet. Er und die Kinder sind mein Ein und Alles.«

Wir zogen unsere Mäntel aus und setzten uns an den Jogltisch.

»Wollts den Teig ausschlecken?«, fragte Jutta. Sie schob uns die Schüssel hin.

Wie kleine Kinder langten wir mit unseren Zeigefingern in die Schüssel und schleckten den Teig ab. Augenblicklich fühlte ich mich in die Weihnachtszeit meiner Kindheit zurückversetzt, als ich meiner Mutter beim Keksbacken zuschaute und später mithalf. Die Reste der süßen Teige blieben immer mir vorbehalten. Ach, war das eine Ewigkeit her!

»Ich muss nur noch ein Blech machen, dann räum ich das Backzeug weg und decke den Tisch«, sagte Jutta. »Die Nuss- und Mohnbeugel können bis zum Abend warten.« Sie nahm den Teig aus der Schüssel, knetete ihn kurz durch und formte daraus Rollen, von denen sie mit dem Messer kleine Stücke abschnitt. Geübt formte sie daraus kleine Kugeln und legte sie aufs Backblech. Dann drückte sie mit einem Kochlöffelstiel in jede eine Vertiefung hinein und füllte diese mit Ribiselmarmelade. »Normalerweise gibt man die Marmelade ja erst nach dem Backen drauf, aber uns schmeckt es so besser.«

»Ja, meine Mutter hat das auch immer so gemacht«, nickte ich melancholisch. Wahrscheinlich hing ich deshalb so an Weihnachten, weil meine Kindheitserinnerungen daran so schön waren. Später hatte auch ich diese Familientradition übernommen, und egal, wie viel ich zu tun hatte, fürs Keksbacken hatte ich mir immer Zeit abgezwackt. Heuer hatte ich noch nichts gebacken. Ich nahm mir vor, gleich nach dem Besuch bei Jutta alles Nötige einzukaufen, um bei stimmungsvoller Weihnachtsmusik Bäckereien zu fabrizieren. Das Ritual würde mir gut tun. Ich musste die Kalorienbömbchen ja nicht alle selber essen.

Jutta nahm ein Blech mit Keksen aus dem Backofen und schob das Blech mit der nächsten Fuhre hinein. »Sodala. Ich hoffe, ihr mögt Blunzengröstl mit Sauerkraut?«, fragte sie, während sie die Tischplatte säuberte.

»Ja, sehr gern«, nickten wir unisono. Mir rann das Wasser im Mund zusammen. Für steirische Hausmannskost ließ ich jede Nouvelle Cuisine stehen.

»Aber erzähl mal, wie geht's dir denn?«, erkundigte sich Jutta. »Diese Leichengeschichte ist ja arg.« Sprachs und schaufelte Gröstl und Sauerkraut auf unsere Teller.

»Stimmt. Die ganze Angelegenheit wünsche ich nicht einmal meinem schlimmsten Feind. Hast du irgendeine Ahnung oder Vermutung, die mir helfen könnte, den Fall zu lösen?«

»Schmeckt's eh?«, fragte Jutta, als wir die ersten Bissen gekostet hatten. Dann sofort zu Theresa gewandt: »Du, ich zerbrech mir auch schon seit Tagen den Kopf, wer dieser Tote sein könnte. Aber mir ist einfach niemand eingefallen. Das Einzige ist eine schemenhafte Erinnerung an einen Handwerker, der öfter aufgetaucht ist, während wir in der Schule waren, und der für die Mutter alles Mögliche am Dachboden und im Keller gearbeitet hat. Hab ich zumindest geglaubt.« Jutta machte eine Pause und stierte aus dem Fenster. »Einmal, als ich früher aus der Schule nach Hause gekommen bin, hab ich ein eigenartiges Schnaufen gehört. Obwohl uns die Mutter immer strikt verboten hat, den Dachboden und den Keller ohne ihre Erlaubnis zu betreten, bin ich hinunter gegangen. Dort hab ich die beiden gesehen. Mutter saß mit gespreizten Beinen auf der Werkzeugbank, der Handwerker stand vor ihr mit heruntergelassener Hose. Bei jedem seiner Stöße hat sie laut aufgestöhnt. Auch wenn ich damals nicht genau wusste, was da vor sich ging, hab ich gespürt, dass das nicht für meine Augen bestimmt war. Also bin ich leise in mein Zimmer geschlichen und hab niemandem etwas davon erzählt. Erst Jahre später hab ich verstanden, was vorgefallen war. Der Mann ist noch eine Weile zu uns ins Haus gekommen. Irgendwann war er dann verschwunden.«

Theresa warf mir einen Blick zu. Ob Tenchmann jener Handwerker gewesen war, der mit ihrer Großmutter zur Sache gegangen war? Oder hatte es noch einen anderen gegeben, der mit ihr gehobelt hatte?

»Fällt dir sonst noch etwas ein?«, hakte Theresa nach. »Irgendwelche Besucher, die plötzlich nicht mehr aufgetaucht sind? Oder ein Streit?«, versuchte Theresa, Juttas Erinnerung anzukurbeln.

Die schüttelte den Kopf. »Da solltest du eher mit Gerda reden. Die war immer sehr neugierig und hat die Verbote der Mutter ignoriert. Ich bin immer brav schlafen gegangen, wie sie uns das angeschafft hat, wenn Feste gefeiert wurden. Aber Gerda und deine Mutter sind oft hinunter geschlichen. Wollt ihr noch einen Nachschlag?«, fragte sie.

Ich nahm gern noch ein wenig Gröstl mit Sauerkraut. Theresa verweigerte.

»Doch, da war noch was.« Jutta ließ gedankenverloren den Vorlegelöffel in die Pfanne sinken. »Dass ich nicht früher daran gedacht habe!«, schalt sie sich selbst. »Irgendwann in der Zeit, als wir so um die 20 waren, gab es einmal eine Tanzparty, bei der es zu einem Streit gekommen ist, in den auch Emil verwickelt war. Es gab eine arge Rauferei zwischen ihm und einem anderen Burschen, der dann blutüberströmt am Boden liegen geblieben ist. So rabiat wie damals hab ich den Emil weder zuvor noch danach jemals gesehen. Vielleicht hat er irgendwelche Drogen genommen und ist dann durchgedreht. Die Mutter hat uns Mädchen damals aufs Zimmer geschickt und gesagt, dass wir uns keine Sorgen machen sollen. Später ist sie zu uns gekommen und hat uns beruhigt. Der Arzt, den sie geholt hat, hat gemeint, dass der Bursch nur Nasenbluten hatte. Jetzt fällt mir ein, dass ich ihn nie wieder im Haus der Eltern gesehen habe. Am besten fragt ihr Emil oder meine Schwestern. Vielleicht wissen die mehr darüber. Sonst fällt mir beim besten Willen nix ein«, schloss sie ihre Erzählung und schaute uns an: »Soll ich euch einen Kaffee machen?«

Ich verneinte. Nach dieser letzten Geschichte war mein Adrenalinspiegel gehörig angestiegen. Emil Kisch ein cholerischer Schläger. Das hätte ich ihm niemals zugetraut. Jetzt noch ein Kaffee, und ich würde einen Herzkasperl bekommen.

3

Als wir uns auf den Heimweg machten, hatten wir jede ein Sackerl Kekse von Jutta in der Tasche. Von meinem Plan, selbst welche zu backen, konnte mich das dennoch nicht abbringen. Theresas Tante hatte mich auf den Geschmack gebracht.

»Der Geschichte mit der Schlägerei möchte ich gern nachgehen«, sagte Theresa, während sie den Wagen über den holprigen Waldweg lenkte. Sie reichte mir ihr Handy. »Such bitte die Nummer vom Onkel Emil raus.«

»Wieso? Was hast vor?«, fragte ich.

»Wart's ab«, antwortete meine Freundin und drückte sofort auf Verbindungsaufbau, als ich es ihr wiedergab.

»Hallo, Onkel Emil!«, flötete sie. »Du, ich war grad bei Tante Jutta, und die hat mir Kekse für dich mitgegeben. Bist du zu Hause? Ich chauffiere grad eine Freundin, die im gleichen Haus wohnt wie du. Wenn es dir recht ist, würde ich einen Sprung bei dir vorbeischauen und dir die Weihnachtsbäckerei bringen ... Ja? ... Großartig. Wie? Ich soll die Freundin mitnehmen?« Theresa sah verschmitzt zu mir herüber. »Ja, sicher ist sie fesch. Ach Onkel Emil, du Charmebolzen!«, lachte sie. »Ja, ist gut. Wir sind in ungefähr einer halben Stunde bei dir. Sofern wir nicht im Stau stecken. Bis gleich.«

Na Mahlzeit, war mein erster Gedanke. Das fehlte mir gerade noch, dass mich Theresa zu ihrem lieben Onkel Emil schleppte, dem ich aus dem Weg zu gehen versuchte. Die Vorstellung, dass er mich wie eine Bekannte – was ich ja inzwischen im wahrsten Sinn des Wortes war – begrüßen und mich vor meiner Freundin bloßstellen würde, ließ meinen Puls nicht zur Ruhe kommen. Ich wollte auf gar keinen Fall, dass Theresa mein süßes Geheimnis auf diese Art erfuhr.

»Was ist los?«, fragte Theresa. »Ist dir schlecht? Du bist so still.«

»Ich hab zu viel gegessen.« Ich witterte meine Chance: »Bitte sei mir nicht bös, aber ich möchte dann lieber frische Luft schnappen, als deinen Onkel Emil besuchen.«

»Kommt gar nicht infrage«, erwiderte Theresa. »Das ist *die* perfekte Gelegenheit, ihn kennenzulernen. Vielleicht kannst du ihm dann noch bei anderer Gelegenheit auf den Zahn fühlen.«

»Aber wenn mir doch so schlecht ist«, jammerte ich und übertrieb nicht einmal. Die Kurven und das Rauf und Runter der Straßen wirbelten Gröstl, Sauerkraut und Kekse in meinem Magen durcheinander.

Theresa ließ das Fenster auf meiner Seite hinunter. Die kalte Luft streifte mein Gesicht und erfasste meine Haare. »So, da hast jetzt auch ein bisserl frische Luft. Wirst sehen, gleich geht's dir besser.«

Wenigstens machte Theresa auf meine Bitte hin zuvor noch bei einem Lebensmittelladen halt, und ich kaufte alle Backzutaten ein. Übelkeit hin oder her. Was ich brauchte, wusste ich auswendig. Über ein Vierteljahrhundert lang hatte ich jedes Jahr die gleichen drei Rezepte, nämlich Husarenkrapferl, Vanillekipferl und Horthy Lepen – eine ungarische Spezialität mit Nussschaum – zubereitet. Wie auch immer ich diesen Nachmittag überstand, danach würde ich die Wohnungstür hinter mir schließen, Weihnachtsmusik auflegen und Keksteig kneten. Der Rest der Welt konnte mich für eine Weile gern haben.

4

Meine schlimmste Befürchtung, dass Emil Kisch unser süßes Geheimnis platzen lassen könnte, traf nicht ein. Als er uns öffnete, begrüßte er Theresa herzlich. »Meine Freundin Helene Kaiser hast du ja schon durch ihren Umbau kennengelernt?«

Emil Kisch verzog keine Miene. »Sehr erfreut«, sagte er nur und reichte mir höflich die Hand. Ich war froh, meiner Freundin nicht beichten zu müssen, dass ihr lieber Onkel Emil jene Person war, mit der ich in letzter Zeit so manches Rendezvous gehabt hatte. Zum zweiten Mal betrat ich Blaubarts Reich. Beim ersten Mal vor einigen Monaten hatte ich nur den Wasserfleck an seiner Wohnzimmerdecke begutachtet. Auch diesmal betrat ich das Wohnzimmer, aber es sah ganz anders aus, als ich es in Erinnerung hatte. Was wohl an der stimmungsvollen Atmosphäre lag, die die angezündeten Kerzen am Adventkranz und die LED-Lichter-Kette verbreiteten, die in einer Glasvase zusammen mit Reisig und goldenen Weihnachtskugeln drapiert war. Wir ließen uns auf dem dunkelbraunen Ledersofa nieder.

»Was darf ich den Damen aufwarten? Kaffee? Tee? Sekt?«, bot Emil Kisch an.

»Für mich bitte einen Pfefferminztee«, ersuchte Theresa, und ich schloss mich ihr an.

»Und, ist er nicht charmant?«, raunte Theresa mir zu, als Emil Kisch in der Küche verschwand, um den Tee zuzubereiten.

»Ja, sehr nett«, sagte ich und war froh, dass Emil Kisch gleich wieder mit den Teetassen zurückkam.

»Wie geht es Jutta?«

»Heute war sie ganz mit dem Backen von Weihnachtsbäckereien beschäftigt. Apropos …« Theresa griff in ihre Tasche und zog das Zellophansackerl mit den Keksen heraus. »Schöne Grüße soll ich dir ausrichten, und sie würde sich freuen, wenn du sie mal besuchen kämst.«

»Danke. Nächstes Jahr vielleicht«, schmunzelte er.

»Ihr Terminkalender ist wohl etwas dicht gedrängt?«, richtete ich das erste Mal das Wort an ihn.

Er warf mir einen amüsierten Blick zu. »Ja, im Moment habe ich alle Hände voll zu tun«, sagte er.

Das konnte ich mir lebhaft vorstellen bei den vielen Frauen, die ständig bei ihm ein und aus gingen. »Ja, Männer haben es schwer«, stichelte ich. Theresas Blick wanderte zwischen Emil Kisch und mir hin und her. »Ach, jetzt verstehe ich … Szentgotthárd!«, kombinierte meine kluge Freundin leider goldrichtig.

Ich spürte, wie meine Wangen rot wurden.

Emil Kisch räusperte sich und ging in die Küche, um den Tee zu holen.

»Er war derjenige, mit dem du die Veranstaltung besucht hast«, flüsterte Theresa. Bevor ich antworten konnte, kehrte Emil Kisch zurück und goss das heiße Getränk in unsere Tassen.

»Zucker? Honig?«, fragte er, leerte die Kekse in eine Schüssel und kostete eins von den Husarenkrapferl.

Wir verneinten.

»Du, Onkel Emil, sag, kannst du dich noch an diese Party erinnern, bei der du einen Burschen niedergeschlagen hast?«, wechselte Theresa wenig feinfühlig das Thema.

Emil Kisch ließ sich den Keks auf der Zunge zergehen.

»Köstlich. Juttas Weihnachtsbäckerei war immer schon unübertrefflich«, sagte er und nahm ein weiteres Stück.

Ich dachte schon, dass er die an ihn gerichtete Frage übergehen würde. Aber dann erzählte er: »Du redest sicher von der Party zum 18. Geburtstag deiner Mutter. Der Typ, mit dem ich damals aneinander geraten bin, war ein Schulkollege von ihr, der sich ständig damit gebrüstet hat, dass er jedes Mädchen ins Bett bekäme. Ich war damals noch sehr in deine Mutter verliebt, was der Blödmann aber nicht wusste. Als er mir nach ein paar Drinks erklärte, dass die Nächste auf seiner Schnackselliste – entschuldigt bitte diesen Ausdruck – deine Mutter sei, bin ich wütend geworden und auf ihn losgegangen. Soweit ich mich erinnere, hat sich dieser Trottel danach nicht mehr in ihre Nähe gewagt. Und in meine auch nicht.«

Wahrscheinlich konnte er nicht mehr, überlegte ich insgeheim. Wer in einem Plastiksack gut verpackt eingemauert war, konnte keinen Weiberröcken mehr hinterherjagen.

»Kaum zu fassen, dass der dann später in einem steirischen Kaff Bürgermeister geworden ist und ihm die Leute sein Image als treuer Ehemann und fürsorglicher Familienvater abgenommen haben.«

»Wie?«, entfuhr es mir. Meine Überraschung, dass er noch lebte, konnte ich nicht verbergen.

Emil Kisch sah mich nun doch irritiert an.

»Er lebt also noch?« Theresa kannte keinen Genierer.

»Ja sicher. Was hast du denn geglaubt? Dass ich ihn erschlagen habe?« Emil Kisch lachte auf, dann blickte er uns an. Der fröhliche Ausdruck war schlagartig aus seinem Gesicht verschwunden.

»Ihr habt doch nicht etwa gedacht, dass dieser Helmut die Leiche in der Garage ist?«, fragte er. Als wir betreten schwiegen, ergänzte er zynisch: »Doch. Ihr habt genau das gedacht, oder?«

»Jetzt reg dich nicht auf, Onkel Emil. Jutta hat uns von der Party erzählt, und weil sie danach den Typen nie mehr gesehen hat, wollten wir deine Version der Geschichte hören. Natürlich sind wir nicht davon ausgegangen, dass du ein Mörder bist, ich bitte dich!«, redete sich Theresa heraus.

»Und Sie?« Emil Kisch blickte mich direkt an. So vielen heißen Wellen war meine Gesichtshaut schon lange nicht mehr ausgesetzt gewesen.

»Ich … ich denk gar nichts …«, stammelte ich. Jeder Minderbemittelte hätte mich als Lügnerin enttarnt.

»Meine Damen, ihr seids mir vielleicht zwei!« Emil Kisch brach in schallendes Gelächter aus. »Ich glaube, ihr solltet weniger Krimis schauen. Apropos, heute Abend findet auf der Uni eine Krimilesung einer mir gut bekannten Autorin statt. Habt ihr Lust, mich zu begleiten?«

»Ich treff mich nachher mit einer Freundin. Helene, magst du?«, fragte mich Theresa mit einem süffisanten Lächeln.

Ich würde mich hüten. Noch mehr Hitzeschocks würde meine Haut nicht verkraften. »Nein leider, ich muss noch eine Arbeit abschließen«, beeilte ich mich abzulehnen. Dass es sich dabei ums Kneten und Formen von Keksteig handelte, würde ich keinem auf die Nase binden.

»Schade. Dann vielleicht ein anderes Mal. Es wird nicht die letzte Lesung gewesen sein«, lächelte Emil Kisch mich an.

Theresa stierte zu mir herüber. Ich wollte mir nicht vorstellen, welche Gedanken sich hinter ihrer Stirn zusammenbrauten. Wie die beiden mich so ansahen, mit ihren braunen Augen, dem verschmitzten Lächeln und der einseitigen Zornesfalte auf der Stirn, erhärtete sich mein Verdacht, dass Theresa Emil Kischs Tochter sein könnte.

Wir verabschiedeten uns und ich war froh, dass mich meine Freundin nicht weiter mit Fragen löcherte. »Ich hole dich am Sonntag gegen 14 Uhr ab, dann fahren wir auf die Südsteirische Weinstraße zu Tante Gerda«, erinnerte sie mich und gab mir einen Schmatz auf die Wange. Nach dem heutigen Tag verspürte ich keinerlei Lust, noch mehr Zeit mit dem Holler-Clan zu verbringen, aber ich hatte Theresa nun einmal mein Wort gegeben.

Als ich endlich meine Wohnungstür hinter mir schloss, atmete ich auf. Mein Bedarf an sozialen Kontakten war für heute mehr als gedeckt. Diese Stille, dieser Frieden! Und vor allem keine Männer – ob lebendig oder tot. Ich ging in die Küche und gönnte mir ein Glas Sekt, bevor ich mich dem Keksbacken hingab. Im Hintergrund sangen Bing Crosby und David Bowie vom »Little Drummer Boy« und von Frieden auf Erden. Die Adventzeit konnte so entspannend sein.

ZEHN

1

»Helene, hast du Lust, dass wir uns für eine Endbesprechung zum Frühstücksbüffet im ›Königshof‹ treffen? So gegen zehn Uhr? Karin ist bis Mittag bei einem Termin«, riss mich Bernd aus dem Tiefschlaf. Ich hatte bis weit nach Mitternacht Kekse gebacken. Nun lagen sie goldbraun auf den Blechen in der Küche, und die ganze Wohnung roch danach.

»Helene? Sag nicht, dass ich dich geweckt habe! Es ist halb neun«, fragte Bernd, als ich nicht gleich antwortete.

»10.30 Uhr ist okay. Bis später«, murmelte ich im Halbschlaf und legte auf, bevor er mich vollschwatzen und zur Gänze aus dem Traumland holen konnte. Gern hätte ich noch eine halbe Stunde weitergeschlummert, aber mein Handy piepste, als eine Viber-Nachricht einging. Die konnte nur von meiner besseren Hälfte sein, weil er der einzige war, mit dem ich unter anderem auf diesem Kanal kommunizierte.

Meine Liebe, ich habe eine tolle Überraschung für dich! Du wirst dich freuen. Herzliche Umarmung und Kuss. Dein Thomas.

Was Thomas wohl für eine Überraschung für mich hatte? Besonders fantasievoll war er in Sachen Geschenke nie gewesen. Zu seinen Lieblingsgaben zählten innovative Küchengeräte. Vielleicht hatte er im Senegal einen speziell geschnitzten Kochlöffel gefunden. Oder eine handgetöpferte Salatschüssel?

Nach einem starken Kaffee und einer heißen Dusche fühlte ich mich einigermaßen fit. Da mir noch etwas Zeit bis zum Treffen im »Königshof« blieb, schichtete ich die Kekse in die drei Dosen, die ich mir vor ein paar Wochen besorgt hatte. Damals hatte ich noch überlegt, ob die drei Behälter für meine Naschkatzen ausreichen würden. Nun würde ich die wohlschmeckenden Kalorienbömbchen verschenken. Sicherheitshalber.

Im »Königshof« hatte Bernd für uns einen kleinen Tisch am Fenster ergattert. Am Samstagvormittag traf man sich hier, um das Wochenende mit einem ausgiebigen Frühstücksbüffet einzuläuten. Auf den paar Tischen, an denen sich noch keine Grüppchen scharten, standen Reserviert-Schilder. Bald würden sich auch dort Teller und Tassen türmen, und die Gäste würden den Lärmpegel weiter anschwellen lassen.

»Und was sagt der Jeschek zur Website?«, fragte ich, als ich mit einer großen Portion Lachs und Aufstrichen vom Büffet zurückkam.

»Nun, der Arme ist ein wenig aus dem Häuschen. Er meinte, dass er sich alles ganz anders vorgestellt hat«, jammerte Bernd.

»Ja, manchmal ist das, was man sich sehnlichst wünscht, doch nicht das Beste für einen«, ätzte ich. »Ich hab ihm zigmal gesagt, dass es so nicht funktionieren wird, aber er wollte ja nicht auf mich hören. Jetzt hat er genau das bekommen, was er wollte.«

»Du hast eh recht«, beschwichtigte mich Bernd. »Aber weißt, er kennt halt so viele Leute. Und du weißt auch, wie es hier in der Stadt läuft ...«

Ja, das wusste ich nur zu gut. Dass man hier weniger anonym war als in Wien, hatte Vor- und Nachteile. Der Vorteil war, dass man sich hier selten allein fühlte. Man konnte ohne Weiteres irgendwo auch allein hingehen, weil man sicher irgendeinen Bekannten traf. Und falls nicht, so lernte man rasch jemand Neuen kennen. Der Nachteil war, dass sich Gerüchte und Skandälchen wie ein Lauffeuer verbreiteten.

»Was will er jetzt?«, fragte ich zwischen zwei Bissen.

»Nun, er ist sich eh bewusst, dass du nur gemacht hast, was er wollte.«

»Na wenigstens etwas.«

»Er will halt unbedingt zum vereinbarten Zeitpunkt online gehen und bittet dich, dass du die Website bis dahin umgestaltest. Er meint sogar, dass er bis auf die Hintergrundfarbe gern alle deine Vorschläge annehmen möchte, weil er einsieht, dass du dich wohl besser auskennst«, säuselte Bernd.

»Selbsterkenntnis ist der erste Weg zur Besserung«, nickte ich. »Und was heißt das jetzt genau?«

»Nun«, druckste Bernd herum. »Es wäre toll, wenn du die Website bis zum 27. Dezember umbauen könntest.«

»Okay«, antwortete ich und gönnte mir nach dem ausgiebigen Frühstück noch einen süßen Abschluss.

Bernd sah mich entgeistert an. Er war wohl derart auf eine erboste Ablehnung meinerseits eingestellt gewesen, dass ihm nun, da ich sofort zusagte, die Worte fehlten.

»Ja … ähm … also dann ist eh alles klar«, stammelte er schließlich und sah mich misstrauisch an.

»Schau nicht so«, lächelte ich. »Ich werde die Weihnachtsfeiertage allein verbringen und habe genug Zeit, das Projekt fertig zu machen.«

»Allein? Wieso? Ich dachte, dass wir gemeinsam …?«

Ich schüttelte den Kopf. »Nein, Bernd. Sei nicht bös. Ich weiß eure Einladung wirklich zu schätzen, aber ich finde, ihr solltet das Fest der Liebe zu zweit feiern.«

»Wie du meinst. Aber du weißt, dass du jederzeit …«

»Natürlich weiß ich das und dafür bin ich euch auch sehr dankbar. Aber zuletzt war alles sehr turbulent, und drum freue ich mich auf ein paar friedliche Tage.«

Der Entschluss war mir am Vorabend beim Keksbacken gekommen. Als ich gerade Scheiben von der Teigrolle schnitt, um daraus Husarenkrapferl zu formen, wurde mir auf einmal klar, dass ich mich schon lange nicht mehr so wohl gefühlt hatte. Und mit einem Mal war meine Panik, Weihnachten allein verbringen zu müssen, verflogen. Schließlich würde ich das Fest der Liebe mit jener Person feiern, die wohl die allerwichtigste in meinem Leben war: mit mir selbst.

2

Nach dem Frühstück bummelte ich in Richtung Opernring, wo ich mir einen kleinen Weihnachtsbaum kaufte. »Der ist ganz frisch. Gestern ist der noch im Wald gestanden«, zwinkerte mir das steirische Verkaufstalent zu. Ich nahm den Baum und marschierte damit auf den nahe gelegenen Tummelplatz, wo »Buntes aus aller Welt« angeboten wurde. Hier setzten Lebenskünstler, Weltenbummler und Kunsthandwerker aus verschiedenen Ländern mit ihren künstlerisch gestalteten Gegenständen bunte Farbtupfer. Ich kaufte schöne Kugeln und Engel aus buntem Glas. Die erstrahlten im Scheinwerferlicht so wunderschön wie einst die bunten Glassteine in den Kaleidoskopen, durch die ich als Kind immer so gern schaute.

»Am besten duften halt Bienenwachskerzen«, lobte eine Verkäuferin ihre Ware. Meine Skepsis gegenüber echten Kerzen und brennenden Weihnachtsbäumen redete sie mir erfolgreich aus: »Wenn der Baum nicht total ausgedörrt ist, passiert nichts.« Ihr Wort in Gottes Gehörgang. Ehe ich mich versah, lagen 24 Stück der duftenden Kerzen samt passenden Haltern in meiner Tasche. Langsam ging mir das Bargeld aus.

»Handgewebte Decken. 100 Prozent Natur für Ihr Zuhause«, köderte mich eine andere, und ich ließ mich gern verführen. Das weiche Stück hatte ein so hübsches Muster, das perfekt in mein Wohnzimmer passte. Gern nahm ich es in mein Leben auf, auch wenn ich danach endgültig bargeldlos war.

Schwer beladen, aber voller Freude, ging ich nach

Hause und dekorierte die Wohnung festlich. Ich hatte auch frische Barbarazweigerl besorgt, an denen sich bereits die ersten Knospen öffneten. Hin und wieder musste man eben nachhelfen, damit das Glück Einzug ins Leben hielt.

3

Manchmal wäre es jedoch besser, nichts zu tun. Oder zumindest einen Anruf nicht anzunehmen.

»Ja servus. Da ist Elsa, deine Schwiegermutter, falls du dich noch an mich erinnerst.«

»Hallo, Elsa. Natürlich kann ich mich an dich erinnern. Was glaubst du denn, wer dir die Sissi-Busserl geschickt hat? Dein lieber Sohn ist ja weit weg im Senegal, wie du weißt«, konnte ich mir die bissige Bemerkung nicht verkneifen. Immer wieder gelang es dem Schwiegermonster, mich binnen Sekunden in Rage zu bringen.

»Ach so. Dann danke ich dir recht schön dafür. Ich dachte tatsächlich, dass die Kekse von Thomas sind, weil es ja nur gekaufte sind. Dass du mir keine selbst gebackenen schickst, hab ich nicht angenommen«, folgte der nächste Giftpfeil.

»Entschuldige, Elsa, aber ich hatte zuletzt sehr viel zu tun und bin nicht rechtzeitig zum Keksbacken gekommen.«

»Also ich versteh nicht, was du immer zu tun hast. Thomas und die Kinder versorgen sich doch eh schon seit Langem selbst. Du musst dich ohnehin nur um deine eigenen Sachen kümmern. Was hast du denn da immer so viel zu tun?«

Back dir doch deine Kekse selber! Hast ja auch niemanden mehr, den du versorgen musst, weil alle, so schnell sie nur konnten, Reißaus genommen haben, hätte ich ihr am liebsten geantwortet. Aber es war Weihnachten, das Fest der Familie und der Liebe, und da sprach man so böse Wahrheiten nicht aus. »Ach weißt du, Elsa, ich habe so viele Chorproben für Weihnachten.« Das Christkind würde mir diese Notlüge eher verzeihen als eine Grobheit.

»Ach, du singst im Kirchenchor? Das wusste ich ja gar nicht. Wie schön. Dann ist natürlich klar, dass du eingespannt bist und auch nicht zu Thomas in den Senegal fahren kannst. Der Arme. Er hat mir erzählt, dass er dort mutterseelenallein herumsitzt und niemanden hat, der mit ihm Weihnachten feiert. Das Singen im Kirchenchor geht natürlich vor, aber du solltest dich schon ein wenig mehr um meinen Sohn kümmern. Ich muss dir ja nicht sagen, wie Männer sind. Wenn sie sich allein fühlen und dann ist da eine andere, die vielleicht sogar hübscher und jünger ist und sie anhimmelt, dann werden sie halt schnell schwach.« Sie wusste genau, wovon sie sprach. Mein Schwiegervater war hinter jedem Rock her gewesen, während Elsa sich für die Familie aufgeopfert hatte, wie sie es nannte.

»Kennst du eigentlich die neue Assistentin von Thomas? Hat eine reizende Stimme. Hoffentlich ist sie nicht zu hübsch …«

Vor einiger Zeit hätte ihre Bemerkung Unsicherheit, vielleicht sogar Eifersucht bei mir ausgelöst. Im Moment wollte ich nur das Telefonat so rasch wie möglich beenden.

»Und sonst geht es dir gut?«, wechselte ich das Thema.

»Nun, wie man 's nimmt. Ich koche jetzt zweimal in der Woche Gulasch für eine Essensausgabe.« Ich kannte meine Schwiegermutter nur als frustrierte, nörgelnde und jammernde Person. Ihr plötzliches soziales Engagement überraschte mich.

»Grad bereite ich Weihnachtspäckchen für die armen Hascherln vor. Da kann ich auch die Kekse, die du mir geschickt hast, gut gebrauchen. Schade, dass es nur so wenige sind«, erhielt ich den nächsten Dämpfer.

»Toll. Das freut mich, dass ich auch einen kleinen Beitrag leisten konnte.« Das nächste Mal würde ich ihr Kekse vom Diskonter zusenden statt eine exquisite Grazer Spezialität. »Danke für deinen Anruf, Elsa. Aber ich muss jetzt leider zur Chorprobe.«

»Aber ja, natürlich. Dann wünsch ich dir alles Gute, und ich werde morgen für euch alle beten.«

Das war wenigstens einmal was Positives.

ELF

I

Die »Steirische Toskana« empfing uns mit strahlendem Sonnenschein. Die Gegend mit ihren sanften Hügeln südlich von Graz zählt zu den landschaftlich reizvollsten Weinregionen Österreichs. Tante Gerda wohnte mit ihrem Mann und den zwei Söhnen unmittelbar an der Südsteirischen Weinstraße, die für ihre hervorragenden Weine und Winzer weit über die Grenzen des Landes hinaus bekannt ist. Jetzt, während der kalten Jahreszeit ruhten sich die Weinstöcke im Wintergewand aus. Die stille Landschaft hatte eine beruhigende Wirkung auf mich.

»Erzählst du mir jetzt, was da zwischen dir und Onkel Emil läuft?«

»Was soll da laufen? Nichts«, wiegelte ich ab. »Aber bleiben wir beim Thema: Mich würde brennend interessieren, was zwischen deiner Mutter und Emil Kisch läuft, und was der Grund dafür ist, dass sie nach so langer Zeit noch immer so eng verbandelt sind.«

»Bist du etwa auf meine Mutter eifersüchtig?«

»Sicher nicht«, log ich. »Aber ist dir schon aufgefallen, wie ähnlich du ihm siehst?«

»Wie bitte?« Theresa wandte den Blick von der Straße und starrte mich entgeistert an.

»Ja, du hast schon richtig gehört. Mir ist aufgefallen, dass ihr die gleichen braunen Augen, eine ähnliche Gesichtsform und vor allem diese einseitige Zornesfalte habt. So viele Gemeinsamkeiten sind schon etwas ungewöhnlich, wenn man nicht verwandt ist. Ich weiß ja nicht genau, wie alt Emil Kisch ist, aber hinkommen würde das allemal.«

Theresa schwieg und starrte aus dem Fenster.

»Er ist blond«, murmelte sie schließlich.

»Echt, Emil Kisch war früher blond?«, stotterte ich und bedauerte, den Mund aufgemacht zu haben.

»Nicht Onkel Emil. Der ist dunkelhaarig so wie ich. Du hast völlig recht. Aber mein Vater ist blond ... und auch mein Bruder ...« Ich bereute schon, das Thema angesprochen zu haben.

»Sie hat immer behauptet, dass ich nach meinem Großvater komme. Es ist auch immer ein großes Foto von ihm auf der Kommode gestanden.«

Wahrscheinlich war die Ähnlichkeit auch anderen nicht entgangen, überlegte ich. Da war es bequemer gewesen, auf ein Foto zu zeigen, als sich jedes Mal aufs Neue rechtfertigen zu müssen.

»Eine genetische Spielerei ...« Theresa bog schwungvoll in eine Nebenstraße ein.

»Was meinst du?« Ich verstand nur Bahnhof.

»Mutter hat immer erzählt, dass zwei Blonde durchaus ein dunkelhaariges Kind bekommen können, wenn ein Vorfahre dunkle Haare hatte.«

Ich erinnerte mich an die Mendel'sche Vererbungslehre.

Wenigstens hatte ich noch nicht alles Wissen aus der Schulzeit verdrängt. Bevor ich etwas erwidern konnte, brachte Theresa den Wagen zum Stehen. Wir hatten unser Reiseziel erreicht.

2

Von Gerda war weit und breit nichts zu sehen. Auf unser Klingeln öffnete uns ihr Mann Robert mit ernstem Gesicht. »Griaß eich. Kummt's eina«, kam es knapp über seine Lippen. Von Herzlichkeit oder gar Freude über das Wiedersehen mit Theresa keine Spur.

»Kommen wir ungelegen?«, erkundigte sich Theresa, der die schlechte Stimmung ebenso wenig wie mir entgangen war.

»Na ja.« Robert zuckte mit den Schultern. »Die Gerda is wieder amol mies drauf. Ob des mit ihrem Saufen z'sammenhängt oder mit dein Besuch oder nur ane von ihre Weiberbeschwerden is, kann i eich net sagen.« Für die Art und Weise, wie Gerdas Mann das Wort »Weiberbeschwerden« aussprach, hätte ich ihn umgehend ohrfeigen können. Als ob Männer nie Hormon- und damit einhergehende Stimmungsschwankungen hätten. Schließlich liefen sie Zeit ihres Lebens testosterongesteuert umher. Wenig später verstanden wir, was Gerdas Ehemann gemeint hatte. Er führte uns in den ersten

Stock, klopfte an eine Zimmertür und ließ uns eintreten. Er selbst machte, dass er schleunigst wieder wegkam. Gerda lag im Bett. Ihr aufgedunsenes Gesicht war tränenüberströmt. Ums Bett herum lagen Unmengen an gebrauchten Taschentüchern. Auf dem Nachtkasterl stand eine geleerte Rotweinflasche.

»Hallo, Gerda«, begrüßte Theresa ihre Tante. »Kommen wir ungelegen? Sollen wir ein anderes Mal wiederkommen?«

Kaum hatte meine Freundin die Fragen an sie gerichtet, heulte Gerda herzerschütternd drauflos, verneinte aber gleichzeitig kopfschüttelnd.

»Setzt's euch zu mir«, brachte sie mühsam hervor und klopfte mit der flachen Hand auf den Bettrand.

Theresa setzte sich zu ihr, ich nahm auf einem Sessel in der Nähe des Bettes Platz.

»Was ist los mit dir? Bist du krank?«, versuchte es Theresa nach einer Weile erneut.

Langsam beruhigte sich Gerda und schnäuzte sich.

»Es tut mir so leid. Es tut mir so unsagbar leid«, brachte sie stockend hervor.

Theresa schwieg eine Weile und hielt ihre Hand. »Es wird alles wieder gut«, sagte sie und strich ihrer Tante die Haare aus der Stirn. »Was bedrückt dich denn so sehr?«

»Ich halt's nimmer aus«, stieß Gerda hervor, und erneut füllten sich ihre Augen mit Tränen. »Zu Weihnachten ist es immer am schlimmsten.«

»Jetzt sag schon, was los ist. War Robert gemein zu dir, oder hast du eine traurige Nachricht bekommen?«, ließ Theresa nicht locker.

»Ach der Robert. Der ist zwar ein Depp, aber diesmal kann er nix dafür. Weißt … in der Weihnachtszeit …« –

Gerda machte eine Pause – »…in der Weihnachtszeit ist es immer besonders schlimm«, wiederholte sie. »Da kommt alles wieder hoch …«

Wir warteten, was alles hochkam, aber Gerda starrte nur mehr stumm vor sich hin. Ich befürchtete schon, dass sie endgültig ins Delirium gefallen war, doch plötzlich fuhr sie leise fort.

»I bin a Mörderin.«

Theresa warf mir einen Blick zu. Ich wusste genau, was sie sich erhoffte. Wenn Gerda diejenige war, die den Toten in der Garage ihrer Großmutter eingemauert hatte, dann war dieser Fall endlich gelöst.

»Gerda, erzähl mir bitte, wer der eingemauerte Tote ist und was es mit ihm auf sich hat«, redete Theresa in ruhigem Tonfall auf ihre Tante ein.

Die schaute sie nun verdutzt an. »Was redest denn da von *eingemauert*? Du meinst doch nicht etwa, dass ich was mit der Leich in eurer Garage zu tun hab. Gott bewahre«, wehrte sie ab. »Schlimm genug, dass man das in allen Zeitungen lesen musste.«

»Von wem redest du dann?«

»Kann ich dir net sagen. Darf ich dir net sagen«, murmelte Gerda. »Kannst mir was zum Trinken holen?«, bat sie.

»Tante, ich glaub, du hast für heute schon genug getschechert«, lehnte Theresa ab.

Gerda warf ihr einen bitterbösen Blick zu, öffnete den Mund und ließ unvermittelt einen gellenden nicht enden wollenden Schrei los.

Erschrocken wich Theresa von ihr zurück. Ich fuhr aus dem Sessel hoch, und Robert riss die Tür auf.

»Was is'n los bei eich?«, polterte er.

Gerda hörte nicht auf zu schreien. Ihr Ehemann packte sie an den Schultern und rüttelte sie. So aufgebracht, wie er war, hätte er ihr wahrscheinlich eine geschmiert, wenn wir nicht daneben gesessen wären. »Sei endlich stad!«, brüllte er. »Das hält ja ka normaler Mensch aus. I bring di ins Narrenhaus, wennst net glei ruhig bist. Sauf halt net so viel, dann brauchst di net vor weißen Mäusen fürchten.« Zu uns gewandt sagte er: »Ihr geht's jetzt besser. Das wird heut eh nix mehr.«

Theresa und ich verließen das Zimmer. Aber anstatt das Haus zu verlassen, warteten wir im Vorraum, bis Robert die Treppe herunterkam.

»Was tut's ihr no immer da?«, fragte er verärgert. »Seht's denn net, wie sehr sie sich über euren Besuch aufregt?«

»Sie hat etwas davon gefaselt, dass sie eine Mörderin ist. Was meint sie damit?«, ließ sich Theresa nicht abwimmeln.

»Ach geh, die faselt doch lauter Blödsinn, wenn der Tag lang is. Das letzte Mal hat s' an Nervenzusammenbruch ghabt, weil s' zu Martini a Gans zubereitet hat. Vorm Backofen is z'sammenbrochen und hat g'reat, dass wegen uns a Lebewesen sterb'n hat müssen und sie jetzt a Mörderin is. I mach das sicher nimmer lang mit. Entweder geht sie freiwillig in a Entzugsklinik, oder i lass sie einweisen, bevor noch was Schlimmes passiert.«

Theresa wollte nochmals nachhaken, aber Robert öffnete unmissverständlich die Tür und gab uns mit einer Handbewegung zu verstehen, wo es für uns hinaus ging.

»Bitte fahrt's. Oder nehmt's die Depperte mit. Eins von beiden. I weiß nimmer, wo mir vor lauter Arbeit der Kopf steht und hab wirklich ka Zeit, mi um mei versoffene Frau und ihre Anverwandten zu kümmern.« Sprachs und knallte die Tür hinter unserem Rücken zu.

»Was für ein reizender Mensch«, stellte Theresa fest. »Aber Gerda hat ja beteuert, dass er nicht der Grund für ihre Schuldgefühle ist. Was, wenn sie doch etwas mit der Leiche in der Garage zu tun hat, obwohl sie es abgestritten hat?« Ich erinnerte mich an Gerdas Besuch bei Emil Kisch. »Auf jeden Fall wäre es für mich plausibler, als zu glauben, dass sie sich wegen einer Gans im Backrohr als Mörderin fühlt«, stimmte ich ihr zu. »Oder ist sie Veganerin und nimmt sich das derart zu Herzen?«

»Nicht, dass ich wüsste. Wie kommst drauf?«

»Weil ich mich an einen Shitstorm von Veganern auf Facebook erinnere, als jemand einen gegrillten Fisch gepostet hat.«

Theresa schüttelte den Kopf. »Möglich ist aber auch, dass ihr Hirn vom vielen Alkohol schon derart geschädigt ist, dass sie unter Verfolgungswahn leidet. Wie auch immer, heute werden wir nichts mehr aus ihr herausbringen. Schade.«

Mir knurrte der Magen. Ich hatte damit gerechnet, dass wir bei Gerda zumindest eine herzhafte Brettljause mit südsteirischen Schmankerln bekommen würden.

»Wir gönnen uns jetzt was! Nach dem Schock mit Onkel Emil und Tante Gerda haben wir uns ein wenig Weihnachtsstimmung verdient«, entschied Theresa, als wir im Auto saßen.

Ich fragte nicht nach, was sie vorhatte, sondern ließ mich überraschen. Das »Wine & Spa Hotel«, vor dem wir bald darauf einparkten, schwebte über den Hügeln der Steirischen Toskana. Wir genehmigten uns einen Imbiss und heißen Punsch am knisternden Kaminfeuer der Hotelbar. Von hier konnten wir »ins Land einischaun«, wie man so schön sagte. Schweigend genossen wir die sagenhafte Aussicht. Weder Theresa noch ich hatten Lust, diesen idyllischen Moment durch weitere unliebsame Gespräche über ihre Familie zu stören. Auf der Heimfahrt würden wir noch genug Gelegenheit dazu haben. Nachdem wir uns innerlich und äußerlich aufgewärmt hatten und endlich weihnachtliche Stimmung verspürten, machten wir einen Abstecher zum Weihnachtsmarkt in der Vinothek des Hotels. Dort verkosteten wir ein paar ausgezeichnete Tropfen aus dem »Grünen Herzen Österreichs« und kauften einige Flaschen davon. Ob ich die meinen verschenken oder je nach Gefühlslage selber trinken würde, machte ich von der näheren Zukunft abhängig.

3

»Was wirst du als Nächstes tun?«, fragte ich Theresa, als wir wieder im Auto saßen und Richtung Graz fuhren.

»Ein ernstes Gespräch mit meiner Mutter führen«, sagte sie. »Ein Spaß wird das sicher nicht. Du hast sie ja kennengelernt. Sobald etwas nicht in ihre perfekte Welt passt, geht sie in die Defensive.«

Ich konnte mir gut vorstellen, dass mit Klara Holler nicht gut Kirschen essen war. Theresa tat mir leid. Je mehr wir recherchierten, umso mehr wurden unsere Bemühungen zu einem Kampf gegen Windmühlenflügel. Wir wussten noch immer nicht, wer der Tote in der Garage war, geschweige denn, wer ihn dorthin gebracht hatte und warum. Obendrein stand nun im Raum, dass möglicherweise Emil Kisch Theresas Vater war und dass er etwas mit dem Mord zu tun hatte. Letzteres galt auch für Theresas Tante Gerda und ihre Mutter. Nur Tante Jutta hatte sich bei unserem Gespräch nicht verdächtig gemacht. Aber was hieß das schon? Sie konnte genausogut etwas auf dem Kerbholz haben, was sie bislang erfolgreich verborgen hatte.

»Was ist eigentlich mit deinem Bruder?«

»Was soll mit ihm sein?«

»Unterstützt er dich bei deinen Nachforschungen?«

Theresa schüttelte den Kopf. »Der hält sich aus allem raus und wird sich hüten, jemals gegen Mutter Partei zu ergreifen. Er lebt gut und bequem in der ›Pension Mama‹, und soweit ich informiert bin, denkt er nicht daran, von dort auszuziehen.«

»Könnte er irgendetwas mit der Sache zu tun haben?«

»Das kann ich mir beim besten Willen nicht vorstellen. Er ist ja viel jünger als ich. Wenn ich mich schon an nichts Verdächtiges erinnern kann, kann er es noch viel weniger.«

Den Rest der Fahrt schwiegen wir.

»Danke, dass du mich begleitet hast«, sagte Theresa, als sie vor meinem Haus anhielt. Wir umarmten uns zum Abschied.

»Sehen wir uns morgen beim Weihnachtsbrunch im ›Königshof‹? Ich bin ab circa zehn Uhr dort.« »Ich weiß noch nicht, ob es sich bei mir ausgeht. Aber ich ruf dich an, falls ich etwas aus meiner Mutter herausbekomme beziehungsweise sich etwas Neues ergibt.«

Kaum hatte ich die Wohnungstür hinter mir geschlossen, läutete mein Handy. Emil Kisch. Hatte er etwa am Türspion gelauert, bis ich nach Hause kam? Ich hob nicht ab. Es war mir im Moment schnurzegal, ob er Theresas Vater war oder der Mörder eines Unbekannten. Ich wollte meine heilige Ruhe haben. Ich rief meine E-Mails ab. Außer Junk-Mails über neuartige Mittel gegen Küchenschaben und sensationelle Schuheinlagen mit Magneten war nichts eingelangt. Ich würde nie erfahren, ob man mit solchen Magneten eher am Boden der Tatsachen blieb, denn ich löschte alle unverzüglich. Es wunderte mich nicht, dass ich weder von Thomas noch von meinen Kindern eine Nachricht erhielt. Sicher hatten sie so kurz vor dem Heiligen Abend viel zu tun. Interessiert hätte es mich natürlich, wie es ihnen ging, und wie jeder von ihnen die Weihnachtszeit verbrachte.

Ich zündete die vierte Kerze auf meinem Adventkranz an und öffnete eine der Weinflaschen mit südsteirischem Sauvignon Blanc. Dann genoss ich ein Glas und noch eines an diesem stimmungsvollen letzten Sonntag vor Weihnachten. Das Läuten und Klopfen an meiner Wohnungstür ignorierte ich. Ich hatte da so eine Ahnung, wer es sein konnte.

ZWÖLF

Heiliger Abend

I

Ich hatte tief und fest geschlafen und blickte dem ersten Heiligen Abend, den ich ohne meine Familie feiern würde, relativ gelassen entgegen.

Nicht zuletzt, weil der Spruch »Es gibt nichts Schlechtes, wo nicht auch etwas Gutes« wieder einmal seine Richtigkeit bewies. So entspannt hatte ich den 24. Dezember in den letzten Jahrzehnten nie begonnen. Bisher hatte ich in aller Herrgottsfrüh aufstehen müssen, weil ich so viel vorzubereiten hatte. Nach dem Heiligen Abend, wenn der letzte Teller abgewaschen war, sank ich für gewöhnlich wie ein Stein ins Bett.

Diesmal war alles wesentlich entspannter. Am Vormittag würde ich Karin, Bernd und andere Freunde und Bekannte beim Weihnachtsbrunch im »Königshof« treffen. Am Nachmittag stand die Weihnachtsmesse in der Franziskanerkirche auf dem Programm. Danach würde ich einen Bummel durch die illuminierte Altstadt machen, bevor ich in meinen nunmehr weihnachtlich dekorierten vier Wänden etwas Feines für mich kochte. Das wollte ich dann zu einem netten Weihnachtsfilm im Hauptabendprogramm genießen. Es sollte mir nie was Schlimmeres passieren.

Bestens gelaunt nippte ich an meinem Kaffee und fuhr den Laptop hoch. Und da waren sie: Jede Menge E-Mails von Freunden und Bekannten, die mir alle aufs Herzlichste ein frohes Fest im Kreise meiner Lieben wünschten. Wenn die wüssten. Mittendrin auch die Nachrichten von Valerie, Patrick und Thomas.

Weihnachten in Island musste traumhaft sein. Ich konnte mich nicht erinnern, dass mir Valerie jemals von irgendetwas so begeistert und blumig berichtet hatte:

Hallo liebe Mama,

ich danke dir so sehr, dass ich heuer Weihnachten hier verbringen kann. Es ist traumhaft. Wie du ja weißt, lässt sich hier die Sonne in dieser Jahreszeit kaum mehr blicken, und so ist Weihnachten gewissermaßen ein Lichterfest. Häuser, Gärten und Geschäfte sind mit bunten Lampen geschmückt. Heute wird der Toten gedacht, und wir gehen alle zusammen zu den Gräbern und zünden Kerzen an. Einars Mutter hat einen vom Festland importierten Baum gekauft. Bäume gibt es hier auf der Insel ja nur wenige. Den haben wir alle gemeinsam geschmückt. Heute geht es ans Schmausen mit der ganzen Familie, die sich hier versammeln wird. Die nächsten Tage sind wir dann bei Verwandten eingeladen. Für das Festessen haben wir in den letzten Tagen und Wochen das typische Weihnachtsgebäck Laufabrauð in Öl gebacken, ein Lammgericht namens Hangikjöt zubereitet und Lachs und Forellen geräuchert. Am Abend wird dann noch Milchreis gekocht, in dem eine Mandel ver-

steckt wird. Wer die Mandel findet, bekommt ein zusätzliches Geschenk. Apropos: Hier bringt nicht das Christkind die Geschenke, sondern die 13 Söhne einer Riesin! Die haben übersetzt so lustige Namen wie Essnapflecker, Türzuschläger, Wurststibitzer, Kerzenschnorrer oder Fensterglotzer. Diese ›Weihnachtskerle‹ haben ihren Ursprung in alten nordischen Mythen. Sie kommen schon ab Mitte Dezember und stecken 13 Tage lang kleine Geschenke in die Schuhe der braven Kinder, die schlimmen bekommen Karotten oder Kartoffeln. Heute um 18 Uhr werden dann überall die Kirchenglocken den Heiligen Abend einläuten. Das stelle ich mir sehr schön vor.

Ich hoffe sehr, dass es dir auch gut geht und du mit Karin und Bernd ebenfalls gemütlich feiern wirst. Nächstes Jahr feiern wir dann wieder alle zusammen. Versprochen. Schließlich möchte ich Einar auch zeigen, wie bei uns in Österreich Weihnachten gefeiert wird.

Nochmals danke, dass ich das hier erleben darf!

In diesem Sinn wünsche ich dir von ganzem Herzen: »Gleðileg Jól!«

Deine glückliche Valerie

Ich freute mich von ganzem Herzen für meine Tochter und klickte als Nächstes Patricks Nachricht an. Sie war weniger euphorisch:

Liebe Mama,

wir sind schon am Samstag nach Salzburg gefahren. Stefanie habe ich seitdem kaum gesehen, weil sie ihrer Mutter bei den Vorbereitungen hilft und ich mit ihrem Vater Besorgungen mache und den Weihnachtsbaum aus dem Wald geholt habe. Wir dürfen auch nicht in einem Zimmer schlafen, weil ihre Eltern streng katholisch sind. Obwohl sie wissen, dass wir in Wien zusammenleben, wollen sie das in ihrem Haus nicht dulden. Wenn ich das vorher gewusst hätte, wäre ich gar nicht hergekommen. Wie geht es dir denn so? Soll ich zu dir kommen? Ich möchte nicht, dass du traurig bist.

Liebe Grüße
Patrick

Ich beeilte mich, meinem armen Sohn sofort ein Mail zu schicken, in dem ich ihm versicherte, dass es mir gut ging und ich für die Weihnachtsfeiertage schon fix verplant war. Ich wollte ihm keinen Grund liefern, nach Graz zu fahren. Bei aller Liebe, schließlich gab es in einer Beziehung nun einmal gute und weniger gute Zeiten. Da musste er jetzt durch. Je früher er das lernte, umso besser. Insgeheim musste ich zugeben, dass ich nicht zuletzt auch aus Eigennutz nicht wollte, dass er doch noch kam. Ich hatte lange gebraucht, bis ich mein neues Weihnachten akzeptieren konnte. Jetzt, wo ich es endlich genoss, wollte ich nichts mehr daran ändern. Last but not least klickte ich Thomas' Weihnachtsbotschaft an.

Meine Liebe,

du fehlst mir so! Seit Tagen bereue ich es sehr, dass ich für meinen Kollegen eingesprungen bin und nicht jemand anderen zwangsverpflichtet habe. Wenn ich mir vorstelle, wie schön und gemütlich Weihnachten immer war. Und hier in meiner Wohnung ist alles kahl und – ja – einsam. Die meisten Kollegen sind nach Hause gefahren. Nur wenige sind mit ihren Familien hier geblieben und feiern im kleinen Kreis. Hier im Senegal sind ja über 90 % muslimisch, und darum hat Weihnachten, wie wir es bei uns feiern, keine große Tradition. Noch dazu hat es 30 Grad und Sonnenschein. Mich hat auch keiner zu sich eingeladen. Nur meine Assistentin Mirna besteht darauf, dass ich mit ihr und ihren Freunden zu einer Weihnachtsparty gehe, die in einer Disco stattfindet. Aber ich frage mich, was ich unter all den jungen Leuten soll. Um da herum zu shaken, fühle ich mich doch zu alt. Ach, könnte ich nur bei dir sein und mit dir feiern.

Dein einsamer Mann.
In Liebe
Thomas

Thomas tat mir leid. Ich konnte mir gut vorstellen, wie es ihm erging, weil ich dieses Gefühl der Einsamkeit in den letzten Jahrzehnten nur zu oft erlebt hatte. Zum Beispiel, als sich Patrick ein Bein gebrochen hatte, und Thomas Tausende Kilometer weit entfernt, irgendwo in Asien, ein Kraftwerk sanierte. Oder als Valerie über mehrere Wochen hinweg jede Nacht panisch aufwachte, weil sie schlecht träumte, und nur ich da war, um sie wieder zu beruhigen. Und natürlich konnte ich auch nachempfinden, dass es für ihn bedeutend angenehmer gewesen wäre, gemütlich auf dem Sofa zu sitzen, in unserem – von mir – festlich dekorierten Wohnzimmer und sich von seiner harten Arbeit übers Jahr zu entspannen, während ich zwischen Küche, Garten, Keller und Dach hin und her gelaufen wäre, um alles fürs Fest rechtzeitig fertig zu bekommen.

Wie sich mein Leben doch verändert hatte. Wenn mir vor einem Monat jemand gesagt hätte, dass ich diese neue Situation genießen würde, hätte ich ihm den Vogel gezeigt.

Sei nicht traurig. Nächstes Jahr machen wir es uns wieder alle gemeinsam gemütlich, schickte ich Thomas ein halbherziges Trostmail. Ich wusste nicht, ob ich jemals wieder für ihn und meine erwachsenen Kinder den Weihnachts-Schakl spielen wollte.

Und noch etwas: Man ist nie zu jung oder zu alt für irgendetwas. Wenn du die Gelegenheit hast, mit netten Leuten den heutigen Abend zu verbringen, dann nutze sie.

Ich las den Satz zweimal, dann ließ ich ihn genauso stehen. Karin hatte völlig recht, zwischen Thomas und mir war es nicht mehr so wie früher. Anders konnte ich es mir nicht erklären, dass mich die Vorstellung, er würde mit seiner jungen Assistentin einen schönen Abend verbringen, in keiner Weise eifersüchtig machte. Nachdem ich meine Weihnachtspost erledigt hatte, bereitete ich ein »Steiramisu«, ein Apfeltiramisu nach steirischem Rezept zu. Danach machte ich mich ausgehfein. Ich schlüpfte, dem Anlass entsprechend, in ein schlichtes dunkelgrünes Kleid. An meinen Ohren baumelten glitzernde Miniweihnachtskugeln. Bevor ich losging, befüllte ich fünf Zellophansackerl mit selbst gebackenen Keksen. Liebevoll dekorierte ich die süßen Mitbringsel mit hübschen Bändern, Tannenzweigen und kleinen Kugeln. So machte ich mich auf den Weg ins »Königshof«. Mein ganz persönliches fröhliches Weihnachten konnte beginnen.

2

Karin und Bernd hatten vorausschauend einen Tisch im »Königshof« reserviert. Das Kaffeehaus war bummvoll, und Rolf, der Besitzer, begrüßte mich herzlich. Ich fischte ein Kekspackerl aus meiner Tasche und überreichte es ihm. Das war zwar ein bisschen wie Eulen nach Athen tragen, aber nichtsdestotrotz freute er sich darüber. Bis ich mich zu meinen Freunden durchgekämpft hatte, blieb ich mehrmals bei Bekannten stehen, schüttelte da und dort Hände, wünschte ein frohes Fest und nahm ebenfalls herzliche Wünsche entgegen.

»Fröhliche Weihnachten, ihr zwei Hübschen«, begrüßte ich Karin und Bernd, als ich endlich am Tisch anlangte. »Ich weiß, dass du dich nur gesund ernährst, drum hab ich heuer Weihnachtskekse aus Dinkelmehl gemacht und auch sonst nur gesunde Zutaten verwendet – Rohzucker und so«, grinste ich Karin an, als ich die Kekspackerl vor die beiden hinstellte. Wohl wissend, dass Zucker nun mal Zucker war, und Karin ihre Portion ohnehin Bernd überlassen würde, der nur zu gern naschte.

Als ich durch die Glastür schaute, entdeckte ich ihn. Emil Kisch saß im Nebenraum und las Zeitung. Rasch schaute ich wieder weg, bevor er mich bemerkte. Warum war er nach wie vor in der Stadt? Wollte er nicht Weihnachten in einer steirischen Pension verbringen?

Aber es ging mich nichts an, wie und vor allem mit wem er den Heiligen Abend und die Feiertage verbrachte. Vielleicht war dem Casanova ein Rendezvous dazwischen gekommen. Oder er musste mal wieder eine Leiche entsorgen.

Apropos. Theresa fiel mir ein. Seit unserem Treffen hatte ich nichts mehr von ihr gehört. Aber wenn ich ehrlich war, wollte ich ohnehin nicht, dass meine gute Weihnachtsstimmung durch weitere Enthüllungen des Holler-Clans getrübt wurde. »Und du bist sicher, dass du heute Abend nicht mit uns feiern willst?«, unterbrach Karin meine Gedanken und sah mich durchdringend an. Diesen Blick kannte ich nur zu gut. Sie setzte ihn immer auf, wenn sie Sachen auf den Grund gehen wollte.

»Ganz sicher, und ich werde den Heiligen Abend genießen«, versicherte ich ihr und ahnte zu diesem Zeitpunkt noch nicht, wie recht ich damit haben sollte.

»Falls nicht, dann rührst dich bitte sofort bei mir, und wir verbringen den Abend so, wie wir es ursprünglich geplant haben.« Ich versprach es.

»Ach ja, die Website hab ich auch schon fast fertig. Jeschek kriegt sie noch vor Neujahr«, informierte ich Bernd. Das war alles, was wir beruflich besprachen. Die Kellnerin brachte unsere Teller mit Eierspeise. Als ich wenig später einen Blick ins Nebenzimmer riskierte, saß eine Frau am Tisch von Emil Kisch, mit der er sich angeregt unterhielt. Das grazile Geschöpf war auf jeden Fall ein guter Grund, eine Reise abzusagen, musste ich neidlos zugeben.

»Jedem sein Christkind«, murmelte ich.

»Wie bitte?«, fragte Karin.

»Nichts, nichts. Nur wieder eine neue Erkenntnis«, wich ich aus. Wenig später verließ Casanova mit der Frau das Lokal. Ich wünschte ihm von ganzem Herzen entspannte Weihnachten – wie, wo und mit wem auch immer. Hauptsache, mein Weihnachtsfrieden wurde nicht gestört.

Mein frommer Wunsch ging nicht in Erfüllung: Gerade als wir drei gehen wollten, betrat Theresa das Kaffeehaus und steuerte auf mich zu. Also drückte ich Karin und Bernd einen Schmatz auf die Wangen, wünschte beiden ein frohes Fest und ließ mich erneut ins Sofa sinken, in dem ich bereits die letzten beiden Stunden zugebracht hatte.

»Gibt's was Neues?«

Ihr Gesichtsausdruck verriet, dass sie mir etwas mitteilen wollte. Ich bestellte eine Kanne Kräutertee und hoffte, dass auch Baldrian beigemengt war. Jede Form der Beruhigung würde mir gut tun. Die letzten Wochen hatten mich gelehrt, dass die meisten Nachrichten aus dem Hause Holler meine Nerven strapazierten.

3

»Also, er ist nicht mein Vater«, platzte Theresa heraus und kramte in ihrer Tasche. »Ich meine Onkel Emil. Da!« Sie legte ein zerknittertes Blatt Papier vor mich hin. Auf den ersten Blick erkannte ich das Logo einer Grazer Klinik. Bei näherer Begutachtung sah ich, dass es sich um einen Vaterschaftstest handelte.

»Den hat mein Vater vor ein paar Jahren machen lassen. Meine Mutter hat ihm sein Misstrauen nie verziehen. Ich dachte immer, dass sie wegen der Scheidung auf ihn böse war. Nun hat sie mir erzählt, dass eigentlich sie sich von meinem Vater getrennt hat, schon lange vor der offiziellen Scheidung. Er ist eines Tages freudestrahlend nach

Hause gekommen und hat ihr glücklich verkündet, dass er es nun schwarz auf weiß habe, dass er mein Vater ist. Meine Mutter war von seinem Vertrauensbruch derart enttäuscht, dass sie noch am selben Tag ins Gästezimmer übersiedelt ist. Von da an waren sie nur noch auf dem Papier verheiratet«, berichtete Theresa eine bisher unbekannte Episode aus dem Leben ihrer Eltern. Ich nahm einen Schluck vom Kräutertee. Wenn das mit ihren Enthüllungen so weiter ging, konnten wir eine Fernsehserie schreiben, gegen die Dallas oder Denver-Clan ein Lercherlschas war.

»Und gibt es was Neues in deiner anderen Angelegenheit?«, erkundigte ich mich.

»Wie?«

»Nun, ich darf dich erinnern, da gab es so eine Leiche in deiner Garage …«

»Nein, diesbezüglich hat mir meine Mutter nicht weitergeholfen. Ich habe sie wegen Tante Gerda gefragt, und sie hat mir verraten, dass ihre Schwester seit Jahren alkoholabhängig ist. Dass sie etwas mit der Leiche zu tun haben könnte, schließt sie aus. Ebenso, dass es irgendjemand anderer aus der Familie gewesen sein könnte.«

»Was ja nichts Neues ist«, erwiderte ich und war froh darüber. Den Heiligen Abend wollte ich ohne düstere Mordgeschichten verbringen.

»So, ich muss jetzt los«, stellte Theresa nach einem Blick auf ihre Armbanduhr fest. »Mutter hat wie jedes Jahr einen riesigen Tannenbaum fürs Wohnzimmer gekauft, der geschmückt werden will. Ich versteh eh nicht, warum sie das noch immer macht. Weder ich noch Erwin legen Wert darauf. Aber ich werde mich hüten, mit ihr darüber zu streiten. Wir haben derzeit genug anderen Ärger.«

Zum Abschied fischte ich mein vorletztes Zellophansackerl aus der Tasche und reichte es ihr.

Als wir das Lokal verließen, schneite es. Weiße Weihnachten in Graz! Die Wettergöttin hatte ein Einsehen gehabt.

Als ich die Treppe zu meiner Wohnung hinaufstieg, wanderten meine Gedanken zu Emil Kisch. Er war also doch nicht der Vater von Theresa, obwohl alles so gut zusammengepasst hätte. Die Möglichkeit, dass er nach wie vor ein Mörder sein konnte, verdrängte ich. Es war Zeit für Weihnachtsamnestie. Kurz entschlossen fischte ich das letzte Kekspackerl aus meiner Tasche und stellte es vor seine Tür. Für Casanova und seinen Weihnachtsengel. Ich horchte, konnte aber von drinnen keine Geräusche wahrnehmen. Wahrscheinlich machte er mit seiner hübschen Begleitung einen romantischen Spaziergang, bevor er sich bescheren ließ. »Sei es ihm vergönnt«, murmelte ich großzügig. Schnee hatte schon jeher eine besänftigende Wirkung auf mich. So wie er die Stadt nach und nach in friedliche Stille hüllte, so dämpfte er auch meine negativen Gedanken.

4

Handy, Outlook und Facebook bescherten mir weitere Weihnachtswünsche. Auch Valerie hatte einige Fotos unter dem Titel »Gleðileg jól aus Island!« gepostet. Patrick und Stefanie strahlten auf einem Selfie vor einem aufgeputzten Weihnachtsbaum um die Wette und wünschten »Merry Christmas aus Salzburg«. Entweder war auch bei meinem Sohn wieder der Weihnachtsfrieden eingekehrt, oder er war ein guter Schauspieler. Wie auch immer, ich wusste meine Kinder gut versorgt. Beide hatten ein Dach über dem Kopf und ausreichend zu essen. Beide Postings goutierte ich mit einem »Gefällt mir« und schrieb beiden: *Auch euch frohe Weihnachten aus dem verschneiten Graz!*

Danach legte ich mir eine CD mit Weihnachtsliedern auf und schmückte meinen kleinen Tannenbaum mit dem neuen Schmuck, Bienenwachskerzen und goldglänzendem Lametta. Zum ersten Mal seit Jahren konnte ich mich über die glitzernden Metallstreifen freuen. Waren es früher meine pubertierenden Kinder gewesen, die das glitzernde Zeug als kitschig empfanden und mir mit ihrem Meckern die Freude verdarben, war es schlussendlich der Kater gewesen, weshalb ich gänzlich darauf verzichtete. Zu seinen ersten Weihnachten hatte er in einem unbeobachteten Augenblick Lametta vom Baum geangelt und gefressen. Am Tag drauf hing es ihm beim Hinterteil heraus.

Als ich fertig war, genehmigte ich mir ein gutes Achterl Schilcher und erfreute mich an meiner dekorierten Wohnung. Die Schneeflocken vor dem Fenster waren das Tüpfelchen auf dem I meiner Weihnachtsidylle.

5

Ich war um ein paar Minuten zu spät dran, der Festgottesdienst in der Franziskanerkirche hatte bereits begonnen. Es gab kaum mehr freie Plätze auf den hölzernen Bänken. Ich steuerte den nächstgelegenen an und da saß er – Emil Kisch – und freute sich ganz offensichtlich, mich zu sehen. Von der hübschen Frau vom Vormittag war nichts zu sehen. Zum zweiten Mal hatte uns das Universum oder welche Fügung auch immer nebeneinander gesetzt. Diesmal sogar noch näher, weil uns keine Armlehne, wie in der Oper, trennte.

»Danke für die Kekse«, flüsterte er mir zu, als der Pfarrer über das Weihnachtswunder sprach.

»Gern geschehen.«

Ich schloss die Augen, ließ die Orgelmusik und die Chorstimmen auf mich wirken. Emil Kisch saß so nahe neben mir, dass sich unsere Arme berührten. Und da waren sie wieder, die fröhlichen Schmetterlinge in meinem Bauch. Was wohl nicht an den vielen Keksen lag, die ich zuvor gegessen hatte.

»Ich dachte, Sie feiern Weihnachten in der steirischen Pension, von der Sie mir erzählt haben«, fratschelte ich ihn aus, als wir nach dem Gottesdienst nach Hause gingen.

»Leider nicht. Beim Mann meiner Tochter wurde ein schweres Herzleiden diagnostiziert, und sie hat mich um Unterstützung gebeten. Heute haben wir alles besprochen, und morgen fahre ich zu ihnen und werde versuchen, bei ein paar Kollegen ein gutes Wort einzulegen, damit er rascher operiert wird.«

Die hübsche Frau, die ich heute mit ihm im »Königshof« gesehen hatte, war dann wohl seine Tochter gewesen.

»Aber wieso sind *Sie* eigentlich zu Weihnachten in Graz? Ich dachte, Sie wollten nach Wien fahren und gemeinsam mit Ihrer Familie feiern?«

Nachdem ich ihm in wenigen Sätzen erklärt hatte, wie es gekommen war, dass ich nun neben ihm her spazierte, anstatt in unserem Wiener Haus Weihnachtself zu spielen, blieb er stehen.

»Mit anderen Worten, wir feiern heuer beide allein. Was halten Sie davon, wenn Sie mir bei meiner Forelle Gesellschaft leisten?«, lud er mich ein.

»Aber nur, wenn Sie anschließend auf ein Dessert zu mir kommen«, ereiferte ich mich, eine Gegeneinladung auszusprechen.

»Sehr gerne.« Und da war es wieder, sein schelmisches Lächeln, das mir die Röte auf die Wangen trieb, weil mir wieder einmal die Zweideutigkeit meiner Worte bewusst wurde. Nur diesmal würde ich mich hüten, noch tiefer im verbalen Fettnapf zu versinken, und schwieg.

Die knusprig gebratene Forelle schmeckte hervorragend. Dazu servierte Emil Kisch Petersilerdäpfel und Vogerlsalat mit Kernöl. Soweit ich mich erinnern konnte, war dies das erste Weihnachtsessen seit langer Zeit, das ich nicht selbst zubereitet hatte. Mit einem »Steirischen Junker« würdigten wir den besonderen Anlass.

»Etwas liegt mir übrigens seit geraumer Zeit schwer im Magen«, sagte Emil Kisch, als wir auf unser gelungenes Festessen anstießen. »Ich hatte zuletzt den Eindruck, dass Sie mich verdächtigten, etwas mit dieser Leiche in der Garage zu tun zu haben. Heute will ich Ihnen nun hoch und heilig versichern, dass dem nicht so ist.«

»Und eine Ahnung haben Sie auch nicht, wer es gewesen sein könnte?«

Emil Kisch schüttelte den Kopf. »Leider. Ich habe mir auch schon Gedanken darüber gemacht. Aber ich erinnere mich an nichts, was irgendwie hilfreich sein könnte.«

»Haben Sie keinen Verdacht?«

»Nein. Ich kann mir nicht vorstellen, dass Katharina oder eine der Töchter so eine Tat begangen haben könnte, und ich hoffe sehr, dass ich mich nicht irre. Auch wenn vieles darauf hinweist, dass es nur jemand aus der Familie gewesen sein kann.«

»Könnten Sie sich vorstellen, dass es Gerda war? Als Theresa und ich ihr einen Besuch abstatteten, war sie total fertig und bezeichnete sich ständig als Mörderin.«

»Ach die arme Gerda. Sie hat schwere gesundheitliche Probleme. Nicht nur, dass sie alkoholabhängig ist, auch organisch. Früher war sie bei mir in Behandlung. Aber nachdem ich die Klinik verlassen habe, hat das ein Kollege von mir übernommen, mit dem sie nie klargekommen ist. Er hat sich geweigert, sie zu operieren, solange sie so viel trinkt. Vor ein paar Tagen hat sie sich bei mir über ihn beschwert und gefordert, dass ich ihr einen anderen Arzt vermittle. Aber ich werde mich hüten.«

Damit hatte ich zumindest eine Erklärung, was Gerda mit »immerhin hast du mir das eingebrockt«, gemeint hatte.

»Soweit ich weiß, hat Gerda im Haus der Mutter gelebt, bis sie ihren Mann kennenlernte«, fuhr Emil Kisch fort. »Zeitlich könnte es sich ausgehen, dass sie mit der Leiche zu tun hatte. Aber das würde dann auch für Jutta gelten, weil bei ihr war es ebenso.« Er machte eine Pause und sah mich an. »Ich glaube aber, dass es im Moment zu nichts führt, wenn wir uns weiter den Kopf darüber zerbrechen. Lassen Sie uns bitte diesen schönen gemeinsamen Abend genießen. Ich muss morgen wegfahren, und was mich bei meiner Tochter erwartet, wird für mich wohl nicht so angenehm sein. Wie war das nochmal mit Ihrer Einladung zum Dessert?«, wechselte er das Thema.

6

Wir räumten das Geschirr in den Spüler und gingen in meine Wohnung. Dort legte ich eine Operetten-CD ein und zündete die Kerzen am Weihnachtsbaum und am Adventkranz an, was den Raum in ein weiches Licht tauchte. Das Bienenwachs verströmte einen angenehmen Duft.

»Tee, Kaffee oder Sekt?«, fragte ich, als ich das Apfeltiramisu servierte.

»Was trinken Sie?«

Koffein schloss ich sofort aus. Ich war schon aufgewühlt genug. Am besten wäre Baldriantee gewesen. Dennoch entschied ich mich für Schilchersekt. Wir stießen an. Vor dem Fenster wirbelten noch immer die Schneeflocken.

»Was machen Sie eigentlich zu Silvester?«, fragte Emil Kisch.

Ich zuckte mit den Schultern. »Wenn ich ehrlich bin, habe ich noch nicht darüber nachgedacht. Einladung habe ich keine, also wahrscheinlich bleibe ich zu Hause.«

»Was halten Sie davon, wenn Sie mich ins Silvesterkonzert begleiten und wir danach essen gehen? Ich habe von meiner Tochter zwei Karten bekommen. Eigentlich wollte sie mit ihrem Mann hingehen, aber nun wird sie den Jahreswechsel wohl an seinem Krankenbett verbringen.«

Freudig sagte ich zu. Es war eine schöne Vorstellung, mit Emil Kisch das neue Jahr zu begrüßen.

»Gut, das freut mich sehr. Ich komme am 31. Dezember zurück und werde vom Bahnhof direkt ins Konzert fahren. Wenn es Ihnen recht ist, treffen wir uns gleich dort.«

Wir prosteten uns zu und ließen uns das Dessert auf der Zunge zergehen. Der Tenor Peter Anders sang: *Du bist meine Sonne,* aus der Operette Giuditta. *Welch tiefes Rätsel ist die Liebe, zwei Menschen, gestern noch einander fremd sind heute willenlos verbunden. Als hätten ihre Seelen sich gesucht und endlich gefunden.*

Wir plauderten über dieses und jenes und leerten die Sektflasche. Es war schon Mitternacht, als Emil Kisch sich für den schönen Abend bedankte und ich ihn zur Tür begleitete.

»Ach, noch etwas …«, sagte er, als er schon vor der Tür stand.

Was kam jetzt?

»Wäre es Ihnen recht, wenn wir uns duzen würden? Ich weiß schon, eigentlich müssten Sie mir als Frau das Du-Wort anbieten, aber …« Ich hatte bis dato noch nie überlegt, wer wem wann und zu welcher Gelegenheit das Du anbot. Sicher stand das explizit in Valeries Benimmbuch. Aber meine Tochter war weit weg auf einer fernen Insel.

»Ja gern. Helene.« Ich reichte ihm die Hand.

»Emil.« Er hielt sie in der seinen und ließ sie nicht mehr los. Womit ich nicht gerechnet hatte, war die Intensität des Kusses, mit dem wir unsere neue Anrede besiegelten.

Bevor Doctor Love um die Ecke entschwand, drehte er sich noch einmal um und wünschte mir eine gute Nacht. Langsam schloss ich die Tür und lehnte mich dagegen. Ich hatte keine Ahnung, wohin das führen würde, aber es fühlte sich gut und richtig an.

DREIZEHN

I

Christtag und Stefanitag verbrachte ich die meiste Zeit zu Hause in meiner gemütlichen warmen Wohnung. Über die beiden Weihnachtsfeiertage hatte ich Jeschecks Website umgestaltet und noch jede Menge anderen Kleinkram erledigt. Das alte Jahr war soweit unter Dach und Fach, das neue konnte beginnen. Ich hörte Musik, schmökerte in einem interessanten Bildband über Venedig und nahm mir fest vor, im nächsten Jahr endlich zum berühmten »Carnevale di Venezia« zu fahren.

Emil Kisch spukte mehr denn je zuvor in meinen Gedanken herum. Vor allem, weil er mir jeden Tag SMS schickte, in denen er immer wieder betonte, dass er sich schon sehr auf den Jahreswechsel mit mir freute.

Von Thomas und meinen Kindern hatte ich nichts mehr gehört und auch keine neuen Postings auf Facebook entdeckt. Frei nach dem Motto »no news are good news« ging ich davon aus, dass es meinen Dreien gut ging.

Zweimal am Tag besuchte ich meinen Ex-Kater Felix, füllte seine Futterschüsseln und reinigte die Katzentoilette.

Ihn selbst bekam ich nicht zu sehen. Es war ihm wohl nicht einmal mehr der Mühe wert, seinen Kuschelplatz zu verlassen, um mich zu begrüßen.

Das Rätsel um die Identität der Leiche wurde nach den Weihnachtsfeiertagen in den Medien gelüftet. Ich bestellte mir gerade eine Melange und eine Buttersemmel im »Königshof«, als mich die Kellnerin darauf ansprach. »Spannende Geschichte mit dieser Leiche in der Garage, finden Sie nicht?«

»Ja schon«, murmelte ich und holte mir sämtliche Tageszeitungen, die ich finden konnte. Tatsächlich hatte man die Identität des Toten geklärt: Bei der Obduktion hatte man festgestellt, dass der Mann zum Zeitpunkt seines Todes ungefähr 45 Jahre alt gewesen und vor ungefähr 40 Jahren gewaltsam ums Leben gekommen war. Er hatte einen tödlichen Schlag auf den Hinterkopf erhalten.

Da es keinerlei Hinweise auf die Identität des Toten gab, hoffte man, dass eine DNA-Analyse bei der Identifizierung weiterhelfen konnte, hieß es im Artikel weiter. Man hatte seine DNA mit der Datenbank abgeglichen und einen außergewöhnlichen Treffer gelandet, der in Zeiten vor der DNA-Diagnostik zurückreichte: 1974 hatte ein junger Mann eine Vermisstenanzeige aufgegeben, bei der er angab, dass sein Vater Robert Kuvt, zum damaligen Zeitpunkt 43 Jahre alt, seit Tagen abgängig sei. Da es sich bei dem Mann nach Angaben des Sohnes um einen Antiquitätenhändler und Restaurator handelte, der häufig große Summen Bargeld mit sich führte, wurde auch die Möglichkeit in Betracht gezogen, dass der Mann einem Gewaltverbrechen zum Opfer gefallen war.

Über ein Vierteljahrhundert nach der Vermisstenmeldung wurde ein männliches Skelett in einem Waldstück aufgefunden. Da in Österreich seit 1. Oktober 1997 DNA-Spuren zur Aufklärung von Straftaten ausgewertet werden, wurde dieses Verfahren auch bei der unbekannten männlichen Leiche und dem Sohn des Vermissten angewandt. Der Vergleich beider DNA-Profile ergab, dass es sich bei dem Toten nicht um den abgängigen Vater handelte. Kuvts Leiche war demnach nie gefunden, der Fall nie aufgeklärt worden. Die DNA des Sohnes wurde für mögliche künftige Ermittlungen in der kriminaltechnischen DNA-Datenbank erfasst. Der Abgleich der DNA der »Garagenleiche«, wie sie in den Medien nur noch genannt wurde, bestätigte schließlich, dass es sich bei dieser um den vor Jahren als vermisst gemeldeten Antiquitätenhändler und Restaurator Robert Kuvt handelte.

Ich rief Theresa an, landete aber sofort in der automatischen Sprachbox. Ich würde mich wohl bis zu unserer Verabredung am späten Vormittag gedulden müssen.

Nach dem Frühstück im »Königshof« bummelte ich durch die Herrengasse, in der die Lieferanten ihre Waren ausluden und die Geschäfte sich für das bevorstehende neue Jahr rüsteten. Nach wie vor hatte es Minusgrade.

2

Theresa öffnete mir in einem blauen Jogginganzug, mit zerzausten Haaren und ungeschminkt. Ein ungewohnter

Anblick, weil ich sie bisher immer nur gestylt und in eleganter Kleidung gesehen hatte.

»Hast du schon mit deiner Mutter gesprochen?«

»Nein, ich bin noch nicht dazu gekommen«, lautete ihre knappe Antwort.

Ich begleitete Theresa in die Küche, wo sie Kaffee kochte und Toast für uns zubereitete.

»Hast du heute schon Zeitung gelesen oder Nachrichten gehört?«, fragte ich.

»Nein. Gibt es wieder etwas über mich?«

»Das nicht, aber sie haben die Leiche identifiziert. Es handelt sich um einen Antiquitätenhändler, Robert Kuvt. Er ist Anfang der 1970er-Jahre spurlos verschwunden und war damals 43 Jahre alt.«

»Das heißt, der Mord wurde vor über 40 Jahren verübt?«

»Genau. Der Mann ist laut Obduktion erschlagen worden.« Ich erzählte Theresa, wie es zur Identifizierung der Leiche gekommen war. »Wenn der Mann vor 42 Jahren gestorben ist, warst du immerhin schon auf der Welt.«

Es läutete. Theresa öffnete und kam kurze Zeit später in Begleitung zweier Männer zurück.

»Chefinspektor Bauer und Abteilungsinspektor Deutsch von der Mordkommission«, stellte sie die beiden Herren vor.

»Meine Freundin Helene Kaiser.«

Die Herren grüßten mit einem Kopfnicken.

»Wir möchten uns gern mit Ihrer Mutter unterhalten. Ist sie da?«

Theresa verneinte.

»Ich habe sie heute noch gar nicht gesehen. Ich bin gestern erst sehr spät nach Hause gekommen, und da stand ihr Auto noch vor der Tür. Als ich heute Morgen aufgewacht bin, war es weg. Meine Mutter muss das Haus sehr früh verlassen haben.«

»Haben Sie eine Ahnung, wohin sie gefahren ist?«

»Nein. Im Terminkalender auf ihrem Schreibtisch ist nichts vermerkt.«

»Wir würden uns gern in ihrem Büro umsehen.«

Theresa führte die Männer ins untere Stockwerk. Ich folgte in angemessenem Abstand.

Als wir im Büro waren, hörten wir, wie die Haustür aufgesperrt wurde. Wenig später betrat Klara Holler den Raum.

»Was machen Sie hier?«, fuhr sie die Männer an.

Theresa stellte die beiden Herren vor.

»Nimmt das überhaupt kein Ende? Gönnen Sie uns doch endlich wieder unseren Frieden«, schimpfte Klara Holler.

»Mutter, die Herren sind nicht zu ihrem Vergnügen da. Sie versuchen einen Mordfall zu klären, der aller Wahrscheinlichkeit im Haus von Oma passiert ist«, wies Theresa ihre Mutter zurecht.

»Ihre Tochter hat vollkommen recht«, sagte Inspektor Bauer freundlich. »Wie Sie mittlerweile sicher schon aus den Medien wissen, handelt es sich bei der Leiche um einen Antiquitätenhändler.«

»Nein, das weiß ich nicht. Ich habe nämlich beschlossen, mich in nächster Zeit von allen Medien fernzuhalten. Ich habe zuletzt schon genügend schlechte Nachrichten in dieser leidigen Angelegenheit gehört und gelesen.«

»Verstehe«, sagte Bauer. »Dann wissen Sie auch nicht, dass der Mann Robert Kuvt geheißen hat und 1974 als vermisst gemeldet wurde.«

Theresas Mutter starrte den Beamten entsetzt an.

»Der Kuvt?«, hauchte sie fassungslos.

»Kannten Sie den Mann?«

»Ja sicher. Der hat einige Möbelstücke im Haus meiner Eltern restauriert. Ich selbst habe ihn einmal dort kennengelernt. Meine Mutter erzählte mir immer, dass er nach der Arbeit gern noch auf ein Getränk sitzen blieb und ihnen über seine Reisen erzählte, die er in jungen Jahren unternommen hat. Mein Eindruck war ja, dass er meine Eltern mit seinen Geschichten zum Narren gehalten hat. Aber da es die beiden amüsierte, ihm zuzuhören, habe ich mich nicht weiter darum gekümmert. Aber warum sollte jemand den Mann umgebracht haben?«

»Das wollten wir eigentlich Sie fragen. Hatten Sie auch Kontakt mit dem Mann, oder eine Ihrer Schwestern?«

»Gott bewahre, nein! Also ich meine, ich nicht. Für meine Schwestern kann ich nicht reden. Ebenso wenig für meine Eltern. Sie müssen wissen, dass die beiden etwas unkonventionell waren. Es kam immer wieder vor, dass mein Vater irgendwelche Leute einlud, die er auf der Straße kennengelernt hat. Einmal brachte er einen indischen Zeitungskolporteur zum Abendessen mit. Das war für uns Mädchen oft unangenehm. Ich finde, dass jeder dort bleiben sollte, wo er hingehört, finden Sie nicht auch?« Sie war bei den letzten Worten zum Fenster gegangen und sah abwesend auf die Straße. Es hatte wieder stärker zu schneien begonnen, und die Flocken wirbelten durch die Luft.

Einer der beiden Beamten notierte sich etwas in sein Heft.

Klara Holler fuhr fort: »Vielleicht hat mein Vater wieder einmal so jemanden nach Hause gebracht, und der ist mit dem Restaurator in Streit geraten? Man weiß ja, wie das ist, wenn solche Leute aufeinander treffen. Da kann es schon passieren, dass der eine dem anderen eins über den Kopf zieht.«

»Sie meinen, dass es im Haus Ihrer Eltern zu einem Streit gekommen ist und Ihre Eltern die Leiche in der Garage eingemauert haben?«, fragte der Beamte, der sich Notizen machte.

Klara Holler zuckte mit den Schultern. »Nun, zutrauen würde ich das meinen Eltern, Gott hab sie selig. Wissen Sie, es ist nicht einfach, wenn man ein junger Mensch ist, der Erfolg im Leben haben will, und dann hat man solche Eltern, die einerseits jeden Hund von der Straße wie einen Ebenbürtigen behandeln, während sie andererseits nichts dazu tun, um ihren Kindern den sozialen Aufstieg zu sichern. Alles, was ich heute besitze, musste ich mir ohne ihre Unterstützung hart erarbeiten.«

»Sie meint damit wohl ihre Ehe«, raunte mir Theresa so leise zu, dass es sonst keiner hörte. »Alles, was du hier siehst, stammt aus Vaters Besitz«, erklärte sie mir.

»Ich bin wahrlich eine sehr soziale Person und auch ehrenamtlich tätig, das können Sie mir glauben. Aber irgendwo muss es doch Grenzen geben. Nicht wahr?«

Sie drehte sich um und ließ ihren Blick von einem zum anderen wandern. Niemand antwortete auf ihre Frage.

»Könnte es nicht auch sein, dass jemand anderer als meine Eltern diesen Mann beseitigt hat?«, wandte sie sich an die Beamten.

»Nun, alles ist möglich«, antwortete Inspektor Bauer. »Darum sind wir ja hier, weil wir jede Möglichkeit in Betracht ziehen.«

»Das ist sehr nett von Ihnen. Wissen Sie, das alles ist sehr unangenehm für meine Familie und mich. In unseren Kreisen ist es nicht üblich, dass Leichen in der Garage gefunden werden. Das ist wirklich furchtbar, geradezu demütigend. Ich wäre Ihnen sehr dankbar, wenn Sie uns mit Ihren Ermittlungen bald aus dieser peinlichen Situation helfen könnten.«

»Wir werden unser Bestes tun«, sagte nun der andere Beamte und notierte wieder etwas in sein Heft.

Bauer nickte. »Apropos: Woher wussten Sie, dass der Tote erschlagen wurde, wenn Sie keine Zeitungen lesen?«, fragte er.

»Was?« Schockiert starrte Klara Holler den Beamten an. »Wovon sprechen Sie?«

»Sie erwähnten gerade eben, dass der Mann eine über den Kopf gezogen bekam.«

»O Gott, das habe ich doch nur so dahergesagt. Eine Redensart. Ich habe keine Ahnung, wie der Mann ums Leben gekommen ist. Ist er denn …?«

»Die Obduktion hat ergeben, dass er einen tödlichen Schlag auf den Hinterkopf erhielt.«

Theresas Mutter schlug die Hände vor der Brust zusammen.

»Um Gottes willen, das klingt ja schrecklich. Du meine Güte. Ich habe das vorhin nur so vor mich hingesagt, bildlich gemeint, aber ich hatte ja keine Ahnung …«, stammelte sie.

Die Beamten verabschiedeten sich.

»Diese Sache raubt mir noch den letzten Nerv. Wie kommen wir dazu, dass wir derart ausgefragt werden?«, mokierte sich Klara Holler, als die Männer weg waren.

»Mutter! Diese Leute versuchen, einen Mord aufzuklären. Sie machen nur ihren Job«, sagte Theresa scharf. »Da fällt mir übrigens ein: Dank deiner Verschleierungstaktik gegenüber der Polizei und der Folgen, die daraus entstanden sind, bin ich nicht nur für die nächste Zeit im Konzern freigestellt, sondern kann, falls ich für die vielen Übertretungen belangt werde, meine Karriere als Pressesprecherin sowieso vergessen.«

Der boshafte Unterton war nicht zu überhören.

»Ich hoffe, du erlaubst dir nur wieder einmal einen schlechten Scherz?«

»Nein, Mutter.«

Klara Holler ging zur Bar, goss sich einen doppelten Whisky ein und nahm einen großen Schluck. Dann setzte sie sich in ihren Relaxsessel, zündete sich eine Zigarette an und starrte stumm vor sich hin.

3

Theresa und ich verließen das Wohnzimmer.

»Mit ihrer Oberflächlichkeit und ihrer Menschenverachtung hatte ich schon immer ein Problem, da helfen ihr alle Ehrenämter und Kirchgänge dieser Welt nichts«, raunte Theresa mir zu, als wir außer Hörweite waren. »Und was sie vorhin über ihre Eltern erzählt hat, dass sie sie nicht unterstützt haben und sie sich alles allein schaffen musste, ist absoluter Schwachsinn. Ich mochte meine Großeltern sehr gern. Sie erwarteten nie, dass ich *funktioniere*, bei ihnen konnte ich *ich* sein. Mutter hingegen wollte immer nur, dass ich ihren Vorstellungen einer heilen Welt entsprach: Vorzugsschülerin, Sport-As, hübsch und immer vorn dabei. Ob ich dabei glücklich war, hat sie nicht interessiert. Diese Leiche hat nun alles verändert. Wer weiß, vielleicht ziehe ich in Omas Villa, mache daraus ein Museum, verkaufe selbst gebastelte Mumien und halte mich mit Führungen über die Garagenleiche über Wasser.«

»Ich wusste gar nicht, dass du derart schwarzhumorig bist.«

»Na ja, wundert's dich in meiner Situation? Ich kann entweder heulen oder ätzen. Das Zweite finde ich besser.«

Wir gingen in Theresas Wohnung hinauf.

»Die Kommode sieht sehr schön aus. Biedermeier, oder?« Ich zeichnete mit den Fingerkuppen die Intarsien im Holz nach, das mit Schellack auf Hochglanz politiert war.

»Ja. Wir haben mehrere schöne Möbelstücke im Haus. Mein Liebling ist ein antiker Nähtisch. Komm mit, ich zeige ihn dir.« Plötzlich hielt Theresa inne und starrte mich an.

»Was ist los? Hast du etwas vergessen?«, fragte ich besorgt.

»Nicht vergessen. Helene, dank dir ist mir soeben etwas eingefallen. Du meine Güte! Meine Mutter hat gelogen. Und wie sie gelogen hat! Komm mit. Ich bin froh, wenn du dabei bist.«

Theresa eilte die Treppe hinunter. Ich hatte alle Mühe, ihr zu folgen. Unten riss sie die Tür zum Wohnzimmer auf. Die Mutter saß noch immer mit starrem Blick im Sessel, hatte das Glas in der Hand und paffte vor sich hin.

»Mutter, du hast gelogen!«

Klara Holler drehte ihren Kopf langsam zur Seite.

»Mein kluges Kind.« Sie lachte leise glucksend und nahm noch einen Schluck.

»Du hast der Polizei nicht die Wahrheit gesagt. Du hast diesen Restaurator sehr wohl persönlich gekannt.«

»Richtig. Leider. Und? Wie bist du darauf gekommen?«

»Mir ist der Nähtisch eingefallen, den du gekauft hast, als ich ungefähr sieben Jahre alt war. Und dann hab ich mich an den Mann erinnert, der damals immer wieder wegen der Restaurierungsarbeiten gekommen ist. Das war doch Kuvt?«

»Meine schlaue Tochter. Tut mir leid, dass ich dir deine Karriere zerstört habe. Du musst mir glauben, dass ich das nicht wollte.« Bei den letzten Worten begann sie zu schluchzen.

»Mutter, bitte. Was war mit diesem Kuvt?«

»Kuvt, Kuvt. Eine Liaison hatte ich mit ihm. Meine einzige Affäre während der Ehe mit deinem Vater. Aber dieser Trottel von Restaurator konnte nicht verstehen, dass ich nichts mehr von ihm wissen wollte.«

»Eine Affäre? Du? Bei deinen moralischen Grundsätzen?«, fragte Theresa ungläubig.

»Ja, ich. Da schaust du, was?«, kicherte ihre Mutter. »Ich habe ihn bei meinen Eltern kennengelernt. Er war so männlich und lustig. Das Gegenteil von deinem humorlosen, unromantischen Vater. Ich hatte materiell zwar alles erreicht, aber gefühlsmäßig lief zwischen deinem Vater und mir schon lange nichts mehr. Nicht zuletzt, weil er meine Beteuerungen, dass du sein Kind bist, nie geglaubt hat. Als dieser Kuvt auftauchte, fühlte ich etwas, was ich bis dahin noch nie empfunden hatte. Wir hatten einige Stelldicheins im Haus meiner Eltern oder in seiner Werkstatt. Es fiel nicht auf, weil ich ihn ständig mit Restaurierungsarbeiten beauftragt habe. So viele Antiquitäten wie damals haben wir vorher und nachher nie mehr angeschafft und herrichten lassen.« Sie lächelte.

Theresa und ich setzten uns aufs Sofa und hörten ihr zu.

»Wir hatten viel Freude aneinander. In dieser Zeit ging es auch wieder mit meiner Ehe aufwärts. Ich ertrug deinen Vater besser, weil plötzlich alles viel unbeschwerter war. Aber dann drohte dieser leidenschaftliche Dummkopf, ihm über uns Bescheid zu sagen. Was das für mich und für euch Kinder bedeutet hätte, ist dir sicher klar: Dein Vater hätte mich ohne zu zögern aus dem Haus geworfen. Das hat er immer gesagt, wenn er von Seitensprüngen anderer erfahren hat. Dabei ist er später selbst fremdgegangen, dieser verlogene Moralapostel. Ich habe alles versucht, aber Kuvt wollte nicht vernünftig werden. Aus Angst vor Entdeckung hab ich ihn weiterhin getroffen.«

Sie trank das Glas aus und stellte es bedächtig auf den Beistelltisch. Das Lächeln war aus ihrem Gesicht verschwunden.

»Die Einzige, die ich in meiner Verzweiflung um Rat gebeten habe, war meine Mutter. Sie hat ihr Bestes versucht, Kuvt durch gutes Zureden umzustimmen, aber auch ihr ist das nicht gelungen.« Klara Holler stand schwerfällig auf, holte die Whiskyflasche und schenkte sich erneut ein.

»Irgendwann hab ich keinen Ausweg mehr gesehen, ihn in das Haus meiner Eltern gelockt und ein letztes Mal versucht, ihn zur Vernunft zu bringen. Vergeblich. Daraufhin hab ich ihm Schlafpulver in seinen Tee getan. Ich wollte ihn mit Mutters Holzkreuz erschlagen, aber ich habe es nicht über mich gebracht.«

Es war mucksmäuschenstill im Raum. Theresa starrte ihre Mutter entgeistert an. »Du meinst das Kreuz von Oma, das jetzt bei Tante Jutta in der Küche hängt?«

Klara Holler nickte. »Ja, Oma wollte die Tatwaffe nicht mehr in der Villa haben. Aber wegwerfen wollte sie das Kreuz auch nicht.«

»Wieso Tatwaffe? Ich dachte, dass du ihn nicht erschlagen hast?«, fragte Theresa irritiert.

Klara Holler nahm wieder einen Schluck Whisky bevor sie fortfuhr: »Habe ich auch nicht. Aber seit der Obduktion habe ich Gewissheit, dass Oma ihn erschlagen hat. Als meine Mutter heimgekommen ist, hat sie mich weinend im Wohnzimmer vorgefunden. Sie hat mich nach Hause geschickt und gesagt, dass sie sich um Kuvt kümmern werde und ich mir keine Sorgen machen solle. Was sie mit Kuvt getan und wie und wo sie ihn verschwinden hat lassen, hat sie mir nie gesagt. Sie hat nur gemeint, dass es besser wäre, wenn ich es nicht wüsste. Und ich hab nie danach gefragt. Wärst du nicht mit dem Mercedes so blöd gegen die Wand gefahren, wäre die Leiche wohl nie gefunden worden.«

Theresa hatte ihr Gesicht in den Händen vergraben. Ich legte meinen Arm um ihre Schulter. »Hat nie jemand nach ihm gesucht?«, fragte ich.

»Doch. Einmal war sogar die Polizei bei meiner Mutter. Sie hatten seine Kundenkartei gefunden und haben sich bei allen erkundigt, die darin aufgelistet waren. Aber Leute wie wir werden nun mal nicht so rasch einer Straftat verdächtigt, zumal jeder persönliche Zusammenhang und jedes Motiv gefehlt haben. Aber frage nicht, wie ich mich in diesen Wochen und Monaten gefühlt habe. Ich habe in der ständigen Angst gelebt, dass Kuvt irgendjemandem von unserem Verhältnis erzählt haben könnte. Noch Jahre später bin ich jedes Mal zusammengezuckt, wenn das Telefon oder wenn es an der Tür geklingelt hat.«

»Bereust du es?«, fragte Theresa leise.

»Er hat mich erpresst und mir mein Leben zur Hölle gemacht. Das bedaure ich zutiefst.«

Theresa erhob sich. Sie sah so kreidebleich aus wie damals, als sie die Leiche entdeckt hatte. Sie wollte etwas zu ihrer Mutter sagen, doch dann ließ sie es sein und ging aus dem Raum. Ich folgte ihr. Wir zogen unsere Mäntel an und verließen das Haus. Die kalte Luft tat uns gut.

4

»Ich kann in dieser Situation wohl nichts anderes für dich tun, als für dich da zu sein«, sagte ich zu Theresa, als wir an der Bushaltestelle angekommen waren. Dann umarmte ich sie. Ich wusste wahrlich keinen Rat. So standen wir eine Weile da.

»Zum Glück habe ich eine Freundin wie dich. Ich weiß nicht, wie ich das alles ganz allein durchstehen könnte«, sagte Theresa. Ihre Augen waren wässrig, aber sie weinte nicht.

»Was wirst du jetzt tun?« Wir wussten beide, was richtig gewesen wäre: nämlich sofort zur Polizei zu gehen und alles haarklein zu schildern. Aber die Folgen wären eine einzige Katastrophe gewesen.

»Ich werde noch heute in die Villa ziehen. Das ist im Moment von allen Übeln noch das kleinere. Auch wenn meine Großmutter letztendlich eine Mörderin war, wohne ich lieber dort als unter einem Dach mit meiner scheinheiligen Mutter. Und dann warte ich ab, was in den nächsten Tagen und Wochen auf mich zukommt.«

»Das ist klug. Ich halte dir die Daumen. Möchtest du Silvester mit mir feiern?«

Theresa schüttelte den Kopf.

»Danke, das ist lieb von dir. Aber ich werde es mir im Haus, so gut es geht, gemütlich machen und den Jahreswechsel vor dem Fernseher verbringen. Ich habe momentan kein Animo, irgendjemandem zu begegnen.«

»Versteh ich.« Als der Bus in die Haltestelle einfuhr, küsste ich sie zum Abschied auf die Wange. »Mach's gut, und wenn ich dir irgendwie helfen kann, dann weißt du ja, dass ich jederzeit für dich da bin.«

Sie nickte und sah mir nach, bis der Bus in die Nebenstraße einbog.

VIERZEHN

Silvester

Ich freue mich schon sehr auf heute Abend, lautete die SMS, die ich am frühen Nachmittag von Emil Kisch erhielt.

Die Freude ist ganz meinerseits, schrieb ich umgehend zurück. Dann legte ich Vivaldis »L'inverno« auf und versuchte eine schicke Kombination für den Abend zu finden. Die letzten Jahre hatte ich mir darum keine Gedanken machen müssen, weil Thomas und ich immer zu Hause gefeiert hatten.

»Daheim ist es doch am schönsten, findest du nicht auch?«, hatte mein Weltenbummler jedes Jahr aufs Neue gemeint und den Sekt für uns zwei entkorkt. Dann schauten wir uns einen Film im Fernsehen an, plauderten und bemühten uns, bis Mitternacht munter zu bleiben. Sobald die Pummerin im TV läutete, stießen wir an und tanzten ein paar Schritte zu den Klängen des Donauwalzers. Unsere Kinder machten seit Jahren mit Freunden ihr eigenes Silvesterprogramm.

Es klingelte an der Gegensprechanlage.

»Ja bitte?«

»Überraschung!«, dröhnte es mir entgegen. Vor Schreck fiel mir der Hörer aus der Hand. Es summte nochmals. »Machst du uns bitte auf?«, hörte ich deutlich Valeries Stimme. Ich drückte auf den Türöffner, und kurz darauf stand mein Silvesterprogramm vor der Tür: Thomas, Valerie und Einar, Patrick und Stefanie. Mir fehlten die Worte.

»Na, da verschlägt es dir aber die Sprache, gell?«, lachte Valerie und umarmte mich. »Mama, das ist Einar. Wir sind jetzt verlobt!« Ich schüttelte meinem Schwiegersohn in spe die Hand.

»Hallo, Mama.« Patrick umarmte mich kurz und folgte Valerie und Einar ins Wohnzimmer. Stefanie drückte mir einen großen Korb in die Hand. »Das sind Salzburger Spezialitäten von meinen Eltern.«

»Ach wie lieb«, sagte ich gerührt, wie sich das gehörte.

»Mein Liebling, es ist so schön, dass ich dich endlich wieder in meinen Armen halten kann«, hauchte Thomas mir ins Ohr und drückte mich fest an sich. Er bemerkte nicht, dass sich dabei der Geschenkkorb in meinen Bauch bohrte.

Da war sie also. Meine liebe Familie. Meine Grazer Singlewohnung war zum trauten Heim geworden, und keine zehn Minuten später waren die Rollen verteilt. Während es sich meine Lieben im Wohnzimmer auf Sofa und Fauteuils gemütlich machten, stand ich in der Küche. Ich bereitete Kaffee für Thomas, Einar und Stefanie und Früchtetee für Valerie und Patrick zu und belegte zig Brötchen mit Salami, Schinken und Käse. Für mich machte ich eine große Tasse Baldriantee. Den konnte ich gerade gut gebrauchen.

Vivaldi war von Thomas kurzerhand abgedreht worden. Gerade als die Geigenklänge von Behaglichkeit und Wärme am Kamin erzählten, während es draußen stürmte und Regen gegen die Scheiben pochte. Das »Geraundl«, wie Thomas die Musik immer bezeichnete, war ihm seit jeher auf die Nerven gegangen. Ich zündete die Kerzen am Christbaum an und lauschte den Erzählungen meiner Lieben.

»Irgendwie habe ich gar nicht den Eindruck, dass du

dich freust, uns zu sehen«, sagte Thomas später, als er mir half, die Küche in Ordnung zu bringen.

»Ich habe mich in der letzten Zeit wohl derart daran gewöhnt, allein zu sein, dass sich mein Mutter-und-Ehefrau-Gen zurückentwickelt hat«, versuchte ich, meine Empfindungen scherzhaft zu verpacken.

»Was ist denn das bitte für eine Antwort?«, maulte Thomas vorwurfsvoll. »Wir reisen um den halben Erdball, um dir eine Freude zu bereiten. Und du machst den Eindruck, als wäre es dir lieber gewesen, wenn wir gar nicht gekommen wären. Hattest du gar etwas Besseres vor?«

Mein Vater fiel mir wieder einmal ein und seine Lebensweisheit: »Du sollst immer die Wahrheit sagen, aber du musst nicht immer alles sagen.« Also blieb ich meinem Ehemann diplomatisch eine Antwort schuldig. Weil sie ihm sicher nicht gefallen hätte.

»Ach bitte, seit wann bist du denn so ein Sensibelchen?«, neckte ich ihn stattdessen. »Erzähl lieber, wie die Weihnachtsparty mit deiner hübschen Assistentin war.«

»Ging so.«

»Du Mama, wir machen mit Stefanie und Einar einen Bummel zum Mariahilferplatz. Wenn ihr nachkommen wollt, smst uns an, okay?«, unterbrach uns Valerie. Ohne eine Antwort abzuwarten, verließen die jungen Leute meine Wohnung.

»Wie in alten Zeiten«, sagte Thomas und legte seinen Arm um mich. Meine Hände steckten im Abwaschwasser. »Nur du und ich. Ich freue mich auf heute Abend, wenn wir zwei hier gemeinsam Silvester feiern.«

»Hier?« Das Wort entfuhr mir lauter als gewollt.

»Ja sicher. Oder willst du dich mit den Massen auf dem Schloßberg herumschieben? Hier haben wir es doch schön.

Von mir aus können wir auch gern eine deiner Operetten hören oder wir schauen einen Film im Fernsehen an. Und dann gibt es ja auch noch uns zwei.« Er gab mir einen Kuss.

In diesem Moment wurde mir bewusst, dass sich etwas verändert hatte. Genauer: dass *ich* mich verändert hatte. Ich hatte keine Lust mehr, mit Thomas einen weiteren langweiligen Silvesterabend zu Hause zu verbringen wie in all den vergangenen Jahren. Obwohl mein Mann wirklich ein toller Typ war, wie er so vor mir stand.

»Findest du nicht, dass es hier komisch riecht?«, fragte Thomas. Ich lief ins Wohnzimmer. Da stand er. Mein Weihnachtsbaum. Hell erleuchtet. Nicht nur die Kerzen brannten, sondern der ganze Baum. So frisch, wie ihn mir der Verkäufer angepriesen hatte, war er wohl doch nicht gewesen. Wo vorhin noch Vivaldis »L'inverno« ertönt war, herrschte nun das Inferno.

»Es brennt!« Ich stürzte zum Fenster. Ich wollte nicht am letzten Tag des Jahres an Rauchgasvergiftung sterben. Mein Handy läutete. Ich riss die Baumwolldecke, die ich am Adventmarkt gekauft hatte, vom Sofa und warf sie über den Baum. Dann zerrte ich das Trumm durch den Raum und warf es kurzerhand aus dem Fenster. Gott sei Dank spazierte gerade niemand unten vorbei. Als ich mich keuchend umdrehte, starrte Thomas auf das verrußte Eck, in dem der Baum gestanden war.

»Na das ist vielleicht eine schöne Bescherung«, hörte ich in diesem Moment Valeries Stimme. Meine liebe Tochter war zurückgekommen, weil sie ihr Geldbörsel vergessen hatte. Fast wäre sie von ihrer Mutter mit einem brennenden Weihnachtsbaum erschlagen worden, ging es mir durch den Kopf.

Sie und ich rissen sämtliche Fenster in der Wohnung auf

und lüfteten durch. »Den Gestank kriegst nicht so bald wieder raus«, sagte Valerie fachkundig. Sie musste es wissen, weil sie vor Jahren beim Kerzenwachserhitzen die Küche einer Freundin in Brand gesetzt hatte. Glücklicherweise war damals der Schaden durch die Haushaltsversicherung gedeckt gewesen. In diesem fahrlässigen Fall würde ich wohl selbst die Wände streichen müssen. Aber darin war ich ohnehin schon geübt.

Ich hörte, wie ein SMS einging. Als ich nachschaute sah ich, dass sie von Emil Kisch war:

Liebe Helene! Ich sitze bereits im Zug in die richtige Richtung. Bald bin ich am Semmering. Dann dauert es nicht mehr lange, bis wir gemeinsam das Konzert genießen werden. Ich weiß schon jetzt, dass unser gemeinsames Silvester wunderschön sein wird. In Gedanken bei dir. Herzliche Grüße. Emil

»Mama?« Valerie hatte mich anscheinend etwas gefragt.

»Was hast du gesagt?« Ich sah sie entnervt an.

»Soll ich in diesem Jugendhotel anrufen, ob die noch drei Zimmer für uns haben? Weil hier können wir bei dem Gestank nicht übernachten.«

Ich nickte. Keine drei Minuten später wussten wir, dass das Hotel komplett ausgebucht war. Dann fiel mir Theresa ein. »Sag, könnten wir uns für zwei Nächte in deiner Villa einquartieren? Mein Weihnachtsbaum ist gerade abgebrannt«, fragte ich an.

Theresa lachte lauthals los. So fröhlich hatte ich meine Freundin schon lange nicht mehr erlebt. Wenigstens hatte ich mit meinem Malheur für ein wenig Freude in ihrem momentan so deprimierenden Leben gesorgt.

Sobald alle auf Valeries SMS-Kommando eintrudelten, packten wir unsere sieben Sachen und fuhren zu Theresa, um unsere Notunterkünfte zu beziehen. Mir fiel ein, dass ich im ganzen Trubel vergessen hatte, Emil Kisch eine Antwort zu schicken. Das holte ich schleunigst nach, als ich ausgestiegen war.

Lieber Emil. Es tut mir sehr leid, aber ich kann heute Abend nicht ins Konzert kommen. Meine Familie ist überraschend auf Besuch gekommen. Bitte entschuldige meine kurzfristige Absage. Hoffentlich findest du noch jemanden, damit die Karte nicht verfällt. Bis bald und ein wunderschönes neues Jahr! Helene.

Ich hatte ein ungutes Gefühl, als ich Emil Kisch schrieb. Sicher wäre es besser gewesen, ihn anzurufen und mit ihm zu sprechen. Aber im Moment sah ich keine Möglichkeit. Ich hoffte, dass er mir nicht böse war, und wartete auf seine Absolution. Als ich nach einer halben Stunde noch immer keine Nachricht von ihm erhalten hatte, beruhigte ich mich damit, dass er vielleicht gerade über den Semmering fuhr, in einem Funkloch steckte und meine Nachricht noch nicht erhalten hatte.

Emils Antwort erhielt ich eine weitere halbe Stunde später. Sie fiel nur sehr knapp aus: *trotz allem glücklich*, war alles, was in dem SMS stand. Ich fühlte mich erbärmlich. Mir war klar gewesen, dass er über meine Absage enttäuscht sein würde. Dennoch hatte ich gehofft, er würde mir nicht böse sein. Nach seiner Antwort begrub ich diese Hoffnung. Wenn Emil Kisch gewusst hätte, wie gern ich mich hübsch gemacht und mit ihm ins Konzert gegangen wäre, anstatt aus meiner Wohnung fliehen zu müssen. Wenigstens konnte ich mich nicht wie in den letzten Jahren über ein langweiliges Silvester beschweren.

EPILOG

Anfang Jänner

Karin und ich saßen in der »Skybar« auf dem Schloßberg, tranken Weißen Spritzer mit Holunder und genossen die Aussicht auf die nun wieder roten Dächer der Stadt. Es war nach wie vor eisig kalt, aber der Schnee war dahin.

»Wie geht's eigentlich Theresa?«, fragte Karin, nachdem ich ihr von meinem turbulenten Jahreswechsel erzählt hatte. Ihr Silvesterprogramm auf dem Kreuzfahrtschiff konnte da nicht mithalten.

»Die Polizei hat die Ermittlungen im Fall Robert Kuvt eingestellt.« Die Details enthielt ich Karin vor. Privat hatte Theresa einen radikalen Schlussstrich gezogen. Sie war in die Villa der Großmutter gezogen und hatte seither keinen Fuß mehr ins Haus ihrer Mutter gesetzt. Klara Holler suchte ebenfalls keinen Kontakt. Wahrscheinlich saß sie in ihrem Relaxsessel, trank Whisky und rauchte eine Zigarette nach der anderen.

»Und wie geht's jetzt weiter?«, fragte Karin.

»Die Journaille hat längst das Interesse verloren und widmet sich aktuelleren Themen. Theresa hatte großes Glück«, prostete ich Karin zu. Wir hatten allen Grund, auf Theresa anzustoßen. Außer auf den Fotos, die sie als Hauseigentümerin auswiesen, war sie nie mehr in Zusammenhang mit den Mordermittlungen in den Medien aufgetaucht.

»Auch ihre Befürchtung, die Leute würden hinter ihrem Rücken tuscheln, ist nicht eingetroffen. Zumindest kriegt sie nichts davon mit, hat sie mir gestern erzählt. Die Konzernspitze hat sich auch bei ihr gemeldet und ihr angeboten, die Arbeit wieder aufzunehmen.«

»Und?«

»Sie weiß nicht so recht, was sie will. Fürs Erste fährt sie mal drei Wochen nach Südafrika. Ihr erster längerer Urlaub seit Jahren. Zu irgend so einem Fernsehmenschen, den sie von früher kennt. Er organisiert ihren Aufenthalt, und sie kann bei ihm im Haus wohnen. Angeblich nur eine rein platonische Freundschaft.«

Karin lächelte vielsagend.

»Apropos platonisch: Hast du von deinem Nachbarn wieder einmal etwas gehört?«

»Der ist im alten Jahr geblieben«, antwortete ich kurz angebunden. Ich würde mich hüten, Karin auf die Nase zu binden, dass mir Emil Kisch fehlte. Seit meiner Absage des Silvesterkonzerts hatte ich nichts mehr von ihm gehört, gesehen oder gelesen. Theresa hatte mir zwar berichtet, dass er nach Polen musste, um einen Vortrag zu halten, aber ich nahm nicht an, dass er dort permanent in einem Funkloch steckte. Ich konnte es ihm nicht einmal verdenken, dass er beleidigt war. Hätte mir jemand so kurzfristig abgesagt, wäre ich auch verärgert gewesen.

Auf dem Tisch neben uns lachte plötzlich ein Mann laut auf. »Da schauts her, der Jeschek hat seine neue Website«, sagte er und zeigte den anderen sein Handydisplay. »Na Mahlzeit, da hauts einem ja die Augen raus«, grinste ein anderer. »Bin ich froh, dass wir den Auftrag abgelehnt haben und er einen anderen Deppen für seine Homepage gefunden hat.«

»Die Armen, die das gemacht haben! Nicht nur, dass die niemals einen Cent von diesem Schnorrer sehen werden. Obendrein kriegen die sicher nie mehr von irgendwem einen Websiteauftrag, wenn das ein Referenzprojekt sein soll.« Alle am Tisch grinsten. »Selber schuld. Sie hätten so ein Projekt ja nicht annehmen müssen, wo schon von vornherein klar ist, dass der Kunde ein Irrer ist. K. u. k. Agentur …«, las er im Impressum. »Kennt die einer von euch?«, fragte er in die Runde. Alle schüttelten verneinend den Kopf. »Eh besser so«, sagte er lachend. Zum Glück schaute er nicht in meine Richtung. Sonst hätte er bemerkt, dass meine Gesichtsfarbe sehr der Farbe von Jescheks Website ähnelte.

»Und wie läuft's mit Thomas?«, unterbrach Karin mein Lauschen.

»Wir haben ein langes Gespräch geführt und sind dabei drauf gekommen, dass wir uns irgendwie und irgendwann auseinander gelebt haben. Wir mögen uns gern, aber wir wissen beide nicht so recht, wie es gemeinsam weitergehen soll, zumal er noch mindestens ein halbes Jahr im Senegal bleibt und die Firma ihn danach wohl wieder auf eine andere Baustelle auf diesem Planeten schicken wird. Schau ma mal.«

»Meinst du, er hat eine Affäre?«

Ich zuckte mit den Schultern. »Keine Ahnung, aber ich glaube nicht.«

Der Kellner brachte uns eine zweite Runde Weiße Spritzer mit Holunder. »Auf die Liebe!«, sagte Karin. »In welcher Art und zu wem auch immer«, prostete sie mir zu.

»Aufs neue Jahr und dass es ein gutes wird.«

Wir küssten uns auf die Wangen und stießen an. Und dann sah ich ihn: Emil Kisch betrat das Lokal. Gern wäre ich in den Tiefen des Berges versunken.

»Hallo, Helene. Schönes neues Jahr!« Bevor ich mich versah, beugte er sich zu mir herunter und drückte mir einen Kuss auf die Wange.

»Meine Freundin Karin, Emil Kisch, mein Nachbar«, stellte ich die beiden einander vor, und sie schüttelten sich die Hände. Ich lud Emil ein, bei uns Platz zu nehmen.

»Schade, dass es mit dem Silvesterkonzert nicht geklappt hat, es hätte dir sicher gefallen. Hoffentlich hast du dich nicht über meine Antwort gewundert?« Er blickte mich an. »Ich habe leider erst am nächsten Tag gesehen, dass nur ein Teil meiner Ansage geschickt wurde. Es sollte ›trotz allem ein glückliches neues Jahr‹ heißen. Aber was sollte ich auch sonst meinen?«, fragte er mit dieser für ihn so typischen Selbstverständlichkeit.

Ich versuchte, in seinem Gesicht irgendein verräterisches Anzeichen zu entdecken, dass er die Nachricht ganz bewusst missverständlich formuliert hatte. Aber er sah mich nur mit seinen freundlichen braunen Augen an.

»Ach ja«, fuhr er fort. »Ich habe kürzlich mit einem Verleger unsere Buchidee über die k. u. k. Kaffeehäuser besprochen. Er fand die Idee sehr gut und würde das Buch gern verlegen.«

»Dann müssen wir es ja nur noch schreiben«, schmunzelte ich.

»Genau. Und dafür müssen wir uns natürlich die Kaffeehäuser ansehen«, fuhr er ernst fort. »Vorausgesetzt natürlich, dass sich das mit Ihren – entschuldige – deinen anderen Projekten ausgeht.«

»Schau ma mal«, lautete meine unverbindliche Antwort, obwohl die Vorstellung, mit Emil durch die ehemaligen k. u. k. Regionen zu reisen, in schönen Kaffeehäusern zu sitzen und deren Geschichten zu recherchieren, sehr verführerisch war.

»Darf ich die beiden Damen zum Essen einladen?«, fragte Emil.

»Vielen Dank, aber leider hab ich noch einen Termin«, entschuldigte sich Karin und zwinkerte mir dabei fröhlich zu. Emil blickte mich fragend an.

»Sehr gern«, sagte ich. Und da flatterten sie wieder, die Schmetterlinge.

GLOSSAR STEIRISCHER BZW. ÖSTERREICHISCHER BEGRIFFE

ausfratscheln – aushorchen

Bermudadreieck – Im Grazer »Bermuda-Dreieck« zwischen Mehlplatz, Prokopigasse und Färberplatz finden sich Cocktailbars, Weinstuben, Biergärten, Kneipen, Restaurants und Cafés auf dichtem Raum

Bockerl, das – Föhrenzapfen

Brettljause – auf einem Holzteller servierte, kalte steirische Spezialitäten wie z. B. Geselchtes, Schweinsbraten, Trockenwürste, Verhackert, Kren, Aufstriche etc.

Busserl, das – Kuss

Eana – Ihnen/Ihr, Ihre, Ihren

Erdäpfel, die – Kartoffel

Erzherzog Johann – Der Bruder des österreichischen Kaisers Franz II. prägte mit seinem Schaffen und seinen Modernisierungen die steirische Bildungs-, Kultur- und Wirtschaftslandschaft bis heute

Franziskaner Viertel – einer der malerischsten Orte von Graz, rund um die gotische Franziskanerkirche mit dem Kloster und dem Kreuzgang

Glockenspiel – Dreimal täglich (um elf, 15 und 18 Uhr) öffnen sich die Arkadenfenster im Giebel des Glockenspielhauses, und ein hölzernes Trachtenpärchen tanzt zu Melodien, intoniert von 24 Glocken

Graffel, das – Gerümpel

Grazer Schloßberg (Eigenname, mit scharfem »ß«) – Der wuchtige Fels aus Dolomitgestein ragt 123 Meter über dem Hauptplatz der steirischen Landeshauptstadt empor. Er bildet den Kern der historischen Altstadt. Auf ihm thront der Uhrturm, das Wahrzeichen von Graz. Spektakulärer Ausblick!

Hascherl, das – bedauernswerter, schwacher Mensch

Herzkasperl – Herzinfarkt

hobeln – Geschlechtsverkehr

Kaisersemmel, die – rundes, sternförmig (5-teilig) eingeschnittenes, knuspriges Weizenkleingebäck, Brötchen

Kastner & Öhler – Grazer Traditionskaufhaus

Käferbohnen – Die großen, nierenförmigen, braun, beige, violett bis schwarz gescheckten Bohnen werden überwiegend in der Südoststeiermark angebaut

Keifen, die – laut und böse schimpfende Frau

keifen, keppeln – schimpfen

Kernöl, das – Abkürzung für Kürbiskernöl, Öl aus den Kernen des steirischen Ölkürbisses

Kürbiskern-Vanillekipferl, das – süßes, mit Vanillezucker bestreutes Kürbiskerngebäck in Form eines kleinen Hörnchens

Langsemmel, die – steirische Semmelvariante, die in der Mitte der Länge nach eine Einkerbung aufweist

Lercherlschas, der – Kleinigkeit, unbedeutend

Mädel, das – Mädchen, häufig ironisch

Magister/Magistra – In Österreich bis 2006 häufigster Studienabschluss; akademischer Grad für die meisten Studien auf Master-Niveau. Umgangssprachlich meist: »Frau Magister« statt »Frau Magistra«

Melange, die – österreichische Kaffeespezialität aus einem Teil Kaffee, einem Teil Milch und einer Haube aus geschäumter Milch

Morillon, der – Eine der wichtigsten Weißweinsorten in der Steiermark. Außerhalb der Steiermark wird sie auch als Chardonnay bezeichnet. Erzherzog Johann brachte die Rebsorte aus Frankreich in die Steiermark
Mur, die – größter Fluss der Steiermark

Murnockerln – kleine Flusssteine aus der Mur

Oide – alte Frau

Pantscherl, das – sexuelles Verhältnis

resch – knusprig

Schakel/Schakl, der – Person in untergeordneter Stellung, Handlanger

Schilcher, der – Roséwein, der ausschließlich im Schilcherland (Weststeiermark) aus der roten Rebsorte »Blauer Wildbacher« gewonnen wird. Im Frühstadium der Gärung wird er als Schilchersturm getrunken

Schloßberg – Eigenname, daher mit scharfem »ß«

Schloßbergbahn – seit 1894 bringt die Standseilbahn Fahrgäste auf den Schloßberg, wobei sie eine Steigung von 60 Prozent überwindet. Die Glasdächer der Wagen bieten einen wunderbaren Panoramablick auf die Stadt Graz

schmieren, jemandem eine – jemandem eine Ohrfeige geben

Steirisches Vulkanland – fruchtbare Region im Südosten der Steiermark, die von erloschenen Vulkanen und Landwirtschaft geprägt ist

Steirischer Junker, der – Qualitätswein, geschützte Weinmarke für trockene Jungweine aus steirischen Anbaugebieten

Topfen – Quark

Trumm, das – großes Stück

Verhackert, das – beliebter steirischer Brotaufstrich aus geräuchertem klein gehacktem Speck

Weinstraube, die – süße, goldbraun gebackene steirische Spezialität aus Eiern, Mehl und Wein

Zuagraste – zugezogene Person, nicht aus der Gegend stammend

DANK

Ich danke allen, die – mehr oder weniger freiwillig – zur Entstehung dieses Buches beigetragen haben. Der allerherzlichste Dank gebührt meiner Familie, meinen Autorenkollegen und Freunden Claudia Rossbacher, Peter Hiess und Mirella Kuchling, meiner Lektorin Claudia Senghaas sowie meinen lieben Testlesern Barbara, Pert, Ulrike und all den anderen Freunden, die mich stets auf meinen literarischen Reisen begleiten und inspirieren.

Weitere Krimis finden Sie auf den folgenden Seiten und im Internet:

WWW.GMEINER-SPANNUNG.DE

ILONA MAYER-ZACH
Eine Leiche für Helene

978-3-8392-1814-3 (Paperback)
978-3-8392-4885-0 (pdf)
978-3-8392-4884-3 (epub)

»Ermittlungen auf eigene Faust entwickeln sich zu einer turbulenten Schnitzeljagd durch Graz.«

Helene Kaiser wird muntere 50. Sie glaubt, die größten Turbulenzen in ihrem Leben bereits hinter sich zu haben. Die Kinder sind aus dem Gröbsten raus, das Eigenheim in Wien endlich abbezahlt, im Job läuft alles bestens. Doch dann muss ihr Mann ins Ausland, ihre Tochter wandert aus, Helene verliert ihren Job und erbt eine renovierungsbedürftige Wohnung in Graz.

Als sie sich auf der Flucht vor den Umbaumaßnahmen in einem Hotel einquartiert und nachts über eine Leiche stolpert, ist an eine Rückreise nach Wien nicht mehr zu denken.

GMEINER SPANNUNG

ILONA MAYER-ZACH
Helene Kaiser ermittelt
in Graz

978-3-8392-1876-1 (Paperback)
978-3-8392-5007-5 (pdf)
978-3-8392-5006-8 (epub)

»Helene Kaiser stellt ihr kriminalistisches Gespür mit Humor unter Beweis.«

Wenn illustre Weihnachtsfiguren, manch ein Hundebesitzer und andere vermeintlich brave Bürger zu mehr oder weniger Kriminellen werden, ist Helene Kaiser nicht weit. In 30 unterhaltsamen und teils skurrilen Fällen stellt sie ihr kriminalistisches Gespür unter Beweis. Dabei wird der eine oder andere Grazer schnell merken, dass seine Stadt nicht immer so beschaulich ist, wie zumeist angenommen.

CHRISTIAN FEIEL
Zugestellt

978-3-8392-1953-9 (Paperback)
978-3-8392-5163-8 (pdf)
978-3-8392-5162-1 (epub)

POSTWENDEND Entsetzt kniet der Grazer Briefträger Berthold Buchinger neben der Leiche seines besten Freundes. »Der schöne Fred« ist tot, der Absatz eines pinkfarbenen Damenschuhs steckt in seinem Hinterkopf. Die Polizei verdächtigt natürlich sofort den Falschen – Berthold. Das lässt dieser aber nicht auf sich sitzen. Er beschließt, die Lösung des Falls selbst in die Hand zu nehmen. Die Spur führt zu einer Online-Singlebörse. Berthold beginnt, Frauen zu treffen, die als Mörderinnen infrage kommen. Doch zu seinem Leidwesen enden diese Blind Dates meistens in einer Katastrophe.

GMEINER SPANNUNG

CHRISTIAN KLINGER
Marco Martin
ermittelt in Wien

978-3-8392-1972-0 (Paperback)
978-3-8392-5197-3 (pdf)
978-3-8392-5196-6 (epub)

ERTAPPT Der Privatermittler Marco Martin ist ein Mann, der das Vertrauen des Wiener Jetset genießt. Seine Fälle führen ihn bis zu den Spitzen der Gesellschaft, wobei er seine Nachforschungen äußerst diskret anstellt und seine Fälle mit 100-prozentiger Trefferquote löst. Begleiten Sie den Detektiv auf seinen Streifzügen durch die spannendsten Ecken Wiens, wenn es um die Fragen geht: Wer war der Täter? Und finden Sie ihn?